MARTHA GRIMES

Martha Grimes est née à Pittsburgh (Ohio). Après des études de lettres à l'université du Maryland, État où elle a vécu toute son enfance, elle suit les cours du très réputé atelier d'écriture de l'université d'Iowa, dont elle sort avec le titre de docteur ès lettres. Elle a longtemps enseigné l'anglais avant de se consacrer pleinement à l'écriture. Dès son premier roman, *L'Énigme de Rackmoor*, ses enquêtes policières, qui se situent en Angleterre où elle effectue les nombreux séjours nécessaires à ses repérages, portent la griffe du commissaire Richard Jury et de son complice Melrose Plant. Seuls *La Jetée sous la lune* (1994), *Le Meurtre du lac* (1999) et *Un monde impitoyable* (2006) ne comportent aucun de ces deux personnages. Son sens très fin de la psychologie et son habileté à recréer l'atmosphère propre aux romans policiers britanniques « classiques » lui ont valu de trouver une place de choix parmi les auteurs contemporains de romans policiers. Son dernier roman, *Les Fantômes du palace* a paru en 2008 aux Presses de la Cité.

LE MYSTÈRE DE TARN HOUSE

DU MÊME AUTEUR
CHEZ POCKET

LA JETÉE SOUS LA LUNE
UN MONDE IMPITOYABLE

Les enquêtes d'Emma Graham :

LE MEURTRE DU LAC
LE CRIME DE BEN QUEEN
LES FANTÔMES DU PALACE

Les enquêtes de Richard Jury & Melrose Plant :

LE MAUVAIS SUJET
L'ÉNIGME DE RACKMOOR
LE COLLIER MIRACULEUX
LE VILAIN PETIT CANARD
L'AUBERGE DE JÉRUSALEM
LA NUIT DES CHASSEURS
LE FANTÔME DE LA LANDE (JANVIER 2008)
LE CRIME DE MAYFAIR
LES CLOCHES DE WHITECHAPEL
MEURTRE SUR LA LANDE
LE MYSTÈRE DE TARN HOUSE
LES MOTS QUI TUENT
L'AFFAIRE DE SALISBURY
UNE HAINE AVEUGLE
L'ÉNIGME DU PARC
L'INCONNUE DE LA CRIQUE
LE JEU DE LA VÉRITÉ
DISPARITION
LE SANG DES INNOCENTS

MARTHA GRIMES

LE MYSTÈRE DE TARN HOUSE

Traduit par Philippe Rouard

PRESSES DE LA CITÉ

Titre original :
THE OLD CONTEMPTIBLES

Le papier de cet ouvrage est composé de fibres naturelles, renouvelables, recyclables et fabriquées à partir de bois provenant de forêts plantées et cultivées durablement pour la fabrication du papier.

ISBN 978-2-266-19573-7

A mon fils, Kent

Je serais bien l'enfant abandonné sur la jetée partie à la haute mer, le petit valet suivant l'allée dont le front touche le ciel.

Arthur Rimbaud

Remerciements

Fiona remercie Janine Adams de lui avoir sauvé la vie ; Alex remercie Chris Havrilesko pour les pronostics hippiques ; et je remercie, outre les poètes lakistes eux-mêmes, Arthur Wainwright pour ses guides de la Région des lacs, ainsi que Don Gifford pour *Le Lointain Rivage* et enfin Richard Holmes pour son *Coleridge* : premières visions.

Prologue

Il pleuvait Camden Passage. Les brocanteurs avaient déployé auvents et parapluies pour protéger le bric-à-brac d'authentique et de faux entassé sur des tables pliantes ou empilé dans des malles.

Jury et la belle locataire qui logeait au premier étage de sa maison d'Islington cherchaient un cadeau pour leur amie du sous-sol, Mrs. Wassermann.

Carole-Anne montra une paire de peignes turquoise aux bords festonnés incrustés de verre bleu, et demanda :

— Combien ?

Le marchand, en veste de lézard synthétique, lui décocha un sourire reptilien.

— Pour vous, ma belle, ce sera deux livres.

Ça les valait, pensa Jury, ne serait-ce que pour le spectacle de Carole-Anne Palutski avec sa chevelure or roux, debout sous un parapluie rose.

Elle tendit une pièce et dit :

— Cinquante pence.

— Ce sont de vrais saphirs.

Le vendeur rajusta sa cravate à pois violette sur une pomme d'Adam proéminente.

— Comme vos yeux, beauté, ajouta-t-il, avec un ricanement.

— Mes yeux ne sont pas en verre.

Jury lui prit les peignes des mains et les reposa sur l'étal. Il venait d'en voir une paire en ébène qui siérait parfaitement à Mrs. Wassermann.

— Commissaire, il s'agit de remonter un peu le moral de Mrs. Wassermann. Elle se plaint toujours de ses cheveux et les larde d'épingles du matin au soir.

Jury montra les peignes en ébène au brocanteur.

— Combien ?

— Trois livres, ceux-là. Du pur jais.

— Vous plaisantez ? Soixante-quinze pence !

Et de tendre son argent.

Comme le lézard marchandait, Jury balaya d'un regard la place et repéra un dénommé Gladd, as du vol à la tire et grand familier des lieux. Il s'était déjà fait coffrer deux fois pour recel, et Jury était quasi certain que la marchandise qu'il fourguerait aujourd'hui serait d'origine plus que douteuse. Il cherchait des yeux Jimmy la Fouille, un autre de ses voyous favoris, quand son regard s'arrêta sur une femme en imperméable blanc qui, de l'autre côté, examinait le miroir d'un nécessaire de voyage. Très séduisante, même avec son imper ruisselant et son foulard trempé. Elle n'avait pas de parapluie.

— Et n'essayez pas de me rouler, dit Carole-Anne en se penchant vers Jury. Ce monsieur est policier.

— Une livre cinquante, c'est ma dernière offre.

— Une livre, alors, déclara Carole-Anne, qui avait toujours le dernier mot.

Le marchand accepta en couvrant d'un regard lascif le chandail vert jade de Carole-Anne, auquel les premiers peignes auraient été parfaitement assortis, selon l'avis de Jury.

Il n'avait pas échappé au commissaire que la femme à l'imperméable blanc s'intéressait maintenant à un déshabillé de satin et de dentelle. Elle avait brusquement détourné la tête quand leurs regards s'étaient croisés et semblait dissimuler sa gêne dans l'examen du négligé. Il sourit légèrement. *Achetez-le.* Le satin était d'un or plus foncé que celui de ses cheveux dont il rehaussait la couleur.

Tandis que le lézard emballait les peignes dans du papier et tentait d'arracher un rendez-vous à Carole-Anne, qui, indifférente aux regards que lui décochaient les hommes au passage, faisait tournoyer gaiement son parapluie rose, Jury remarqua un diadème sur un coin de la table. Dieu, pourvu qu'elle ne le voie pas ! Mais Dieu répondit à Jury comme à Son habitude.

— Oh, regarde, commy, un diadème !

Comment aurait-elle pu s'empêcher de porter la main à ses cheveux magnifiques, où une couronne aurait tout à fait sa place ?

— Laisse, Carole-Anne.

Bien entendu, elle n'en fit rien. Fourrant les sinistres peignes noirs dans les mains de Jury, elle s'empara de l'objet.

— Ça vous coûtera dix livres, ma belle. Vous

avez vu ce bijou ? s'exclama le brocanteur avant même qu'elle ouvre la bouche.

— J'ai vu. Quatre livres, dit-elle, tournant et retournant dans sa main la petite merveille.

— Pour l'amour du Ciel, Carole-Anne, tu n'as pas besoin de diadème, tu as déjà l'air d'une reine !

— C'est bien vrai, mec, renchérit le marchand.

Carole-Anne le foudroya du regard.

— *Commissaire,* pour les gens de votre espèce !

Pas seulement pour les brocanteurs habillés de faux lézard, espéra Jury. Il avait surpris Jimmy en train de bousculer... oh ! bien accidentellement... une quinquagénaire imprudente qui venait de ranger dans son sac le bracelet ancien qu'elle avait acheté. Mais *pourquoi* les femmes repoussaient-elles leur sac dans leur dos chaque fois qu'elles se penchaient sur quelque objet de leur convoitise ?

Le marchand susurra :

— Ce diadème appartenait à une princesse autrichienne, une descendante de tsar.

— La princesse comment ? demanda Jury, notant le sourire de la femme à l'imperméable blanc, que semblait ravir leur marchandage.

— Sept livres, et marché conclu, dit le brocanteur, ignorant Jury.

— Cinq, et nous sommes quittes, répliqua Carole-Anne, lui tendant une coupure de cinq livres.

Miss Palutski n'était pas née pour solliciter mais pour commander. Le diadème lui allait comme un gant.

Jury remarqua que la belle inconnue souriait encore, tout en lui lançant un regard. Elle essayait devant un miroir un collier de pierres jaunes, topaze comme le négligé, qui avivaient l'éclat de ses yeux, malgré la pauvre lumière de Camden Passage. *Achetez ça aussi...*

— Ça ira très bien avec mon nouveau costume, dit Carole-Anne, pendant que le brocanteur cherchait un papier pour emballer le diadème.

— Quel costume ? Celui de la Reine de Soho ?

Jury examinait avec attention à la table voisine de prétendues antiques défenses d'éléphant, dont l'ivoire lui paraissait bien trop neuf pour ne pas être le triste produit du braconnage et du trafic, sans pour autant perdre de vue Jimmy, Gladd et l'inconnue à l'imperméable blanc.

— Non, je suis fatiguée de ce machin oriental. Bon, il faut que j'y aille.

Carole-Anne remonta la bandoulière de son sac sur son épaule.

— Il y a une femme en imper blanc qui te fait les yeux doux, commy. Mais elle n'est pas du tout ton genre. Allez, salut !

Le contraire l'aurait étonné. A écouter Carole-Anne, personne n'était ou ne serait jamais du genre du commissaire.

Jury vit Jimmy qui s'excusait auprès de la femme qu'il avait bousculée au passage. Mais il n'allait pas l'arrêter pour ça. Après tout, ce n'était pas son boulot, et puis Jimmy, du fait qu'il était une précieuse source d'informations, était presque un ami.

En tout cas, c'était ainsi que Jury voyait les choses, tandis que la femme en blanc, passant de table en table, se rapprochait de lui. Il était facile d'imaginer derrière « La Femme à l'imperméable blanc » *La Femme en blanc,* à cette différence près que l'héroïne de Wilkie Collins avait surgi comme par enchantement devant une voiture au milieu d'une route sombre et déserte, pour disparaître peu après tout aussi mystérieusement. Difficile de faire le rapprochement entre la danse des parapluies Camden Passage et une apparition fantomatique sur une route brumeuse.

Le même étal les réunissait à présent, l'occasion d'un échange de considérations banales sur les objets qu'ils avaient sous les yeux.

Pour être banal, ça l'avait été... Ils avaient parlé de la pluie et constaté qu'ils étaient tous deux sans parapluie. Elle avait ri et lui avait demandé s'il avait visité la Région des lacs, car, *là*, le brouillard et la pluie étaient garantis. Ils étaient partis ensemble presque à leur insu, et c'était elle, et non pas lui, qui avait proposé de boire un verre avant la fermeture des pubs.

Jury avait souri.

— Vous n'êtes donc pas de Londres ? La plupart des pubs ici restent ouverts toute la journée depuis la nouvelle loi sur les licences.

— Oh, j'avais oublié ! C'est dommage, je trouve... C'est moins plaisant de boire un verre quand on peut le faire à toute heure.

Elle s'interrompit et le regarda.

— C'est la fin de quelque chose.

Jury sourit.

— J'espère que non.

Le King's Head, en cet après-midi pluvieux, semblait aussi humide et blafard que le trottoir au-dehors. La rangée d'ampoules au-dessus du bar jetait une lumière jaune comme des lampadaires dans le brouillard, et les vitraux ruisselaient de pluie.

Même les cheveux ternes de la serveuse à l'air maussade, qui venait de passer un coup de chiffon sur la table avant d'y déposer leurs boissons, paraissaient trempés.

— Elle devrait aller vivre dans le Nord, si cette bruine la désespère, dit Jane Holdsworth en souriant.

Elle passa une main dans ses cheveux dont les pointes étaient mouillées et bouclées là où le foulard ne les avait pas protégée.

— Vous êtes du Nord ? demanda Jury en levant sa bière pour porter un toast à leur rencontre.

— Non, plus maintenant. J'y ai encore des parents, toutefois. Une sœur et ma belle-famille. J'ai été mariée. Je ne le suis plus. Il est mort.

— Désolé.

Elle se contenta de hocher la tête.

— En dehors de ma sœur, ils appartiennent tous à la famille de mon ancien mari. Ils habitent près du lac de Wast Water, dans un de ces vieux manoirs que les gens fortunés faisaient bâtir au siècle dernier, après que les poètes et les peintres eurent décidé que ça valait la peine de peindre les montagnes ou de parler des lacs. J'ai un fils, et je trouve normal qu'il aille voir ses grands-parents de temps à autre.

Elle rit, mais l'expression dure que Jury lut dans ses yeux lui donna à penser qu'elle n'appréciait guère ces visites aux grands-parents.

— J'ai une petite maison à Lewisham Road, près de Black-heath, reprit-elle plus légèrement. La rive démodée de la Tamise, prétend la famille. Voilà, vous savez tout. Et vous ?

— Je doute de tout savoir. Moi, je vis ici, à Islington.

— Oh, mais Islington est tout ce qu'il y a de plus chic !

— La maison où j'habite ne paye pas de mine.

Il fit signe à la serveuse, qui lui jeta un regard pathétique. Ne voyait-il pas combien elle était lasse ? Tous ces clients ! Cette pluie affreuse !

— Ce diadème me plaisait bien. Cette starlette aurait pu lui enlever toute sa camelote pour trois fois rien. Les belles femmes sont dures en affaires !

— Alors, vous n'avez pas dû payer très cher ce déshabillé, dit Jury.

Il coula un regard vers le sac en papier marron posé sur la table. Elle pouvait prendre sa réplique pour un compliment, mais il n'était pas sûr que c'en fût totalement un. Il n'avait pas beaucoup apprécié son commentaire sur Carole-Anne.

Jane souleva le sac et le reposa en riant.

— Comment saviez-vous, pour le déshabillé ?

Elle fouilla avec une joie enfantine à l'intérieur

du sac et en sortit un bout d'étoffe soyeuse couleur topaze.

— Ooh ! s'exclama la serveuse, traînant les pieds jusqu'à leur table. Z'avez acheté ça au marché ? Sûr que ça doit vous aller rudement bien. La même chose ? demanda-t-elle en ramassant leurs verres. Si seulement cette sale pluie pouvait s'arrêter !

Mais Jane remballait déjà son achat et tendait la main vers son manteau.

— Non, merci, dit-elle. Je dois rentrer, maintenant.

— C'est comme vous voulez, m'dame, dit la serveuse d'un ton pincé en s'éloignant.

— Sous cette pluie ? demanda Jury. Et si loin ?

Mais elle était déjà debout, alors il l'aida à enfiler son imperméable blanc, dont elle semblait avoir du mal à trouver les manches.

— Je n'aime pas trop les pubs. On est mieux chez soi. Même à Lewisham.

Au lieu de le regarder, elle commença à boutonner son imper, se trompant de boutonnière.

Jury poussa un soupir et, lui écartant les mains, reboutonna les boutons du haut.

— Il était tout de travers, dit-il avec un sourire.

Elle noua son foulard.

— Avec un temps pareil, qu'y a-t-il de mieux à faire que de rentrer chez soi et lire un bon bouquin ?

— Oh ! plein de choses ! répondit Jury.

Il remonta le col de l'imperméable blanc, et ils gagnèrent la sortie.

Il referma la porte derrière lui et prit plus de temps que nécessaire pour l'aider à ôter son vêtement, dans l'espoir qu'elle aurait le loisir d'examiner la pièce et trouverait ainsi quelque chose à dire.

Elle commenta la propreté des lieux, ce qui le fit rire.

— Carole-Anne se livre parfois à des opérations coups de poing contre la poussière, dit-il.

Il regarda en direction de la cheminée au foyer carrelé.

— Je n'ai qu'un petit chauffage électrique, mais votre imper sera sûrement sec quand vous partirez.

— Il est très mouillé, vous savez, dit-elle en posant sur lui un regard sans fard.

Il faillit dire quelque chose du genre : *Dans ce cas, vous resterez plus longtemps ici... Le reste de vos vêtements est peut-être mouillé, voulez-vous que je vous prête un peignoir ?... Voulez-vous du thé ?...* Pour retarder l'inévitable, aussi agréable soit-il ; laisser monter la tension érotique ; les mettre à l'aise. Les variations sur ce thème étaient infinies. Il regarda sa vieille stéréo ; on mettait souvent de la musique en ces occasions, mais il doutait que les goûts de Carole-Anne pour le rock aient l'heur de plaire à son invitée... Il y avait cette chanson qu'elle aimait beaucoup, *Toutes les filles que j'ai aimées,* par il ne savait plus quel macho gominé et bêlant.

Il sentit la main de Jane sur son bras. Elle toussa légèrement.

— A quoi pensez-vous ?

— A rien de spécial, dit-il, souriant.

— Un bien long silence pour rien de spécial.

— Eh bien, pour tout vous dire, je pensais à toutes les filles que j'ai aimées.

Elle promena un regard autour d'elle en demandant de l'air le plus détaché possible :

— Et il y en a eu beaucoup ?

Il la prit délicatement par les épaules.

— Pratiquement aucune. C'est le titre d'une chanson qu'affectionne ma voisine du dessus. Mais en ce qui la concerne, je suis sûr qu'elle ne s'est jamais fait mettre à la porte par aucun homme. C'est toujours elle qui les quitte quand l'envie lui en prend.

— Elle a de la chance.

Jury l'attira plus près de lui, sans que leurs corps se touchent.

— Je ne peux vous promettre une succession sans fin d'après-midi enchanteurs, parce que c'est au compte-gouttes qu'on me délivre mes jours de congé, mais mes nuits m'appartiennent.

Cela se passa si soudainement qu'il en fut stupéfait. Le prenant par le cou, elle l'attira contre elle et l'embrassa avec fougue. Ils s'étreignirent plus fort, et Jury eut la sensation que leurs corps se fondaient l'un dans l'autre. Ce fut dans un chuchotement qu'il demanda :

— Voulez-vous que je prépare du thé ?

Le lit faisait face à la fenêtre et, au-delà du petit parc, il vit monter dans le ciel un vol d'hirondelles. Avec le soleil, elles parurent tourbillonner comme des feuilles en flammes emportées par le vent. Il se redressa brusquement sur les coudes. Les hirondelles s'élevèrent encore puis se dispersèrent et se fondirent dans l'azur. Sans savoir pourquoi, Jury songea à un bûcher funéraire... à Énée.

— *Vestigia flammae,* dit-il sans réfléchir.

Elle étouffa un rire.

— Oh ! non, pas du latin ! Pas après tout ça...

Son rire avait sonné faux ; pas sa faute, se dit-il, mais il se sentit absurde.

Sortant doucement de sa langueur, elle le regarda.

— J'ai dit quelque chose qu'il ne fallait pas ? Qu'y a-t-il ?

Pour toute réponse, il se rallongea et la serra contre lui. Pourtant cette fausse note avait bel et bien jailli, et toute fausse note risquait d'entraîner un faux accord. Comme elle enfouissait son visage dans son cou, il se reprocha de ne pas lui répondre.

— C'est ce qu'a dit la reine de Carthage, murmura-t-il, quand elle a vu pour la première fois Énée. « Je reconnais les vestiges d'une ancienne flamme. »

Il s'efforça d'oublier cette fausse note et le sombre pressentiment qu'elle avait fait naître en lui. Mais la fenêtre n'était plus qu'un carré blanc, le soleil était parti, et le parc désert.

PREMIÈRE PARTIE
AMOURS PASSÉES

1

I

Encore dans la peau de Lambert Strether, le héros des *Ambassadeurs,* qu'il s'était promis de lire pendant son séjour à Venise, Melrose Plant leva les yeux de son livre et porta son regard vers l'Adriatique.

A côté de lui, Trueblood referma d'un coup sec son propre livre et poussa un grand soupir.

— Quel roman délicieux !

Melrose cligna les paupières.

— C'est bien la première fois que j'entends qualifier *Mort à Venise* de délicieux ! Attends un peu d'arriver à la fin, quand Aschenbach meurt dans sa chaise longue.

Il tourna la tête vers les cabines de plage bariolées. Pas de chaises longues.

— Je l'ai fini, vieille branche. Oh ! je reconnais que la partie sur la peste n'est pas marrante, mais quelle sublime description quand arrive sur la plage ce bel éphèbe !

— Enlève donc ce foulard orange. Ça gâche tout le reste, dit Melrose.

Le « reste » était un costume blanc Armani. Ils étaient tous deux vêtus de blanc... de blanc Armani. Dieu merci, le couturier faisait aussi dans la blancheur, parce que Trueblood avait déclaré que, lui vivant, jamais personne ne lui ferait porter du blanc.

Fortuitement, au moment de cette déclaration, ils se trouvaient dans la Calle dei Fabbri, derrière Saint-Marc. Soudain Trueblood s'était arrêté net, causant une collision entre quatre vieilles femmes, enveloppées dans des châles noirs, qui marmonnèrent des injures en italien.

La boutique Armani avait métamorphosé Trueblood en chien d'arrêt, et il léchait maintenant la vitrine avec des mines de vieille gourmande devant des pâtisseries. Il arpentait la boutique depuis bientôt une heure quand Melrose opta pour un costume blanc cassé en soie et laine, léger comme un nuage. L'instant d'après, Trueblood s'achetait le même. Il n'y avait pas d'autre moyen de lui faire porter du blanc.

— Et baisse ces manches, on se croirait à Wimbledon.

D'abord, le foulard orange; et voilà que Melrose voyait une pochette vert jade fleurir de la poche de la veste.

— Et, pour l'amour du Ciel, enlève cette pochette ! Tu gâches complètement l'effet « tuberculeux ».

— Je ne vois pas pourquoi, dit Trueblood, faisant disparaître la soie vert jade, les Giappino ne tombent jamais malades. Pourquoi faut-il que ce soit toujours *notre* branche de la famille ?

Depuis le début des longues fiançailles de Vivian, ces Italiens, qu'ils n'avaient jamais rencontrés, avaient fait l'objet de tant de questions et de discussions qu'ils faisaient presque partie de la famille de Long Piddleton.

— Nous ne sommes pas malades, nous ne l'avons jamais été, lui rappela Melrose.

Trueblood tint à s'asseoir derrière Melrose quand ils embarquèrent sur le vaporetto.

Dans ce sens-là, Melrose trouvait que cette cité qui flottait au loin méritait bien, comme le clamaient les guides de voyage, le titre de plus belle ville du monde... On aurait dit que tous les anges du ciel s'étaient soudain endormis et que Venise était leur rêve.

— Et n'oublie pas de tousser, cria-t-il à Trueblood tandis que le vaporetto faisait une embardée, lui envoyant des embruns à la figure.

— Tousser ? Pourquoi devrais-je tousser ? hurla Trueblood par-dessus le vacarme des machines, les clapotements de l'eau et le brouhaha des langues étrangères, sans parler du dialecte local.

Il y avait de nombreux Européens à bord — des gens de l'Est surtout, d'après leur accoutrement. Surprenant, tant de touristes en mars.

— Mais à cause de ta pneumonie, bon sang !

Tu es encore convalescent ! Tu ne te souviens jamais de rien ?

— C'est *toi* qui sors d'une pneumonie, vieille branche. Moi, j'ai été renversé par un camion...

Melrose, pris en flagrant délit d'erreur, resta confondu un instant, mais il se pardonna vite à la vue d'un arc-en-ciel qui dispensait sa palette de violets et de roses pâles sur une cité déjà parfaitement belle.

Depuis que Vivian Rivington avait quitté la gare Victoria un certain matin de janvier, Melrose Plant et Marshall Trueblood avaient tenu moult conseils dans le Northamptonshire, tantôt au Jack and Hammer devant une Old Peculier, tantôt à Ardry End, résidence familiale des comtes de Caverness, devant un verre de porto, ou encore dans le magasin d'antiquités de Trueblood parmi les Queen Anne et les Lalique.

A conspirer. Conspirer dans le but d'arracher Vivian Rivington au comte Dracula. Puisque Vivian elle-même avait réussi à faire traîner son mariage avec Franco Giappino pendant trois, quatre ans, Plant et Trueblood avaient considéré qu'un coup de main des alliés du Nord serait le bienvenu.

Vivian était une sentimentale. Jamais elle n'aurait célébré son mariage sans la présence de ses vieux amis de Long Piddleton.

L'accident dont Trueblood s'était prétendu victime avait retardé l'événement de cinq bonnes semaines. Il était censé boitiller encore avec une canne, chose qu'en grand têtu qu'il était il refusait de faire dans Venise.

Quant à Melrose, le bilan de santé qu'il avait enfin consenti à passer, alors que cela faisait plus de dix ans qu'il fuyait tout porteur de blouse blanche, avait révélé un léger voile aux poumons, qui n'avait pas alarmé outre mesure son médecin, à la condition que lord Ardry observe le plus grand repos pendant quelques semaines. Ainsi avaient-ils gagné un mois : février.

— *Non, non, non, Vivian! Tu ne vas pas venir en Angleterre pour ça! Je t'assure que ce n'est pas grave, et un peu de repos...*

Dieu merci, elle n'était pas venue.

Ils avaient ensuite envisagé d'inventer un accident survenu à lady Agatha Ardry. Ils pourraient prétendre qu'elle s'était brisé la mâchoire dans un de ces accidents automobiles dont elle s'était fait une spécialité. Et que le fil de fer l'empêchait de parler, avait ajouté Melrose.

Mais ils avaient renoncé à ce projet, qui risquait de précipiter le mariage au lieu de le retarder.

Vivian n'était pas stupide; et Melrose se demandait en vérité si elle ne soupçonnait pas quelque chose depuis le début, avec l'accident de Trueblood. Celui-ci avait autant de finesse pour embellir ses mensonges qu'il en avait pour ses vêtements, et il y avait quelques grosses ficelles dans la trame qu'il avait tissée.

Aussi avaient-ils pensé qu'un soutien de Scotland Yard serait le bienvenu.

Mais ils n'avaient pas reçu l'aide escomptée de Richard Jury, qui rechignait à accréditer l'histoire rocambolesque et sanglante d'un sadique à la hache qui avait échappé au contrôle de police à l'aéroport de Heathrow et pris un avion pour Venise...

— *Pourquoi le ferais-je ? Débrouillez-vous tout seuls !* leur avait répondu Jury au téléphone.

Ils lui avaient passé ce coup de fil trois semaines plus tôt, depuis le magasin de Marshall Trueblood, qui possédait les téléphones les plus sophistiqués de British Telecom.

— Tu t'en moques, alors ? avait dit Trueblood à Jury. Ça ne te fait donc rien qu'elle devienne l'épouse de ce vampire ?

— Oh ! tais-toi donc. C'est Vivian que ça regarde, c'est sa vie, pas la vôtre.

— Nous essayons de la sauver d'elle-même. Sous prétexte qu'elle n'a cessé d'aller et venir entre l'Italie et l'Angleterre pendant tout ce temps, elle se croit en quelque sorte obligée d'épouser le bonhomme, était intervenu Melrose.

— C'est à elle d'en décider, non ? avait répliqué Jury d'un ton qui avait paru étrange à Plant. Et Ellen Taylor, dans tout ça ? Je croyais que tu devais aller la rejoindre à New York, ou à Baltimore.

— Je le ferai, dès que Vivian sera hors de danger.

— Hors de danger ? Bon Dieu, quand ouvriras-tu enfin les yeux ?

— Et pour voir quoi ? avait répliqué Melrose, tandis que Trueblood allumait une Sobranie verte et posait les pieds sur l'un de ses fauteuils précieux.

Pas de réponse.

— Richard ? Tu m'écoutes ?

— Hélas ! oui.

— Tu es le seul à pouvoir l'arrêter. Pour toi, elle reviendrait. Tu te souviens de ce matin-là à Victoria ?

Un silence à l'autre bout de la ligne, puis un « oui » las.

— Tu te souviens comme elle était ravissante ? Cette robe claire, ces cheveux auburn...

— Oui, et *toi,* tu te rappelles quand nous nous sommes rencontrés tous les trois ? C'était il y a dix ans, à Long Piddleton. Et, à ce moment-là aussi, elle était presque mariée.

— Tu ne vas pas comparer...

— Crois-tu qu'elle voulait l'épouser, *lui* ?

— Je ne vois pas de quoi tu parles, avait répondu Melrose en levant les yeux au plafond où des toiles d'araignées voilaient des anges de plâtre.

Soupir et long silence venant de Londres.

— Non, tu ne vois sûrement pas. As-tu rencontré Polly Praed dernièrement ?

— Qu'est-ce que Polly vient faire ici, tu peux me le dire ?

— Je ne sais pas.

— C'est de *toi* que nous parlions.

— Et alors ?

— Eh bien, tu as bien dû penser *quelque chose,* quand l'Orient Express a quitté Victoria.

Autre long silence.

— *Agnosco veteris vestigia flammae,* avait dit Jury avant de raccrocher.

II

Le Gritti Palace était certainement un bel établissement, mais il ne correspondait pas à l'image fastueuse que s'en était faite Melrose. Le bar était désert à l'exception d'une vieille dame trop fardée. Elle lui rappelait Mrs. Withersby, à la façon dont elle levait le coude pour descendre d'un trait son Sambuca et cognait son verre sur la table pour attirer l'attention du garçon. Entre deux verres elle fixait du regard le Grand Canal. Une mèche grise dépassait de son chapeau marron orné d'un oiseau à moitié déplumé. Une millionnaire, peut-être. Ou une comtesse. Ou bien les deux.

Trueblood, d'ordinaire attentif à sa diète, se gavait d'amandes salées. On aurait eu du mal à imaginer qu'il venait d'échapper à la Grande Faucheuse dans un accident de la route. Entre deux bouchées, il passait en revue les divers scénarios possibles :

— Il nous faut choisir, Melrose ! J'aime assez le coup du cambriolage... Vivian doit avoir accumulé une fortune en antiquités...

Melrose secoua la tête.

— Non, ce n'est pas un travail pour nous, et il faudrait agir de nuit. Les gens parleraient. Et puis, en admettant qu'on parvienne à la faire revenir, comment fera-t-on pour récupérer la marchandise ?

— Oui, en effet. Eh bien, essayons Ruthven. Tu sais que Vivian lui est très attachée, et que si on lui disait que ce pauvre Ruthven a dû être enfermé à la suite d'une crise de folie...

— Non, elle serait désolée, lui ferait part de toute sa compassion, mais elle ne reporterait pas pour autant son mariage. Il faudrait que ce soit nous qui devenions cinglés, mais on s'est déjà assez démolis comme ça pour ne plus en rajouter. Et Ruthven ne pourrait pas le faire, de toute façon, même s'il était d'accord.

— Et si on arrivait à la convaincre que Venise est une ville dangereuse ? Tu te souviens du Nain Fou ? On pourrait lui dire qu'il s'est évadé et qu'on craint qu'il ne fasse un nouveau carnage.

— Non, non, non ! Si un nain faisait une chose pareille, ça serait dans tous les journaux : *Le Nain Tueur s'est évadé !* Et puis c'était supposé être une idée de Jury...

Melrose se tut un instant.

— Ça y est, j'ai trouvé !

— La voilà !

Vivian la Vénitienne se tenait devant eux, plus magnifique que jamais. Pas de doute, le climat italien lui réussissait. Elle était habillée à la dernière mode, et sa robe finement plissée, moulant son corps parfait, semblait posséder une vie propre. Melrose préférait les bonnes jupes de laine et les cardigans qu'elle portait toujours en terre natale.

Elle les serra dans ses bras, les embrassa et s'assit.

— Vous m'avez l'air bien pâles, tous les deux, dit-elle. Surtout Marshall...

— Oh ! nous allons beaucoup mieux, s'empressa de la rassurer Melrose.

— Beaucoup mieux ! surenchérit Trueblood.

— Vous avez aussi l'air coupables, dit-elle en se penchant par-dessus la table pour les regarder attentivement.

— Laisse-moi t'offrir un verre, Vivian.

Melrose attira l'attention du serveur en route vers la table de la vieille comtesse.

— Si vous avez fait tout ce voyage pour me voir, j'en suis très flattée. Le mariage a encore été repoussé de deux semaines. Un gin-orange, s'il vous plaît, dit-elle au serveur qui attendait.

— Ma foi, pour tout te dire, reprit Melrose, c'est à cause de Richard Jury que nous sommes ici.

Il marqua une pause.

— Figure-toi qu'il va se marier.

Trueblood plongea la main dans le bol d'amandes en hochant vigoureusement la tête.

— Quoi ? *Richard* ?

Vivian ouvrit de grands yeux. Son visage n'aurait pas exprimé plus grand effroi si le Nain Fou lui avait planté un poignard dans le dos. Elle déglutit trois fois avant de pouvoir articuler un « avec qui ? » étranglé.

— Elle s'appelle... Je ne m'en souviens plus. Et toi ?

Trueblood feignit un gros effort de mémoire et haussa les épaules.

— De toute façon, tu ne la connais pas.

— Mais vous l'avez tout de même rencontrée ?

— Oh ! oui, dit Melrose, et se tournant vers Trueblood : Elle n'est pas mal, n'est-ce pas ?

Trueblood piocha de nouveau dans les amandes.

Vivian regarda le verre que le serveur venait de déposer devant elle comme si ç'avait été de la ciguë.

— Il aurait pu me le dire, dit-elle, l'air abattue.

— Il compte sur ta présence, dit Melrose.

— C'est quand ? demanda-t-elle, reprenant vie.

— Dans une semaine.

— Deux semaines.

Trueblood et Melrose avaient répondu en chœur, et le premier s'empressa de rectifier :

— Oui, tu as raison, deux semaines.

— Mais c'est dans deux semaines que Franco et moi nous...

— Écoute, Franco saura bien attendre un petit peu. Il a fait preuve d'une telle patience jusque-là. Ce doit être un garçon très compréhensif, ajouta Melrose, tout sourires.

Vivian était morose.

— Et à quoi ressemble cette merveille ?

— Cheveux auburn, yeux noisette et visage en forme de cœur, répondit Melrose, décrivant précisément Vivian elle-même.

— Comment l'a-t-il rencontrée ?

— A l'une de mes soirées, dit Melrose.

— Tu n'en donnes jamais, dit-elle, dirigeant sur lui le feu de son regard qui disait : *Traître !* Et que fait-elle dans la vie ?

Tandis que Vivian semblait s'enfoncer de plus en plus dans son fauteuil, Trueblood répondit :

— Elle est écrivain.

— Un écrivain !

— Oui. Elle écrit des espèces de biographies imaginaires, si mes souvenirs sont bons.

Melrose coula un regard méfiant vers Marshall Trueblood, redoutant que ce dernier n'en fasse trop, comme à l'accoutumée.

Mais ce que venait d'entendre Vivian, loin de réveiller le soupçon, l'abattit encore plus. Elle s'empara de son verre et en but d'un trait la moitié avant de le reposer si brutalement sur la table qu'elle manqua renverser la coupe d'amandes.

— Elle est célèbre ?

Avant que Trueblood n'ouvre la bouche pour embellir encore son histoire, Melrose répondit :

— Non, pas du tout. Tu n'en as sans doute jamais entendu parler. En fait, je ne suis même pas sûr qu'elle écrive toujours, n'est-ce pas ?

Il donna un coup de pied sous la table à Trueblood.

— Oui, elle a arrêté, dit celui-ci. Elle a eu une brève carrière, un feu de paille. Je pense qu'elle doit être au chômage, à présent.

— Décidément, elle a tout pour plaire à Jury, grinça Vivian, entre le sarcasme et le désespoir. Elle est jolie, intellectuelle, bouquineuse, et pauvre. Tout ce qu'il aime.

Trueblood se lança :

— Elle aime beaucoup Rimbaud. Ou bien est-ce Verlaine ?

Melrose lui jeta un regard sévère tandis que Vivian se redressait dans son fauteuil.

— Parfait, dit-elle. Quand elle ne sera pas en train de repriser ses chaussettes, elle viendra parler avec vous des poètes français. Je voudrais un autre verre !

Trueblood clopina jusqu'au bar.

— Tu vois, il boite encore beaucoup, fit observer Melrose.

Mais Trueblood aurait pu se retrouver cul-de-jatte, Vivian s'en serait fichée éperdument.

Elle ne pipa mot tandis que Trueblood déposait gravement son verre devant elle. Il avait eu le temps de forger un petit scénario, et il dit d'une voix tranquille :

— Pour te dire la vérité, Viv, nous ne sommes pas sûrs que cette femme soit aussi parfaite que tu l'imagines.

— Et alors ? Ce n'est pas toi qui l'épouses !

— Certes, mais nous avons quand même fait observer à Jury qu'elle n'était pas vraiment faite pour lui, dit Trueblood, évitant le regard de Melrose.

Il prit une Sobranie rose dans son étui à cigarettes.

— Je voudrais que ça reste entre nous, Viv, sinon Melrose et moi serions très embarrassés, ajouta-t-il en posant sa main sur le bras de Melrose.

Que diable avait-il encore inventé ? Vivian n'était pas aussi naïve... En fait, elle pouvait avaler n'importe quoi dès l'instant où il était question de Jury. Au moins Trueblood était-il parvenu à faire entrer la jeune femme dans un secret qu'il avait maintenant lui-même hâte d'entendre.

— Oui, il y a les enfants...

Melrose et Vivian étaient suspendus à ses lèvres.

— Il n'est pas très réaliste d'épouser une femme qui a, combien ?... trois, quatre enfants ? Sans compter que le plus grand a tout de même... dévalisé un kiosque à journaux... Il a évité de justesse la prison.

Vivian blêmit.

— Il est fou ? Il passe sa vie à combattre le crime ! Faut-il aussi qu'il l'épouse ?

— Nous avons bien essayé de lui faire entendre raison mais...

Trueblood se tut avec un haussement d'épaules qui exprimait toute son impuissance.

Melrose n'en revenait pas. Dieu ! après tout ce qu'ils avaient inventé sur la famille Giappino, comment Vivian pouvait-elle être assez crédule pour avaler ces sornettes ?

Mais, une fois de plus, elle mordait à l'hameçon.

— Il faut toujours qu'il joue au bon Samaritain. C'est une déformation professionnelle chez lui, de se retrouver mêlé à des gens louches.

— Nous avons pensé que tu aurais plus de chance que nous de le dissuader. Tu sais combien il t'aime.

— Non, je ne le sais pas.

Un silence pesant tomba. Vivian s'agita, ouvrit son sac à main, le referma, commanda un autre verre, croqua la dernière amande, et dit enfin d'une voix tendue :

— Tout ce que je puis dire, c'est qu'il doit être

drôlement entiché de cette femme pour faire de sa maison un foyer d'accueil. Il ne manque plus que le plus jeune deale du crack !

Melrose et Trueblood rirent de bon cœur.

— Cette affaire nous dépasse. Je suis tellement navré de voir notre commissaire courbé sous le poids de...

Melrose dut de nouveau interrompre Trueblood d'un coup de pied sous la table.

— Il n'avait donc pas l'intention de venir à mon mariage ?

La question de Vivian résonna comme une plainte.

— Oh ! mais il serait certainement venu, dit Trueblood. Avec toute sa famille, bien sûr.

Melrose baissa les yeux. L'idée première avait été de ramener Vivian chez eux. Et voilà que, grâce à l'imagination fertile de Trueblood, un mariage en chassait un autre, et c'était celui, imminent, de Jury, qu'il fallait tenter de briser !

Vivian ne savait manifestement plus où porter son regard. Sur eux ? Sur la table ? Au plafond ?

— Je dois m'en aller, dit-elle. Franco m'attend.

— Ça m'a fait tellement plaisir de te revoir ! dit Trueblood. Tu es radieuse. Franco doit être très gentil !

Cela allait vraiment désarmer Vivian, songea Melrose. Ils n'avaient pas mentionné une seule fois les cercueils, la Transylvanie, les pieux ou les miroirs.

— Mais bien sûr, qu'il est gentil, dit-elle, troublée par le tour que prenait la conversation.

— Tu nous trouveras à l'hôtel du Lido, si

jamais tu changeais d'avis, dit Melrose comme Vivian se levait.

— Changer d'avis ? Encore faudrait-il que j'en aie un !

— Eh bien, c'est encore mieux, dit-il en se levant.

Ils quittèrent ensemble le Gritti Palace. Vivian était pâle et semblait troublée.

— Quand rentrez-vous ? demanda-t-elle.

— Nous n'avons pas fixé de date. Dans quelques jours.

— C'est gentil d'être venus me voir, vous savez. Et tenez-moi au courant.

Quand ils se furent séparés, Trueblood se frotta les mains.

— Drôlement bien joué.

— Tu trouves ? Je te rappelle que ce n'est pas Jury qui se marie.

— Oh ! ça... Le temps que Vivian revienne, et Jury se sera déjà séparé de la femme et de ses graines de voyou.

2

I

Le garçon dans l'arbre braquait ses jumelles Zeiss à grande portée sur une scène qui se déroulait à moins de trois cents mètres du jardin du collège de Severn.

Un téléphone portable pendait à son épaule.

Le garçon était grimpé bien des fois dans cet arbre, pour dominer le haut mur d'enceinte du collège. Il aurait pu être transporté d'allégresse à la vue magnifique que sa position lui offrait. Il aurait pu en être ému au point d'écrire un poème.

Il aurait pu ; mais ce n'était pas le cas. Le garçon dans l'arbre ne s'intéressait qu'au champ de courses et aux chevaux qui y galopaient en ce moment même. A la seconde où Rogue's Gallery franchit la ligne d'arrivée à trois contre cinq, il lança dans le téléphone :

— Dusty Answer, numéro dix, trente contre un.

— Bien reçu, petit, répondit son vieux complice, installé dans une Land Rover garée au bord de la route près des grilles du collège.

Il pianota sur le téléphone de la voiture, répéta le nom du cheval et précisa la course ainsi que le modeste pari de vingt livres à son correspondant.

A l'autre bout du fil, le bookmaker soupira.

— Vous savez, chef, que j'suis obligé de vérifier l'heure si vous attendez la dernière minute.

— D'accord, dit l'homme dans la voiture.

Et il rappela le garçon dans l'arbre :

— Il vérifie. On va l'avoir à l'usure.

Le garçon dans l'arbre en était persuadé. Ces deux derniers mois, leurs paris avaient oscillé entre deux et deux cents livres. Ils n'avaient jamais gagné. C'était le but.

Le garçon sentit, avec l'assurance, sinon l'intuition des jeunes adolescents, qu'aujourd'hui ils allaient décrocher la timbale.

— Le favori de la prochaine ? demanda-t-il à l'homme dans la voiture.

Celui-ci avait sous les yeux le programme de la course. Le garçon aussi en avait un, mais il était trop occupé avec ses jumelles pour l'étudier sérieusement.

— Splendid Spring, on dirait. A trois contre quatre... hum, hum. Il y a plusieurs coups possibles. On pourrait en choisir un qui ne me fasse pas passer pour plus crétin que j'en ai l'air, qu'est-ce que t'en penses ?

— Ouais, bonne idée.

— Alors, qu'est-ce que tu dis de Cannibal Isle, à dix contre un ?

Le garçon porta de nouveau les jumelles à ses

yeux, pour observer les chevaux qui se préparaient au départ.

— Où vont-ils chercher ces noms ? D'accord pour Cannibal.

— Tu crois que notre bonhomme va tomber dans le panneau ? Ça fait des semaines qu'on est sur ce coup.

— C'est un vorace. Il te prend pour un idiot qui n'y entend rien aux chevaux, et il en a marre de tes paris minables... Attends, reste en ligne.

Le garçon regretta de ne pas entendre aussi bien qu'il voyait. Il devait faire appel à son imagination pour percevoir le martèlement des sabots que syncopaient le passage des haies, les cris d'encouragement ou... de victoire pour certains des turfistes... comme à l'instant. Ce n'était pas Splendid Spring, mais Gal O'Mine, troisième favori, qui venait de l'emporter.

— Gal O'Mine, dit-il au téléphone.

De nouveau, son complice téléphona au bookmaker.

— Cannibal Isle, dans la cinquième, cinquante livres.

— Bon Dieu ! mais il est à vingt contre un, celui-là... Faut encore que je vérifie, chef.

— Pas de problème, dit-il.

Puis au garçon dans l'arbre :

— Laisse tomber la sixième, qu'il marine un peu.

— D'accord.

Ils attendirent.

Le bookmaker appela, dit à l'homme dans la voiture :

— Non. Les deux étaient déjà commencées, et il raccrocha.

L'homme dans la voiture appela le garçon dans l'arbre.

— Écoute, dans la huitième il y en a un qui me plaît, qui me plaît beaucoup. On lui donne une chance ? On n'a rien à perdre.

Le garçon réfléchit un instant.

— Il est favori ?

— Avec moi, il l'est. Attends que je regarde... Il est donné deuxième, non, troisième favori. A trois contre un. C'est ton cheval, fils. Il s'appelle Fortune's Son.

Ils rirent en chœur, l'homme dans sa voiture, le garçon dans son arbre.

— Il me plaît à moi aussi.

Le garçon sourit et arracha une des premières feuilles vertes qui commençaient à garnir les branches. Il la mit dans sa poche puis, la bouche contre l'appareil, il reprit :

— D'accord, misons carrément cinq cents. Non, un peu plus. Sept. Pour gagner. Ça fait un tas de fric.

— Si l'autre prend le pari.

— Et si tu t'es pas gouré, répliqua le garçon en riant.

Il sortit une cigarette, l'alluma et la fuma tranquillement en attendant l'arrivée de la course en cours. Puis il reprit ses jumelles et observa les chevaux de la huitième qui se rangeaient au départ. Il les passa en revue pour s'arrêter sur le numéro huit. Placé à l'extérieur. Le huitième cheval dans la huitième course. Et il aimait beaucoup les couleurs de la casaque du jockey, bleu et or. Le Fils de la Fortune.

Ils partirent et, pendant une minute et quinze secondes, le garçon retint son souffle en les regardant galoper et franchir haies et fossés, comme si ces sept cents livres, il les avait pariées de sa poche.

Fortune's Son arriva premier.

— Appelle ! cria le garçon dans le téléphone.

L'homme dans la voiture n'attendait que son signal. Ses doigts coururent sur les touches de l'appareil.

Le garçon dans l'arbre attendit, les jumelles braquées sur le cheval bai aux couleurs bleu et or qui avait l'air de savoir qu'il avait gagné. Et ça n'étonnait pas le garçon. Un peu qu'ils savaient, les chevaux !

Le téléphone grésilla. Il le porta à son oreille, perçut des gloussements.

— Petit, ce grand crétin a plongé bille en tête. N'a pas résisté aux sept cents sacs, le grigou. Ça nous fait deux mille cent bonnes livres sterling à notre compte !

Il poussa un cri de victoire.

— Va ramasser la mise, dit le garçon dans l'arbre, et on se retrouve ici demain. Disons, à trois heures, pendant le sport. Et file pas avec le magot ! ajouta-t-il en riant.

— Ça ne risque pas, fils !

Il enfonça le téléphone dans sa ceinture, là où sa veste d'uniforme le cacherait. Les jumelles n'étaient pas compromettantes; il était censé observer les oiseaux migrateurs.

Il descendit de l'arbre puis se laissa tomber de la dernière branche. Il épousseta les jambes de son pantalon et, comme il levait la tête, il vit son professeur de sciences. Il le salua, calme et serein.

— Monsieur.

— Bonjour.

Le garçon lui montra la feuille verte.

— Si vous l'examinez de près, monsieur, vous remarquerez que les stries sont différentes.

L'homme cligna des yeux.

— Non, je ne vois pas, mais je n'ai pas d'aussi bons yeux que vous. Quoi qu'il en soit, voilà une observation intéressante.

— Merci, monsieur. Je vais aller noter mes découvertes.

— Fort bien, il me tarde d'en prendre connaissance.

— Monsieur, dit-il, saluant le professeur qui reprenait sa promenade, les mains croisées derrière le dos, l'air songeur.

Gentil, pas très futé, mais gentil. Il jeta un coup d'œil à la feuille et la jeta. Pour lui, toutes les feuilles se ressemblaient.

II

Dans l'une des arrière-salles du Rose and Crown, le garçon avait pris place à une table ronde qui rassemblait six joueurs de poker. Ned Rice était l'un d'eux.

Ça les faisait toujours rire, les quatre autres, que le gosse se prenne pour un joueur de première classe. En vérité, il ne jouait ni bien ni mal, et pendant les huit mois où il avait tapé le carton avec eux (vacances scolaires exceptées), il n'avait remporté qu'une douzaine de pots, et encore, pas très élevés.

Il était effronté ; il aimait se vanter de ses voyages aux États-Unis, toujours à Las Vegas — il disait Vegas —, où il avait un riche oncle, « gros flambeur » connu dans tous les clubs.

Et il jouait toujours avec des dollars, jamais des livres.

Ce qui, au début du moins, ne manqua pas d'étonner ses partenaires.

Allan Blythe, médecin conventionné, qui s'était fait en douce une clientèle privée et consultait au noir, lui avait demandé pourquoi il ne changeait pas ses devises à la banque.

— Pardi, parce qu'il n'y a pas un seul bureau de change dans ce bled. Il faudrait que j'aille à Londres pour ça ? Ne me faites pas rire ! De toute façon, je vous donne un meilleur taux que dans n'importe quelle banque.

La première fois qu'il était arrivé avec ses dollars et Ned Rice, les quatre autres avaient failli mourir de rire. Frankie Fletcher, qui connaissait un faussaire de petite envergure, n'avait accepté qu'il joue à leur table qu'après vérification d'une des coupures.

A présent, ils étaient habitués à lui. Ça les faisait marrer de voir ce collégien débarquer chaque semaine à leur table, alors qu'il était censé aller au cinéma avec sa classe. Comme il n'était ni un adversaire redoutable ni un tricheur — ils l'avaient surveillé de près —, ils avaient fini par considérer comme une espèce de mascotte ce gamin qui n'avait que son oncle d'Amérique à la bouche et des billets verts dans la poche.

Il y avait une chose qu'ils avaient remarquée : il ne suivait jamais si le pot était petit, déclarant qu'il ne jouait pas pour des « crottes de bique », ce qui avait fait dire à Frankie Fletcher :

— J'ai l'impression que ton fameux oncle t'a pas appris grand-chose.

— Il te lessiverait en moins de deux si tu jouais avec lui, avait rétorqué avec fougue le garçon.

— T'emporte pas, petit, j'ai rien dit de mal.

Allan Blythe — le plus radin de la table — se tenait informé du cours du dollar, s'assurant que le garçon leur donnait les cinq pour cent de plus qu'il leur avait promis.

Cette fois encore, le garçon n'avait pas suivi, et ce fut Frankie qui l'emporta avec une paire de dix.

— Il n'y a pas de petit profit, dit-il avec un regard vers le garçon.

Ils jouèrent pendant une heure encore — pas de gros flambeurs, comme le fit observer Ned Rice, rigolard — et, quand il fut dix heures, heure à laquelle le film se terminait, le garçon se leva, ramassa son argent, gratifia Ned Rice d'un sourire complice et s'en fut rapidement.

C'était ce même jour que, quelques heures plus tôt, juché dans son arbre, il avait vu Fortune's Son l'emporter et, au moment où il sortait du Rose and Crown par la porte latérale, il se félicita d'avoir gagné quarante livres au poker, bien qu'il n'ait pas ramassé un seul pot. Bien sûr, pour son oncle d'Amérique, soixante ou soixante-cinq dollars, ça aurait tout juste payé les cigares. Mais il n'avait pas d'oncle à Las Vegas. L'idée d'avoir raflé quarante livres le réjouissait.

Il remonta le col de son blazer et descendit en sifflant la ruelle qui séparait le cinéma du pub, ce qui était bien commode.

Les mains dans les poches, il se mit à shooter dans une boulette de papier, la propulsant devant lui sur les pavés de la ruelle puis sur le trottoir devant le cinéma.

Tout à son jeu, il manqua trébucher sur le pied de quelqu'un.

Le garçon leva les yeux vers le propriétaire de l'obstacle. Son professeur de maths le regardait sévèrement derrière le triple foyer de ses lunettes.

— Eh bien !

— Oh ! merde, marmonna le garçon.

3

Jury entra dans son bureau et salua Wiggins, penché sur la batterie de médicaments alignés sur son bureau, transformé depuis longtemps en armoire à pharmacie. Il répondit d'un hochement de tête distrait, préoccupé qu'il était par ce qu'il devait prendre ou ne pas prendre.

— Vous m'avez l'air presque joyeux, monsieur. Ça fait deux semaines que vous êtes comme ça, dit-il d'un ton accusateur, le mot « joyeux » ne faisant guère partie de son vocabulaire. Il n'est que sept heures et demie, ajouta-t-il en consultant ostensiblement sa montre. Je ne vous savais pas aussi matinal.

— Ah oui ? Et suis-je d'ordinaire de mauvaise humeur, Wiggins ?

— Mauvaise, non, dit Wiggins après une brève réflexion. Mélancolique, plutôt.

Le sergent ouvrit le dernier tiroir, qui abritait toute une pharmacopée de plantes médicinales supposées accomplir des miracles, depuis le rhume des foins jusqu'au chagrin d'amour.

— Ce que je pense, reprit-il, c'est que vous ne dormez pas assez.

— Ça, dit Jury, le regard vide, c'est le diagnostic le plus exact que vous ayez jamais fait.

C'était vrai, il n'avait pratiquement pas fermé l'œil depuis des jours, et pourtant il se sentait frais comme une rose.

Quand il allait à Lewisham, ce qu'il faisait chaque soir depuis bientôt deux semaines, et que Jane venait lui ouvrir, ils s'étreignaient sur-le-champ, et il devait refermer la porte de son pied. Ils riaient de ne plus pouvoir retirer leurs mains l'un de l'autre. Ils étaient comme des naufragés qui, une fois sauvés, contemplent la mer froide et déserte qui a été leur vie et se demandent comment ils ont pu parvenir jusqu'au rivage.

Et quand il ne se trouvait pas avec elle, il éprouvait cependant un contentement qui le rendait invulnérable. C'était comme si elle l'avait revêtu d'une armure invisible.

Il savait par expérience qu'il ne devait pas plonger ainsi la tête la première dans une histoire d'amour, qu'il devait prendre du recul, juger de la nature du terrain avant d'y bâtir quoi que ce soit, et la voir, du moins pendant un temps, en maintenant une certaine distance.

Quand il était venu pour la deuxième fois à Lewisham, il avait oublié ces sages résolutions. Elle s'était écartée de lui pour annoncer que leur dîner allait brûler. C'était vrai, mais ils avaient tellement retardé le moment de quitter le lit que le poulet avait noirci, la salade ramolli et le vin blanc tiédi.

Quand enfin ils se séparèrent, ils oublièrent d'avoir faim.

— Sais-tu, avait dit Jury, étendu sur le lit, que je viens ici chaque soir depuis près de deux semaines et que je suis incapable de te dire à quoi ressemble ton salon ? J'ai une vague idée de ce qu'est la cuisine pour y avoir mangé, si du moins nous avons mangé quelque chose, mais tu aurais beau me menacer d'un pistolet, il n'y a que... ta chambre que je saurais décrire.

Elle rit et tendit la main par-dessus Jury pour prendre trois petits flacons de comprimés. Il y avait une carafe d'eau sur la table de chevet de son côté.

— Eh bien, dans ce cas, il ne me reste plus qu'à te faire faire le tour du propriétaire.

— Quelle perte de temps ! C'est pour quoi, ces cachets ?

Elle les lui montra.

— Celui-ci, c'est pour l'hydropisie, celui-là pour les vapeurs, et le troisième pour la peste bubonique.

Jury lui prit la main.

Deux nuits plus tôt, il avait dit :

— Soyons réalistes : je pourrais m'installer chez toi, ou tu pourrais venir à Islington.

— Je ne crois pas que Miss Play-Boy apprécierait.

Jury s'irritait de ces piques à l'égard de Carole-Anne.

— Elle s'appelle Carole-Anne, pas Miss Play-Boy !

— Excuse-moi, dit-elle en lui tournant le dos.

Jury la retourna vers lui.

— C'est juste une bonne amie à moi, et elle n'a pas eu une vie facile. Et puis, sans elle, on ne se serait pas rencontrés.

Jane sourit.

— C'est vrai, ça. A propos de rencontre, je voudrais que tu fasses la connaissance de mon fils.

— Mon Dieu !

Jury se dissimula le visage sous l'oreiller.

— Être passé en revue par un adolescent !

— Ce n'est pas un ado comme les autres, dit Jane en riant.

Jury, qui avait entrepris de ranger son bureau, balança tout un tas de paperasses à la poubelle.

— Vous devriez faire attention, lui dit Wiggins, il pourrait y avoir là-dedans une note du chef.

Jury ferma les yeux.

— Wiggins, si je vous entends parler encore une fois de Racer, je vous confisque votre atomiseur. Voilà, tout est bien rangé.

Wiggins jeta un regard critique au bureau de Jury.

— Peut-être, monsieur, mais maintenant vous ne saurez plus où les choses se trouvent.

Il prit une pincée de poudre dans une petite boîte et la prisa.

— De toute façon, je n'ai jamais su où elles se trouvaient. Qu'est-ce que vous faites ? Vous prisez du tabac ?

— Ce n'est pas du tabac, c'est de la rue.

— De la rue ? Ah bon, vous me rassurez.

— C'est un bon remède préventif de la bronchite. C'est Mrs. Wassermann qui me l'a recommandé. Elle s'y connaît parfaitement en herbes médicinales...

— Mrs. Wassermann ? Enfin, si vous le dites.

La seule chose que Mrs. Wassermann ait jamais prescrite à Jury était un bouillon chaud qui puait la charogne. C'était peut-être une infusion de rue.

Le téléphone sonna, et Wiggins décrocha.

— Sergent Wiggins à l'appareil. Oh, c'est vous... Quoi ?... Mais il doit être quelque part...

Jury perçut une note hystérique dans la voix grésillant dans l'appareil de Wiggins.

— Que se passe-t-il ? demanda-t-il tout bas.

— D'accord, d'accord, nous arrivons !

Le sergent raccrocha.

— Fiona ne retrouve plus Cyril.

Jury était déjà debout.

— Allons-y. Mais je ne vais pas traverser les couloirs de Scotland Yard aux côtés de quelqu'un qui s'est farci les narines de rue.

Fiona, une serviette de toilette nouée autour de la tête, écartait les meubles, vérifiait pour la centième fois poubelle et tiroirs.

— Il n'est plus là, j'aurais dû m'en douter.

Wiggins lui tendit un mouchoir d'un blanc immaculé, qu'elle noircit de rimmel en s'essuyant les yeux.

— Il doit être en train de dormir quelque part.

Fiona passa le dos de sa main sur sa joue en reniflant bruyamment.

— C'est ce qu'il devrait être en train de faire, surtout qu'il a déjà mangé son thon. Il fait toujours la sieste après le petit déjeuner... Vous savez comme Cyril aime jouer les courants d'air. Vous vous souvenez de la fois où il avait grimpé sur l'échafaudage des laveurs de vitres ? Et quand ce casse-cou se promenait sur la corniche, pendant que Racer le cherchait partout...

Tous ces souvenirs provoquèrent chez la jeune femme un nouvel afflux de larmes.

Jury en avait lui-même la gorge nouée alors qu'il fouillait dans le bureau de Racer. Il chercha dans les armoires, tira la chaise de sous le bureau. Cyril avait le don de se cacher sous votre nez.

Du bureau attenant, Fiona lui cria :

— Vous croyez que je n'ai pas déjà cherché là-dedans ?

Et comme Jury les rejoignait, elle reprit à l'intention de Wiggins :

— Quand j'ai vu Racer avec ce carton, j'ai trouvé ça bizarre mais sans plus, parce qu'il passe son temps à transporter des trucs. Maintenant, je suis persuadée qu'il a mis Cyril dans ce carton et...

— Admettons qu'il l'ait fait, l'interrompit Jury. Où l'aurait-il emmené ?

— Il l'aura abandonné dans Blackheath, et cette pauvre bête doit être complètement perdue !

Wiggins tenta de réconforter Fiona en lui racontant un film qu'il avait vu des années auparavant.

— C'était *L'Incroyable Voyage,* l'histoire d'un chat et de deux chiens qui se perdent pendant le déménagement de la famille, et qui parcourent plus de deux cents kilomètres — deux cents, Fiona ! pour retrouver leurs maîtres.

— Oui, mais c'est parce qu'ils se savaient aimés de *toute* la famille qu'ils ont fait ça !

— Où Racer aura-t-il pu l'emmener ? demanda de nouveau Jury en feuilletant les pages jaunes.

Il trouva la page qu'il cherchait, la détacha de l'annuaire, puis, la déchirant en trois morceaux, en donna un à Wiggins et un à Fiona.

— Allez, on va tous les faire, leur dit-il.

— Quoi, la SPA ? Les refuges d'animaux, monsieur ? demanda Wiggins, perplexe. Le commissaire Racer n'est pas homme à veiller à ce qu'un animal soit bien traité. Il est plutôt du genre à le fourrer dans un sac et à le balancer dans la Tamise...

Le gémissement de Fiona lui imposa silence.

— Taisez-vous, Wiggins, et commencez à appeler, dit Jury. Je prends le téléphone de Racer.

Ils se mirent à passer les appels, disant presque en même temps les mêmes choses.

— ... un chat cuivré, très agile...

— ... robe vaguement orange, pattes blanches, perdu ce matin...

— ... beau chat, intelligent... Non ? Tant pis, merci...

— ... Vous dites ? demanda Jury. Têtu comme une mule ? Refuse de manger ? A réussi à ouvrir sa cage ? Mais c'est lui ! s'exclama-t-il. Je m'appelle Richard Jury. Oui, J-U-R-Y. Nous arrivons tout de suite.

Jury entra, triomphant, dans le bureau de Fiona.

— Je l'ai.

Elle raccrocha bruyamment, un sourire jusqu'aux oreilles.

— Trouvez-nous une voiture, lui dit Jury. On n'en aura pas pour longtemps.

Puis, comme il sortait, il ajouta :

— Et envoyez cette boîte de thon au labo.

L'une des employées du refuge conduisit Jury et Wiggins dans une pièce remplie de cages numérotées. Cyril était dans la onze.

— Je suis tellement heureuse que vous veniez le chercher ! Il reste assis tout le temps et n'a pas touché à sa nourriture. Je me demande même s'il a dormi.

Elle se tourna vers Jury et Wiggins, que Cyril fixait d'un regard de sphinx.

— J'ai bien vu qu'il était désespéré, mais je dois dire qu'il a fait face avec beaucoup de courage.

Il n'avait fait face à rien du tout. Son regard disait simplement qu'il n'appréciait pas tellement le tour que le destin venait de lui jouer. Et ce que la sensible demoiselle prenait pour du stoïcisme n'était que du mépris. Cyril était un animal qui avait démontré jusqu'ici une formidable capacité d'adaptation en parvenant à cohabiter avec Racer. Même cette cage semblait impuissante à ébranler sa confiance et sa certitude que les secours ne sauraient tarder. Il était assis comme le font les chats, les pattes bien jointes, sa queue lovée autour de lui avec la dignité tranquille d'un juge de paix. Il bâilla. Tout était question de patience, dans la vie.

4

Ils étaient revenus sans Vivian.

Après tout, Lambert Strether était bien reparti sans Chad. A cette différence que Strether avait vu clair au travers du miasme de prétention sociale et de décadence morale. Melrose n'en ressentait pas moins un sentiment d'échec. Il avait dit à Ruthven de faire ce qu'il voudrait de ce costume d'Armani, mais qu'il ne voulait plus le voir.

Il était toutefois réconforté à la pensée que Vivian allait une fois de plus reporter la date de son mariage dans le but de venir à Londres et tenter de convaincre Jury de reconsidérer le sien. Trueblood avait sorti le grand jeu, à vous arracher des larmes. Il avait dépeint une femme qui teignait ses cheveux au henné et traînait derrière elle un passé louche. Mais le morceau de bravoure restait les quatre enfants.

Agatha n'avait appris leur retour d'Italie que le lendemain de leur arrivée, et voilà qu'elle était là, à Ardry End, à se tartiner un petit pain au lait d'une épaisse couche de confiture, tandis que

Melrose se retranchait derrière la lecture d'un livre et les décibels déversés par sa stéréo.

Sa nouvelle chaîne hi-fi était sensationnelle, avec sa platine CD Meridian 208 et ses enceintes Spica. Toute la journée précédente, il avait écouté Lou Reed ricocher des fenêtres aux murs et des murs aux fenêtres :

Get 'em out
On the Dirty Boulevard...

De temps à autre, Melrose chantait avec lui, donnant des coups de poing dans le vide pour marquer les temps forts, et faisant sursauter cette pauvre Mindy.

Aujourd'hui, c'était les Doors. Jim Morrison était un fan de Rimbaud. Tiens, voilà qui était étrange. L'enfant terrible du rock, dont la mort restait un mystère, était enterré à Paris.

— Tu écoutes encore ce fou ?

— Non, c'en est un autre.

— Pour moi, ils se ressemblent tous, dit-elle, ajoutant de la crème fraîche épaisse sur la confiture de son pain au lait.

Melrose ne releva pas. Il repensait aux *Ambassadeurs.* Lambert Strether n'avait pas dit à Chad Newsome que lui, Strether, avait été renversé par un poids lourd ni que le meilleur ami du jeune homme souffrait d'une pneumonie gravissime.

Et Melrose et Marshall n'avaient pas appelé Richard Jury parce qu'ils n'avaient pas encore décidé de ce qu'ils allaient lui raconter. Melrose espérait seulement que Vivian ne lui passerait pas un coup de fil avant qu'ils aient mis en scène la séparation de Jury et de la femme aux quatre marmots.

— Oh ! je ne supporte pas ce raffut ! s'écria Agatha, détachant enfin ses mains de l'argenterie pour se boucher les oreilles.

Melrose baissa le volume avec sa télécommande et revint à son livre sur Palladio. Depuis son escapade vénitienne, il s'était plongé, avec Ruskin, Henry James et plusieurs autres écrivains, dans l'architecture de la glorieuse cité des Doges. Maintenant, il avait envie de parfaire ses connaissances dans le domaine architectural.

— C'est intéressant.

— Quoi ?

— Palladio pensait qu'il fallait toujours laisser une vieille ruine dans le parc d'une propriété, dit-il en portant sur Agatha un regard appuyé.

— Je te trouve bien pâle, dit-elle comme par représailles. Je t'avais prévenu de ne pas entreprendre ce voyage si tôt après cette sale pneumonie.

Une pneumonie imaginaire que Ruthven avait su rendre, oh combien ! réelle. Avec quel talent avait-il su convaincre Agatha de la nécessité où Melrose se trouvait d'observer deux semaines de repos absolu !

Quelle nostalgie, quand Melrose repensait à cette parenthèse sans Agatha : quinze jours pendant lesquels Mindy et lui avaient sommeillé devant la cheminée, bu et mangé. Melrose avait demandé à Ruthven d'apporter le bol de Mindy, afin d'épargner à la chienne de faire tout ce chemin jusqu'à la cuisine. Tous deux avaient été comme des coqs en pâte devant le feu crépitant, Melrose sirotant son porto, Mindy le museau dans ses pâtées de viande. Ruthven avait été enchanté de jouer les gardes-malades. Il avait dès le premier jour clairement fait entendre à lady Ardry qu'il n'était pas question d'approcher M. le comte.

— *Pas même un membre de sa famille ? C'est absurde !*

— *Ce sont les recommandations du médecin.*

— *Quel médecin ? Celui de Sidbury ?*

— *Non, madame. De Londres. Un spécialiste.*

Melrose, ignorant Agatha, retourna à sa lecture.

— Et en plus avec Marshall Trueblood, l'idiot du village. Il a toujours eu une très mauvaise influence sur toi, mon cher Plant. Sa bêtise déteint sur toi. Et quand on a un rang tel que le tien...

Melrose soupira.

— Cessez, je vous prie, de me donner du comte de Caverness, cinquième vicomte d'Ardry, etc.

Il leva son livre devant lui de façon à ne plus la voir.

— Tu fais une crise d'identité.

Tiens, c'est nouveau, ça, pensa-t-il.

— Tu devrais prendre la vie avec un peu plus de sérieux, dit-elle, vidant sa troisième tasse de thé.

Bon sang de bon sang ! il lui fallait arrêter ce flot d'inepties. Il se leva, alla à son secrétaire, choisit une petite clé dans son trousseau et ouvrit le tiroir du milieu. Il en sortit une feuille de papier couverte d'une écriture serrée et, revenant s'asseoir, se plongea avec gravité dans sa lecture, pinçant les lèvres ou hochant la tête de temps à autre. C'était une longue lettre, un véritable monument d'imbécillité, l'œuvre de son voisin âgé de quatre-vingt-dix ans qui se plaignait que les branches des hêtres appartenant à M. le comte passent par-dessus le mur de pierre clôturant sa propriété.

— Que lis-tu ?

— Mon testament.

Elle s'arrêta de mastiquer.

— Et pourquoi donc ? Ça ne va pas ? Cette pneumonie serait-elle plus grave que nous ne le supposions ?

N'avait-il pas décelé une note d'espoir dans sa voix ?

— Vous me disiez de prendre la vie un peu plus au sérieux, mais la mort non plus n'est pas à négliger.

— Vraiment, Plant, tu es d'un lugubre !

Melrose, poursuivant sa lecture, fronça les sourcils.

— Hum, hum, hum.

— Qu'y a-t-il ?

— Ledbetter se trompe sur ce point, dit-il tout bas, comme s'il se parlait à lui-même.

— Simon Ledbetter ? Les Ledbetter sont les notaires de notre famille depuis un demi-siècle.

— Précisément, répondit Melrose, qui appréciait le « notre ».

— Tel que je te connais, Melrose, tu laisses

sûrement quelque chose à ce petit terrier d'Ada Crisp.

— Pas à son chien, mais à Ada, certainement.

— Vraiment, Melrose ! commenta Agatha avec un rire forcé. Et je suppose que tu feras de même pour cette Withersby. Mais qu'écris-tu ?

Il y avait une note franchement hystérique dans sa question.

— Je corrige une erreur de Simon Ledbetter concernant le plus gros de ma fortune, dit-il, dessinant une vache sur la feuille.

L'arrivée de Ruthven empêcha Agatha de faire un commentaire. Le majordome apportait à Melrose son whisky-soda, qu'il déposa sur une petite table à côté de son fauteuil.

— Merci. Ruthven, vous voudrez bien appeler Simon Ledbetter dès la première heure demain matin.

— Bien, monsieur le comte.

Melrose prit une gorgée, apprécia d'un grognement, et retourna à son dessin. La vache terminée, il entreprit de dessiner un arbre.

— Pourquoi veux-tu rédiger un codicille ?

Il y avait dans la voix d'Agatha une inquiétude qui réjouit Melrose. Il allait lui répondre quand Ruthven réapparut pour lui dire que le commissaire était au téléphone.

— Jury ?

Bon Dieu ! Il dessinait une vache alors qu'il aurait dû échafauder une histoire !

— Ça fait deux jours que j'essaie de te joindre,

dit Melrose, d'un ton plaintif. J'ai eu deux ou trois conversations intéressantes avec Miss Palutski, qui m'a demandé si je lui rendrais visite un jour, m'a parlé de son travail et a voulu connaître mon signe zodiacal. Le Jack and Hammer, je lui ai répondu. Je m'attendais à te voir un peu plus impatient que ça d'avoir des nouvelles de Vivian.

— Je le suis, mais j'ai été assez occupé tous ces jours-ci. Est-ce que la date de son mariage tient toujours ? As-tu vu le comte ?

— Dracula ? Non, mais nous avons eu une longue et intéressante conversation avec Vivian...

— Écoute, l'interrompit Jury, une rumeur circule comme quoi je serais plus ou moins fiancé.

Silence de Melrose.

Trueblood avait donc parlé.

Cependant, Jury semblait prendre ça du bon côté, à en juger par son ton de voix manifestement joyeux.

— Je sais d'où vient cette rumeur, dit Melrose. J'avoue que pour les enfants, c'est un peu exagéré...

— Les enfants ? Il n'y en a qu'un.

Melrose en resta coi. Il se gratta l'oreille. Jury se moquait de lui, assurément.

— Eh bien, voilà une bonne nouvelle ! dit-il, enthousiaste. Et à quoi ressemble l'élue ?

— Jolie, intelligente, merveilleux sens de l'humour, tout ce qu'un homme peut désirer, hormis une tendance à être d'humeur changeante.

D'où sortait-il cette description ? Trueblood avait-il abandonné le tableau d'origine ?

— A t'entendre, elle semble bien séduisante.

— Elle l'est, mais je dois avouer que j'ai la trouille de rencontrer son fils. Il a seize ans, et c'est lui l'homme de la maison depuis quelques années. Il va me détester.

Melrose était confondu. Il regarda sans les voir les épées entrecroisées sur les murs du couloir.

— Et où as-tu déniché cette perle ?

— Islington. A Camden Passage, pour tout te dire.

Pourquoi Jury paraissait-il aussi content ? Ça ne lui ressemblait pas.

— Elle te plaira, Melrose. Et son fils aussi. Il a seize ans, mais je te l'ai déjà dit, non ?

Mon Dieu, depuis quand un ado *pouvait*-il plaire à Melrose ? Mais là n'était pas la question. Jury n'avait pas l'air de plaisanter. Apparemment, le hasard avait voulu que Jury rencontre quelqu'un. Une femme, en l'occurrence, et ça n'avait rien d'extravagant : le monde en était plein. Et la plupart d'entre elles, Melrose en avait été témoin, couraient après Richard Jury.

Décidément, songea Melrose, leur bande était menacée sur tous les fronts. Il ne manquait plus que Trueblood épouse la dénommée Karla.

Non, ce n'*était* pas possible, une telle coïncidence ! Melrose rit.

— Tu ne parles pas sérieusement.

— Écoute, je sais que c'est un peu soudain...

— Si c'est pour une demande en mariage, Richard, adresse-la plutôt à Trueblood. Il est encore libre, lui. Moi, je suis déjà engagé...

Melrose pensa qu'après cela Jury n'insisterait pas.

— Mais qu'est-ce que tu me sors là ? s'exclama Jury en riant.

— Oh ! rien. Trueblood a sûrement raconté à qui voulait l'entendre ce que nous avons dit à Vivian, et tu essaies maintenant de nous rendre la monnaie de notre pièce, comme on dit.

Il y eut un silence à l'autre bout du fil, puis :

— Je ne comprends pas un mot de ce que tu racontes. Qu'avez-vous dit à Vivian ?

Melrose raccrocha sans même s'en rendre compte.

— Il est tout ce qu'il y a de plus sérieux, dit-il aux épées de ses ancêtres.

5

I

Jury contempla le téléphone, se demandant si la communication avait été interrompue ou bien si c'était son ami Plant qui avait déconnecté. Sa réaction avait été bizarre, mais en vérité la nouvelle avait de quoi surprendre...

Ça le surprenait lui-même, cette annonce d'un engagement qui n'avait pas été pris, cette demande en mariage qui n'avait pas été formulée. Et encore n'était-il pas sûr que Jane consente à l'épouser. Il était probable en tout cas qu'elle le prendrait au sérieux.

Le doute ne l'en taraudait pas moins, le poussant perversement à s'en aller sur-le-champ acheter une bague... oh ! rien de terriblement formel, une simple bague. Et l'idée qu'elle puisse la refuser le déterminait encore plus.

Elle avait besoin de lui. Après tout ce qu'elle avait enduré depuis le suicide de son mari et ce qu'elle continuait de subir de la part de la famille du défunt, dans le comté de Cumbria, elle avait besoin... ma foi, sinon d'un mari, en tout cas d'un allié en dehors de son fils, qui semblait être son seul soutien moral.

Quand elle parlait de lui, son humeur, d'abord joyeuse, virait rapidement à l'angoisse à la pensée que les Holdsworth puissent devenir les tuteurs de l'enfant et le lui arracher, une idée que Jury trouvait absurde. Ils s'étaient même disputés à ce sujet, et pas plus tard que la veille.

Il n'aurait pas dû la brusquer. Mais il s'était ému de sa réaction quand il lui avait fait remarquer que les grands-parents ne pouvaient en aucun cas, légalement parlant, lui prendre son fils : elle avait abattu brutalement sa brosse à cheveux sur le plateau de sa coiffeuse, ébranlant les articles de toilette, jusqu'à la photo de son fils dans son petit cadre en argent, comme si lui aussi avait tressailli devant une telle violence.

— Tu ne les connais pas ! Te crois-tu donc capable, sous prétexte que tu es policier, de prédire le comportement de tout le monde ?

Jury, assis au bord du lit, se leva. Elle lui tournait le dos. Il la prit par les épaules et sentit la formidable tension qui l'animait. Il la regarda dans le miroir.

— Jane, tu ne penses pas ce que tu dis, lui dit-il gentiment.

Il prit la brosse à cheveux et, dans l'espoir que ça la calmerait, commença de la coiffer, mais elle lui écarta la main. Les yeux baissés, elle lui dit d'une petite voix :

— Je suis une assistée, voilà ce que m'a dit Geneviève, oh ! avec le sourire, bien sûr.

— Et qu'est-ce qu'elle entendait par là ?

Elle se brossait maintenant les cheveux avec rage.

— Simplement que je me contente de vivre de ce que m'a laissé ma famille, et c'est bien peu de chose. Que nous habitons à Lewisham, que je n'ai pas de travail, que j'ai perdu quatre emplois en quatre ans, dont deux de façon parfaitement injuste... C'est vrai, je n'ai pas le sens des affaires. Que je me retrouverai bientôt dans un misérable meublé sans eau chaude...

— Pourquoi pas chez moi ?

Jury se pencha vers elle et l'embrassa sur la joue. Elle se mit à pleurer silencieusement, et ses larmes s'écrasèrent une à une sur le plateau de verre de la coiffeuse. Elle serra la main de Jury dans la sienne.

— Je suis désolée de t'ennuyer avec mes problèmes.

Elle pivota sur son siège et, passant les bras autour de sa taille, se serra contre lui.

— Je ne suis pas là uniquement pour partager les plaisirs, dit-il. Et puis qu'est-ce que tu lui reproches à cette maison ? Deux pièces en bas, deux en haut, tout à fait respectable, non ?

Il sentait la chaleur de son souffle à travers sa chemise.

— Qu'est-ce que tu en sais ? dit-elle en riant. Tu m'as dit qu'il n'y avait que ma chambre que tu pourrais décrire.

Elle leva les yeux, sourit, puis appuya de nouveau sa tête contre lui.

— C'est quand même ma quatrième maison en cinq ans, ce qui ne contribue pas à donner de moi une image de stabilité, sans parler du fait que je ne travaille pas. C'est cela qu'ils me reprochent ; ils prétendent que j'ai une mauvaise influence sur mon fils. Il a été renvoyé trois fois du collège, où j'ai pu l'inscrire grâce à de l'argent qu'un ami m'a prêté, mais ne lui en parle pas...

— J'ai l'impression que vous faites une sacrée paire, tous les deux. Qu'a-t-il fait pour être renvoyé ? Copié pendant un examen ? Insulté le proviseur ?

— Lui ? Non, il ne perd jamais son calme, ou alors il ne le montre pas. Il est imperturbable, encore plus que toi.

— Impossible.

— Probablement plus malin, aussi.

— Encore moins possible.

Elle souleva le petit cadre en argent.

— Plus beau.

— Alors là, tu dis vraiment n'importe quoi.

Jury la souleva de son siège pour la prendre dans ses bras.

— Dis donc, je suis dans mes petits souliers à l'idée de rencontrer ce parangon de vertu.

— Oh ! je crains qu'il ne soit pas très vertueux ! Je ne crois pas qu'il me dise la vérité sur ses activités. La dernière fois qu'il s'est fait renvoyer, c'était pour détention d'un jeu de cartes.

Elle déboutonnait maintenant la chemise de Jury.

— Et puis ? demanda-t-il, soulagé de la voir se détendre et sourire en parlant de son fils.

— Oh ! il se débrouille pas mal ! Il ne me

demande jamais d'argent de poche. Il me dit qu'il fait des petits boulots, de-ci de-là.

Jury sourit.

— Un débrouillard comme lui n'aura jamais besoin de tutelle.

II

Jury ne serait jamais entré dans cette boutique si un collègue, dont la femme collectionnait les bijoux anciens, ne lui en avait recommandé l'adresse.

De l'extérieur, le magasin était sombre, et la vitrine encombrée d'un capharnaüm de bagues et de bracelets, de masques vénitiens et de statuettes de porcelaine, de vêtements anciens et de boas de plumes.

Mr. Cuttle, tel était le nom du propriétaire. (« Plutôt avare en paroles, et jaloux de ses marchandises. Il demande des prix complètement fous, sachant qu'on ne paiera jamais de telles sommes, aussi il te faudra marchander », lui avait dit le collègue.) Jury n'était guère doué pour le marchandage, mais il avait décidé d'acheter cette bague sans plus tarder, même s'il ne pouvait voir Jane ce soir-là, comme il l'avait espéré. L'achat toutefois continuait de lui poser un problème. N'aurait-il pas l'air de lui forcer la main ? C'est pourquoi une bague *ancienne* lui semblait moins contraignante. Elle passerait davantage pour un simple cadeau, voire une promesse, que pour un engagement.

Il n'y avait pas de Mr. Cuttle en vue, seulement une cliente, occupée à fourrager parmi d'antiques robes en velours et dentelles et une forêt de boas et de plumes de paon. Bien qu'il ne la vît que de dos, et que ses cheveux fussent dissimulés sous un foulard, Jury lui trouva un air familier.

Un raclement de gorge le fit se retourner. Un homme âgé et rondouillard venait d'entrer par une lourde tenture. Ses mains potelées croisées devant lui, la tête inclinée en avant, il fixait sur Jury un regard qu'assombrissaient des sourcils broussailleux.

— Mr. Cuttle ?

L'homme dodelina de la tête.

— Je voudrais acheter une bague pour une dame.

Mr. Cuttle dodelina derechef.

Sur le large présentoir en velours, Jury en avait repéré une particulièrement jolie : un rubis serti dans une monture en vieil or. Nul doute qu'il devrait marchander, mais ce bijou en valait manifestement la peine.

— Est-ce que je pourrais voir celle-ci ?

Mr. Cuttle prit la bague, la considéra pendant un instant en silence puis, secouant la tête, il dit :

— Déjà vendue.

Et il la fourra dans la poche de son veston.

— Ah bon ! Et ce grenat — car c'est bien un grenat, n'est-ce pas ? — avec les petits brillants ?

Le grenat subit le même examen muet... pour connaître le même verdict :

— Vendu.

— Mr. Cuttle, pourquoi exposer ces bijoux, s'ils sont déjà vendus ?

L'enthousiasme qui avait amené Jury jusqu'à la

boutique du dénommé Cuttle commençait à donner de la gîte.

— Dans ces conditions, pourriez-vous me dire lesquels *sont* en vente ?

Mr. Cuttle se pencha sur le présentoir, choisit un onyx enchâssé dans un chaton en argent qui paraissait assez lourd pour faire couler quiconque aurait l'imprudence de se baigner avec, et le présenta à Jury avec un sourire hésitant.

— Non, dit Jury.

Tandis que Mr. Cuttle se mettait en quête d'un autre article à proposer, une voix féminine dit dans le dos de Jury :

— Mr. Cuttle, vous feriez mieux de ne pas abuser de la patience d'un policier.

Jury reconnut la voix avant même de se retourner.

— Lady Kennington !

Souriante, elle ôta son gant et tendit la main.

— Commissaire.

Lady Kennington n'avait pas changé le moins du monde : même silhouette, même coupe et même couleur de cheveux chêne clair, même garde-robe ; Jury pensa reconnaître cet ample chandail noir entremêlé de fils d'argent, ainsi que le foulard, qu'elle portait le jour de leur première rencontre, alors qu'elle descendait les larges marches de pierre de sa gigantesque maison, tenant dans ses bras un chat malade enveloppé dans une couverture.

— Allons, Mr. Cuttle, sortez donc ces bagues de votre poche et montrez-les à ce gentleman.

Il s'exécuta à contrecœur. Jury prit le rubis et demanda à lady Kennington :

— Qu'en pensez-vous ?

— Très belle bague. Mais cela dépend de la personne, et de l'occasion, n'est-ce pas ?

Jury n'eut rien à répondre à cela, puis il se rappela qu'il ne connaissait pas la taille du doigt de Jane.

— C'est idiot... Voulez-vous me prêter votre main ? Il me semble qu'elle est comme celle... de mon amie.

— Bien sûr, mais les mains sont trompeuses, vous savez.

Jury glissa la bague à son annulaire.

— En tout cas, elle vous va très bien, dit-il.

Jenny contempla sa main.

— C'est vrai, elle me va. De toute façon, Mr. Cuttle vous la reprendra si jamais elle n'allait pas. Ou bien, pour plus de certitude, vous pourriez lui emprunter discrètement une de ses bagues, à condition que vous ayez accès à son coffret à bijoux, ajouta-t-elle avec un sourire aimable.

— Oui, mais je préfère la prendre tout de suite, dit-il en jetant un regard à Mr. Cuttle qui n'avait pas bronché.

Lady Kennington déposa sur l'étroit comptoir une figurine d'albâtre représentant une femme drapée dans une longue robe.

— Je la prends, dit-elle, mais le bras et la robe sont ébréchés.

Mr. Cuttle lui indiqua d'un geste de la main qu'il lui en faisait cadeau.

— C'est très aimable à vous.

Elle montra l'objet à Jury.

— Elle me rappelle le jardin de Stonington.

— C'est vrai... approuva-t-il, puis se tournant

vers Mr. Cuttle : La bague, j'ai oublié de vous demander son prix.

Mr. Cuttle se gratta le crâne avant d'annoncer :

— Mille.

— Quoi ? Mille *livres* ?

Mr. Cuttle opina, replaça la bague dans le présentoir et, un léger sourire aux lèvres, rangea celui-ci sous la vitre du comptoir.

Lady Kennington regarda fixement Mr. Cuttle jusqu'à ce que celui-ci lève les yeux sur elle. Il se racla la gorge, soupira, et attendit.

— Mr. Cuttle, le commissaire Jury pourrait vous enlever votre licence, savez-vous ? Vous exposez des marchandises que vous refusez de vendre. Ne dites pas le contraire, je vous ai vu plusieurs fois le faire. Combien comptiez-vous dépenser, Richard ?

Elle ne l'avait jamais appelé par son prénom. Sa bonne humeur revenait.

— Oh ! entre trois et quatre cents.

— Eh bien ! Mr. Cuttle, quel prix demandez-vous pour cette bague ? demanda-t-elle en le regardant sévèrement.

Il pinça les lèvres, leva les yeux au plafond, se gratta le menton.

— Trois cent cinquante ?

— Formidable ! Auriez-vous un petit écrin ?

Sans répondre, Mr. Cuttle passa derrière la tenture, probablement à la recherche d'une boîte.

Lady Kennington se tourna vers Jury.

— C'est curieux que nous nous rencontrions toujours devant des bijoux.

— Le destin.

Il se sentit obligé d'expliquer la raison de son achat.

— C'est pour la jeune femme qui loge au-dessus de chez moi. Elle m'a rendu tant de services ! Elle s'occupe de mon appartement, fait le ménage, met de l'ordre, bref fait de son mieux pour que le célibataire endurci que je suis ne vive pas dans la pagaille. Alors comme c'est bientôt son anniversaire et qu'elle aime les bijoux...

Il sourit et se mit à rédiger un chèque pour Mr. Cuttle.

Celui-ci revint avec un écrin mais il tardait encore à remettre la bague à Jury.

— Mr. Cuttle ? dit doucement Jenny.

Il mit enfin la bague dans l'écrin et le tendit à Jury.

— Merci. Vous avez de fort belles choses, ici. J'en parlerai à mes collègues.

— N'en faites rien, dit Mr. Cuttle.

Sur ce, il disparut derrière la lourde tenture.

— Il se comporte avec ses marchandises comme s'il les tenait d'un héritage de famille, dit Jenny Kennington, quand ils se retrouvèrent dehors. Vous avez fait une bonne affaire ; cette bague vaut bien cinq cents livres.

— Oui, et grâce à vous. Vous êtes pressée ?

— Non. Voulez-vous que nous allions boire un verre quelque part ?

— Le Salisbury est tout près.

— Parfait.

Il prit leurs consommations et ils allèrent s'asseoir dans l'un des boxes capitonnés de velours rouge.

— Où vivez-vous maintenant ?

— Là où nous nous sommes rencontrés. A Stratford upon Avon.

— Avec des caisses en guise de chaises ?

Il lui donna du feu.

— Vous étiez toujours en train de déménager.

Elle rit.

— Oui, vous êtes mal tombé. Ce voyage avec ma tante n'a pas duré longtemps. Elle est morte à Paris, et je suis restée un certain temps là-bas. Un appartement dans la rue de la Paix. Somptueux. Je ne savais pas qu'il lui restait encore autant d'argent. Mais si vous revenez à Stratford, je pourrai vous offrir une chaise. La maison que je possédais dans le vieux Stratford a pris énormément de valeur, et je n'ai eu aucun mal auprès de ma banque pour obtenir un prêt et faire quelques travaux. Ce n'est pas une grande maison mais....

Elle se tut.

— Qu'y a-t-il ? Ça ne va pas ?

Il l'avait écoutée sans la regarder. Elle penchait la tête de côté, avec une expression entre l'inquiétude et l'amusement.

— Non, non, ça va très bien, répondit-il. Combien de temps restez-vous à Londres ?

— Jusqu'à demain. Je suis descendue au Dorchester.

Jury l'entendit, mais de nouveau il regardait la manche de son chandail noir dont les fils d'argent miroitaient à la lumière. Elle tenait son bras en travers de la table et dans sa main ouverte reposait la petite figurine d'albâtre, ébréchée comme l'était l'original.

Il se sentit pris d'un malaise soudain. Il revit le bras de sa mère émergeant des décombres de leur appartement, après le bombardement, il y avait bien longtemps ; puis ce fut le vieux manoir de lady Kennington, à Stonington, et cette statue de marbre au milieu du jardin, qu'on ne pouvait manquer de voir depuis chaque fenêtre de la façade.

Si Jane n'avait pas eu un « rendez-vous », il serait allé plus tard à Lewisham... non, il ne l'aurait pas fait ; il avait accumulé trop de retard dans son travail. Cependant il avait ressenti de la colère quand elle lui avait dit que non, elle ne pourrait le voir ce soir, elle attendait quelqu'un.

Et comme elle n'en disait pas plus, il lui avait demandé si elle attendait Godot, et pourquoi tant de secret ?

— *Mais je ne fais pas de secret. C'est seulement quelqu'un que tu ne connais pas.*

— *Si tu me disais qui c'est, je le connaîtrais,* avait-il répliqué tout en sachant qu'il avait tort d'insister de la sorte.

— *Bon Dieu, quelle différence cela fait-il ? Crois-tu que je te sois infidèle ? C'est ça que tu penses ?...*

— Vous avez l'air pétrifié.

Jury, revenant brusquement au présent, réalisa que c'était Jenny qui venait de prononcer la dernière phrase.

Elle ne souriait plus.

— Vous ne vous sentez pas bien ?

— Je suis désolé, mais il faut que je vous quitte.

Il sortit de l'argent, le déposa sur la table. Il ne pouvait croire à ce qu'il faisait... se lever comme ça et la planter là comme un parfait goujat.

— Est-ce que vous portez toujours ce chandail ?

Il avait du mal à articuler, comme s'il venait de marcher par un temps glacial.

— Le noir ne vous va pas.

Il ne rentra pas à Victoria Street pour rattraper le travail en retard. Il erra longtemps, au hasard, s'asseyant de temps à autre sur un banc, s'enfonça dans la nuit, honteux d'avoir pris congé si grossièrement d'une personne de la qualité de lady Kennington.

Finalement il se retrouva sur un banc dans Green Park, en compagnie d'un ivrogne tel qu'il le deviendrait lui-même s'il continuait de s'apitoyer ainsi sur son sort.

Il enrageait contre lui-même, contre sa muflerie à l'égard de Jenny, qu'il savait sensible, et qui s'était toujours montrée si aimable envers lui. Et il se méprisait d'avoir inventé cette histoire ridicule pour justifier l'achat de la bague... Pourquoi avait-il menti ?

6

I

Elle ne pouvait pas être morte.

Alex Holdsworth se tenait parfaitement immobile sur le seuil de la chambre de sa mère, son sac à dos lourd de livres de classe à l'épaule, l'imper perlé de gouttes de pluie.

Il était incapable de faire un pas de plus dans la pièce.

Il avait grimpé les marches trois à trois, sifflant entre ses dents, certain qu'elle accueillerait avec joie son arrivée inattendue, avant de devoir secouer la tête et de soupirer avec dépit. *Non, ne me dis pas, Alex, que tu as encore été renvoyé !*

Ils sauraient tous deux que c'était pourtant le cas et qu'une lettre suivrait, dans laquelle il serait dit que l'établissement ne pouvait garder en son sein un élève préférant la taverne du Rose and Crown au cinéma.

Alex exprimerait naturellement ses regrets sincères et sa peine de la voir gâcher tant d'argent pour lui. Et comme il savait qu'elle ne l'enverrait jamais se coucher sans lui faire prendre d'abord un dîner pantagruélique, il mettrait un point d'honneur à ce qu'elle ne se dérange pas et se contenterait d'un morceau de pain et d'un verre de lait. Il lui arrivait de souhaiter que sa mère se montre un peu plus sévère envers lui, car il avait du mal à s'imposer lui-même une discipline. Mais il devait se rendre à l'évidence : il avait beau faire les quatre cents coups, sa mère ne lui en tenait jamais rigueur.

Ce fut un autre Alex qui franchit enfin le seuil de la chambre. Pour éviter de hurler ou de se précipiter auprès du corps figé sur le divan, il dut se diviser en deux. Une partie de lui s'enferma sous une cloche de verre, et descendit dans des eaux profondes et glacées. Posant par terre son sac à dos, il s'approcha du sofa au velours vert fatigué.

Comment avait-il su dès le premier instant qu'elle n'était pas simplement endormie ? Car il n'avait pu remarquer depuis le seuil la pâleur de la peau et l'absence de mouvements respiratoires.

Il l'avait su parce que d'une certaine manière la respiration de sa mère était comme le double de la sienne. Il l'avait su parce qu'il avait refréné un sentiment de panique toutes ces dernières heures, depuis qu'il s'était réveillé à l'aube après un cauchemar qui l'avait laissé trempé de sueur. Un rêve tout simple assombri par un vol d'oiseaux noirs ; c'était une vision de ce tableau de Van Gogh, dont il y avait une reproduction dans le couloir du rez-de-chaussée : des corbeaux volant au-dessus d'un champ de blé. Il avait essayé en vain de l'appeler avant le petit déjeuner. Il n'y avait rien d'étrange à cela, s'était-il répété tandis qu'il contemplait son bol de porridge dans le réfectoire bruyant. Mais le rêve semblait le suivre telle une ombre noire. Il s'était toujours efforcé d'être rationnel et de ne prêter aucune signification prémonitoire aux songes baroques qui agitaient ses nuits. Aussi pourquoi ce dernier cauchemar en aurait-il possédé une ?

Tandis qu'une part de lui restait à l'abri dans le sombre silence de la cloche de verre, l'autre se tenait au milieu de la pièce, sans ciller ni pleurer. Il ne comprenait pas comment il pouvait se diviser de cette manière ; peut-être était-ce cela, le « choc ».

Alex avait presque honte de ce double, celui qui était capable de regarder la forme immobile de sa mère et d'observer froidement le contraste du velours vert avec celui, noir, de la robe qu'elle portait.

Sa robe de velours noir. La plus belle, la plus chic qu'elle possédait, sa préférée. Pas de bijoux. Ses escarpins de cuir noir verni posés côte à côte par terre, comme si elle s'était apprêtée à les mettre, ou bien les avait enlevés le temps de prendre un peu de repos avant de sortir. Car il était certain qu'elle sortait, sinon pourquoi aurait-elle revêtu cette robe ? A moins qu'elle n'ait attendu de la visite, ce qui n'était pas impossible.

Son regard se posa sur la petite table en bois de rose à côté du divan sur laquelle il y avait une coupe en porcelaine, une carafe en verre taillé, une petite horloge en bronze doré et un flacon de pilules.

Les pilules n'étaient pas une nouveauté pour lui... les tranquillisants, le Seconal, ce qu'elle prenait pour il ne savait plus quelle légère anomalie cardiaque. Il remarqua que le contenu du flacon avait considérablement baissé depuis sa dernière visite. Mais celle-ci remontait à la Noël, et elle devait en prendre deux par jour. N'osant toucher le flacon, il se pencha pour vérifier la date que le pharmacien y avait inscrite au stylo. C'était la même que celle qu'il avait relevée lors de son séjour précédent.

Il se rendit dans la salle de bains, ouvrit l'armoire à pharmacie, vérifia les autres flacons. L'un d'eux avait été remplacé, les autres portaient les mêmes dates et leur contenu avait diminué dans des proportions qu'il jugea normales. Sa mère l'ignorait, mais il tenait une comptabilité stricte des médicaments qu'elle prenait. Elle n'était pas véritablement malade, seulement portée à s'angoisser pour un rien.

Il regagna la chambre. Son autre moi s'agitait dans sa cloche de verre ; il voulait en sortir, il voulait remonter de la sécurité des profondeurs où il s'était un moment réfugié. Alex ferma les yeux, mais pas avant d'avoir gravé dans sa mémoire les moindres détails de la chambre.

Puis il décrocha le téléphone et appela une ambulance.

Nom. Adresse. Ma. Mère.

Alex était encore près du téléphone quand la sirène de l'ambulance filtra à travers les images qui défilaient dans sa tête : sa mère pétrissant une pâte pour une tarte, sa mère rapportant des fleurs du jardin, sa mère dans son peignoir de flanelle... montage d'instantanés, succession d'images, pages feuilletées de son album mental, jusqu'à ce que la plainte de la sirène culmine, toute proche, puis s'éteigne doucement et chute comme une toupie en fin de rotation.

Bruit de pas dans l'entrée, bruit de pas dans l'escalier, porte qu'on pousse, et ils furent là dans la chambre, blouses blanches, brancard, visages luisant de sueur, s'affairant sans reprendre haleine, le repoussant sans brutalité dans un coin de la pièce... il fallait bien qu'ils fassent leur travail.

Alex se laissa choir sur le lit. Un grand lit en bois de noyer, recouvert d'un couvre-lit damassé. Le lit, le sofa fatigué, le bureau en bois de rose les avaient suivis dans leurs déménagements successifs depuis la mort de son père, descendant à chaque fois un peu plus dans la hiérarchie des habitations. De la maison de Hampstead à l'appartement de Knights-bridge, puis à celui de South Kensington, jusqu'à cette petite maison Lewisham Road, près de Blackheath. De beaux meubles, une desserte édouardienne, un service en argent... tout avait disparu au cours de leurs pérégrinations immobilières.

Ils n'avaient jamais été pauvres à proprement parler, mais ils n'avaient jamais été riches non plus.

Sa mère avait tenu cependant à garder la table de billard, une manière bien à elle de juger des priorités. Ce fut au cours d'une partie qu'ils avaient décidé de son entrée au collège.

— Trop cher, avait dit Alex, à propos de l'établissement qu'elle envisageait pour lui.

— Dans ce cas, que penses-tu de Severn ? avait-elle demandé, tandis qu'Alex jouait son dixième point d'affilée.

— Trop cher aussi, m'man. Nous n'avons pas d'argent.

Il venait de fêter ses quatorze ans.

— Nous pourrions demander un prêt. En gageant la maison.

Elle parlait alors de leur maison de Hampstead. Une belle bâtisse.

— Nous l'avons déjà gagée, m'man. Ça m'est égal d'aller dans un collège public.

Mais ce jour-là, si sa mère avait perdu au billard, elle avait gagné au sujet du collège de Severn. Il avait mieux compris son entêtement quand il avait réalisé qu'elle tenait à faire taire la détestable famille Holdsworth sur la façon dont elle élevait son fils. Il n'aimait que son arrière-grand-père. Tous les autres lui inspiraient un profond dégoût.

— Désolé, mais elle nous a quittés.

L'homme en blanc se tenait devant lui, réticent à prononcer le mot « morte ». Alex ne leva pas les yeux.

— Vous êtes son fils ? C'est vous qui avez appelé ?

Il répondit d'un signe de tête.

— Bon Dieu ! murmura le bonhomme.

Derrière les lunettes, Alex lut de la compassion. Qu'un gosse rentre chez lui et trouve sa mère morte comme ça... L'homme, décontenancé par le regard fixe d'Alex, se tourna vers les autres et fit un signe.

Une jeune femme approcha.

Alex avait des problèmes avec son double qui tentait désespérément de s'échapper de la cloche de verre. Il coula un regard sans expression à la jeune femme qui (sauve qui peut !) s'agenouilla à côté de lui.

— Qu'est-ce qu'on va faire de toi, mon garçon ?

Elle était folle ou quoi ? Il ne pipa mot.

— Qui peut-on prévenir ? Où est ton père ?

Silence.

— Tu as peut-être des grands-parents ? Où vit ta famille ?

— On n'en a pas. Il n'y a personne.

Visiblement, elle trouvait cela inconcevable. Il devait y avoir quelqu'un, ce n'était pas possible autrement.

— Des cousins, alors ? Un oncle ? Une tante ? Hors de Londres ?

Comme Alex secouait la tête, elle poursuivit, pas encore découragée :

— Un voisin ? Un voisin chez qui tu pourrais passer la nuit.

Elle le prit doucement par les épaules.

— Sinon, le service social pourrait venir et...

— Personne ne viendra. Et enlevez vos sales pattes. Vous n'êtes pas ma mère.

II

La première pensée qui lui vint à l'esprit fut de ne pas attendre l'arrivée de la police, mais il se dit que celle-ci se mettrait aussitôt à sa recherche.

Il attendit donc. Il ne voulait pas répondre à leurs questions stupides et il ne voulait pas de leur sympathie. Le policier qui l'interrogea se présenta à lui comme l'inspecteur Kamir. Il avait une voix douce, et des yeux marron qui semblaient fondre et menacer à tout moment de répandre les larmes qu'Alex retenait.

— Vous lui avez donc fait la surprise d'arriver du collège, je veux dire, corrigea-t-il aussitôt, vous alliez lui faire...

Selon la question, Alex hochait ou secouait la tête. Le policier en déduisit que le gamin devait être en état de choc. Un luxe qu'Alex ne pouvait se permettre : ses neurones fonctionnaient à fond. Il comprit très bien où l'inspecteur voulait en venir quand celui-ci commença à l'interroger sur l'« état mental » de sa mère. Est-ce qu'elle lui avait paru déprimée ces temps derniers ?

Alex leva la tête et plongea son regard dans les yeux liquides du policier. Mr. Kamir haussa les épaules comme pour s'excuser et lui demanda de nouveau : Alex pouvait-il dire si sa mère avait donné des signes de... dépression ?

« Pouvait-il dire ? » Bien sûr qu'il le pouvait, il était son fils. Et puis Alex pensa à ses camarades de Severn, et il réalisa que la plupart d'entre eux n'avaient aucune idée de l'« état mental » de leurs parents, et que par ailleurs ils s'en fichaient pas mal. La réciproque était également vraie pour la majorité des parents.

Il baissa de nouveau les yeux et ne dit pas à l'inspecteur Kamir que sa mère souffrait de dépression. Qui n'aurait pas été complètement abattu d'être tombé dans une famille telle que les Holdsworth ?

Kamir se garda de poursuivre l'interrogatoire. Le garçon n'avait que seize ans, et il valait mieux le ménager après ce qu'il venait de subir. Le plus urgent était donc de confier Alex à quelqu'un de la famille.

Votre père ? Alex secoua la tête. Il était mort. Quels parents avait-il encore ? Du côté de sa mère ? Morts également, répondit Alex en désignant d'un signe de tête des portraits encadrés sur la table de nuit à côté du lit : son grand-père et sa grand-mère maternels ; des tantes et des oncles ; des cousins, dont deux seulement vivaient encore, en Australie. Alex ne les avait jamais rencontrés, à l'exception de sa tante Madeline qui, elle, habitait chez les Holdsworth. Il y avait également un cousin éloigné chez lequel, faute de mieux, il pouvait se rendre, si toutefois il avait l'intention de se rendre quelque part. Ce qui n'était pas le cas.

Il restait donc les Holdsworth. L'inspecteur Kamir ne s'accorderait de repos qu'après avoir remis le garçon entre des mains compatissantes et aimantes.

Alex prit sur la table de nuit une boîte de mouchoirs en papier dans un étui en porcelaine et la posa sur ses genoux, comme s'il allait en avoir besoin.

— Vous disiez que vos grands-parents habitaient dans le comté de Cumbria.

Malgré la mauvaise volonté d'Alex, Kamir commençait d'entrevoir une solution à son problème...

Alex, conscient des efforts du policier, laissait ce dernier se débrouiller sans lui. Une voiture de police le conduirait dans la Région des lacs, à moins que les Holdsworth préfèrent venir le chercher. Est-ce qu'Alex approuvait ce plan ? Oui ?

— Oui. Est-ce que je peux aller aux toilettes, maintenant ?

La lucarne dans le cabinet de toilette était noire de poussière et de suie. Alex l'ouvrit et jeta un coup d'œil au croissant de lune au-dessus des toits.

Il ôta l'étui en porcelaine qui recouvrait la boîte de Kleenex, retira près de la moitié des mouchoirs et sortit le petit automatique et son chargeur. Il les enveloppa dans quelques mouchoirs et fourra le tout dans la poche de sa veste. Il remit le reste des mouchoirs dans la boîte et replaça l'étui.

Puis il se hissa sur le toit, comme il l'avait fait maintes fois, non par nécessité, mais par simple désir de défier les lois de la pesanteur. Ce toit, comme les toits voisins, était fortement incliné, recouvert d'ardoises, et à l'heure présente il ruisselait de pluie.

Il ne lui était jamais venu à l'esprit auparavant que ses escapades nocturnes puissent avoir d'autre but que celui de s'accrocher à la cheminée pour mieux contempler les étoiles. Alex n'avait rien du garçon contemplatif et les astres lui étaient indifférents. Les commentaires sans fin que faisait son grand-père sur les poètes lakistes lui suffisaient amplement. La nature devait être traitée en termes pratiques, par exemple comment se comporterait son favori sur terrain mouillé à l'hippodrome d'Aintree. La nature devait être dominée.

Un quart d'heure plus tard, étant descendu du toit par la gouttière en cuivre qu'il savait solide, Alex était assis sur un banc dans le petit jardin public qui se trouvait en face de la maison, et il vit un policier passer le buste hors de la lucarne, là-haut sur le toit, puis deux autres qui se précipitaient dans la rue. Il y avait trois voitures de police garées devant la porte, et deux agents en uniforme empêchaient une douzaine de curieux d'approcher.

Il ne pleuvait plus, à présent. Alex avait ôté son imperméable et coiffé sa casquette dans le but de modifier légèrement son apparence au cas où les flics regarderaient dans le jardin, ce qui était peu probable. Le banc voisin était occupé par un clochard qui dormait à poings fermés sous son manteau, qu'il avait disposé comme une couverture.

Un beau manteau, remarqua Alex, trop beau pour ne pas avoir été fauché.

Alex abaissa la visière de sa casquette sur ses yeux, remonta le col de sa veste et, se servant de son imper comme oreiller, se coucha en chien de fusil sur le banc. Oui, les flics pourraient toujours jeter un coup d'œil, ils ne verraient jamais que deux cloches dormant à la belle étoile et n'iraient pas plus loin.

7

Si ses grands-parents escomptaient le garder, ils se mettaient le doigt dans l'œil. A moins qu'ils ne l'enferment à double tour dans cette maison qu'ils prétendaient « ancestrale ». Ils ne s'attendaient tout de même pas à ce qu'il vienne habiter sous leur toit !

Il se souvenait cependant d'une journée d'été en Cumbria et du charme puissant de l'étang fourmillant de vie, de la rivière à truites, du miroir bleu des lacs et du ciel du nord étendu jusqu'à l'infini. Quel âge avait-il alors ? Sept ? Huit ans ? Comme c'était bon et enivrant de courir à travers champs, les bras ouverts, les yeux fermés, un terrier sur ses talons, sans la crainte de rentrer dans une barrière, de se heurter contre un arbre. C'était ce vide immense qu'il aimait, car il satisfaisait quelque obscur désir au fond de lui, comme si (pensait-il à cet instant en observant la maison depuis son banc dans le jardin public) ce paysage de lacs avait répondu à son besoin d'absolu. Là-bas, il y avait une lumière froide, vive, lointaine comme l'espoir, sans ombres. Il aurait pu y courir à perpétuité.

Et puis il y avait son arrière-grand-père, qu'il aimait. Et Millie...

Sur les marches du perron, l'inspecteur Kamir s'entretenait avec son collègue en jetant des regards dans la rue comme s'il s'attendait à voir arriver Alex. Deux des voitures venaient de partir, et celle qui restait devait être celle de l'inspecteur. Les amateurs de scènes sanglantes étaient retournés à leur télé. Alex regarda ses mains : elles étaient comme liées par une corde invisible, dont le nœud aurait été inextricable.

Un juron sortit du tas de vêtements sur le banc voisin.

Pourquoi les flics ne fichaient-ils pas le camp ? se désespérait Alex, impatient de retourner dans la maison et de reprendre ses recherches. Il imaginait sans peine ce que le médecin légiste avait consigné dans son rapport : mort consécutive à une ingestion massive de barbituriques. Suicide.

Sur le banc, l'ivrogne remua, s'assit et jura de nouveau.

— Bon Dieu de merde !

Alex vit les deux policiers tourner leurs regards vers le jardin, et Alex dit tout bas à son voisin de la boucler.

Le bonhomme n'était pas une cloche ordinaire, remarqua le garçon, mais plutôt un noceur qui avait trop abusé de la bouteille, à en juger par son smoking de travers, son nœud papillon défait, le col de sa chemise ouvert.

— Je n'aurais jamais dû aller à cette fête, marmonna l'homme. Dites donc, qu'est-ce que c'est que cette tenue ?

Il regardait la casquette et le blazer d'Alex.

— Vous auriez pas une cigarette ?

Alex ne daigna pas répondre. L'inspecteur Kamir et l'autre policier descendaient les marches.

— Merde de merde ! grogna le fêtard en fouillant dans ses poches jusqu'à ce qu'il trouve ce qu'il cherchait : un paquet de cigarettes froissé et un briquet de marque.

A la lueur de la flamme, Alex vit que l'homme n'était plus tout jeune ; il devait bien avoir vingt ans de plus que lui... Les deux flics étaient toujours là, appuyés à la voiture.

— Qu'est-ce qui se passe ? Qu'est-ce que la police fiche ici ?

Est-ce qu'il ne pouvait pas la boucler ? Le laisser réfléchir ?

— Qu'est-ce que vous faites sur ce banc à une heure du matin ? demanda l'homme en regardant l'heure à sa montre, une Rolex, semblait-il. A propos, je m'appelle Maurice.

Maurice bâilla à se décrocher la mâchoire, sortit une flasque recouverte de cuir, la secoua et soupira de dépit.

— Plus une goutte.

Il se tourna vers Alex.

— Vous avez un nom, je suppose ?

— William. Smythe.

C'était le nom du garçon le plus antipathique de sa classe. Il vit enfin les deux policiers monter dans leur voiture et démarrer. Toutefois il en restait un en faction devant la porte. Y en avait-il un autre à l'intérieur ? Alex se leva de son banc.

— Salut !

Il traversa le petit jardin situé derrière la maison, entra avec la même clé qui ouvrait la porte de devant, et s'assit à la table de la cuisine. Il resta là sans bouger dans l'obscurité jusqu'à ce que ses yeux commencent à distinguer les contours du réfrigérateur et de la cuisinière. Le silence était total.

Il ôta sa veste, sa casquette et ses chaussures et demeura assis, les bras croisés, déterminé à ne pas céder au sommeil et surtout aux larmes qui menaçaient.

Ne pleure pas. Réfléchis.

Un café lui ferait du bien. Sans un bruit, il prit une tasse et un sachet de café instantané, alluma le gaz sous la bouilloire. Il la retira du feu juste avant qu'elle siffle et versa lentement l'eau dans la tasse.

Il avait la gorge nouée, et il décréta que ce n'était pas la sienne mais celle de William Smythe. William Smythe aurait piqué une crise d'hystérie, aurait donné des coups de pied aux policiers, comme il le faisait quand il ratait un but au foot. Il tapait sur le gardien de but.

Les parents de William étaient exactement comme William. Quoi que fasse William, c'était toujours la faute du collège. S'il se cognait la tête contre un mur, le mur n'aurait pas dû être là ; s'il se couronnait les genoux, le chemin était mal entretenu.

Et la mère d'Alex était comme *Alex*; *lui*, il ne laisserait personne, police comprise, raconter qu'elle s'était suicidée.

Jamais elle n'aurait fait une chose pareille. Pas à lui, son fils.

Il but une gorgée de café. Quand il serait sûr que l'agent de police en faction devant la maison ne se doutait de rien, il remonterait à l'étage.

C'était idiot de spéculer, mais il ne pouvait empêcher son esprit de tourner en rond. Diraient-ils qu'elle était morte accidentellement d'une overdose? Lui savait que non. Sa mère n'était ni distraite ni négligente. Elle n'était pas non plus instable, comme les Holdsworth se plaisaient à le penser.

Ce long soupir de Geneviève... *Vous avez si peu de chance avec vos emplois, n'est-ce pas, Jane?* Sa mère n'avait jamais « perdu » un travail, à proprement parler. Était-ce sa faute si la galerie d'art qui l'employait venait à fermer? Et si le type qui l'avait embauchée comme secrétaire intérimaire avait également cherché à coucher avec elle (Alex savait traduire le mot de « mésentente » avancé par sa mère), on ne pouvait tout de même pas lui reprocher d'être partie!

Suivait toujours l'allusion désobligeante concernant le petit héritage de sa mère... *Vous n'avez fait que dépenser le peu d'argent que vous aviez, Jane, comme n'importe quel joueur aux courses de Newmarket...*

Seul Alex savait combien elle était économe et

en même temps incapable de compter. Et pour être un habitué des champs de courses, il savait aussi qu'elle n'était pas joueuse.

Elle n'avait jamais voulu accepter un sou de son arrière-grand-père Adam, qui ne demandait qu'à l'aider financièrement. Il était bien le seul Holdsworth qu'Alex aimait et en qui il avait confiance, le seul qui n'avait jamais tenu sa mère pour responsable de la mort de son père.

Alex chassa aussitôt son père de ses pensées.

Qu'ils aillent tous se faire voir !

Son café avait refroidi, et il repoussa la tasse. Il tâta la bosse que faisait le revolver dans la poche de sa veste. C'était par pur réflexe qu'il avait pris la boîte de mouchoirs. Il ne pouvait s'expliquer autrement son geste.

Il en aurait peut-être besoin.

Sa mère n'était pas morte de « causes naturelles ». Elle n'était pas malade. Et elle ne s'était pas donné la mort. Voilà qui ne laissait guère de place à la spéculation.

8

Carole-Anne Palutski prit l'appel alors qu'elle faisait rissoler des saucisses, des oignons et des pommes de terre dans la cuisine de Richard Jury.

La voix à l'autre bout du fil était caverneuse et avait une sécheresse bureaucratique.

Or la bureaucratie n'avait jamais impressionné Carole-Anne. Au contraire, cela l'incitait plutôt à mener grand tapage avec poêle et cuillers, tandis que la voix voulait savoir qui était à l'appareil.

— Il se trouve que je suis l'assistante de Mr. Jury, et je ne sais vraiment pas où il peut être. Il n'est pas encore onze heures du soir, les pubs sont donc ouverts, et je suppose qu'il est comme vous et moi, il a besoin de se détendre un peu...

Une autre voix prit alors le relais, et cette dernière était beaucoup plus aimable, presque chaleureuse. Elle disait que c'était important et pourrait-elle avoir l'obligeance de dire au commissaire de rappeler le Yard sitôt qu'il rentrerait ? Décidément la voix avait quelque chose de plaintif.

— Et qui doit-il rappeler ? demanda-t-elle tout en remuant énergiquement son sauté. Quoi ?

Attendez, je note... Oui... Je transmettrai. Merci beaucoup.

Elle raccrocha avant lui et elle baissait le feu sous ses saucisses quand elle entendit la porte de la maison d'Islington s'ouvrir et se refermer.

La porte de l'appartement de Jury, situé au rez-de-chaussée, était rarement fermée à clé, chose que lui reprochait souvent Mrs. Wassermann, qui habitait au sous-sol.

Carole-Anne forcerait la serrure, lui répondait-il.

Mrs. Wassermann ne tolérait aucune critique envers Carole-Anne. Pour un policier, Mr. Jury, quel exemple vous donnez ! Et la vieille femme de secouer la tête avec réprobation.

Ce mauvais exemple de policier entra dans son appartement à onze heures tapantes et jeta ses clés sur la table. Il n'était pas particulièrement surpris de trouver Miss Palutski chez lui. Il espéra seulement que les détecteurs de fumée de la maison fonctionnaient, vu l'apparente inflammabilité de sa cuisine ; cependant il n'aurait su dire si la fumée provenait de ce qui grésillait dans la poêle ou de Carole-Anne elle-même, dont la chevelure rousse et la robe bleu électrique composaient un mélange explosif.

Il passa la tête dans la cuisine en humant l'air comme un chien de chasse.

— Ta cuisinière est en panne ? Et puis que

diable cuisines-tu à cette heure ? demanda-t-il, vaguement agacé.

Il était fatigué d'avoir tant marché, et surtout tant réfléchi.

— C'est tout ce que tu trouves à dire pour me remercier de t'avoir préparé à dîner ?

Ce frichti était à elle seule destiné, car elle mourait de faim après avoir éclusé trois demis à l'Angel.

— Merci, mais je n'ai vraiment pas faim, lui dit-il en la voyant diviser en deux parts le contenu de la poêle.

— Après tout le mal que je me suis donné... dit-elle en versant le tout dans son assiette. Je suppose que tu as dîné avec J.H.

Elle s'installa dans le fauteuil, son assiette sur les genoux.

— Faux, C.A. J'ai pris un verre avec J.K.

Carole-Anne leva les yeux vers lui. C'était la première fois que Jury l'appelait par ses initiales, *elle.*

Il se laissa choir sur le canapé et croisa les mains derrière la nuque.

— *Lady* J.K. Qu'est-ce que c'est ? demanda-t-il en voyant le message sous le téléphone.

— Tu as reçu un coup de fil. Qui est lady...

— Je n'arrive pas à lire... Kahmur ? Qui est-ce ?

— Un flic. Il veut que tu le rappelles. Ne me dis pas que tu as plaqué J.H. ?

Elle planta sa fourchette dans un morceau de saucisse. Qu'il puisse y avoir une nouvelle femme dans la carte du Tendre de Jury n'était pas une mauvaise nouvelle. Elle soupira en le voyant composer le numéro.

— J'aimerais bien que tu aies un digital. Je me suis cassé un ongle la semaine dernière avec ce fichu cadran.

— Sers-toi de ton orteil. Bonsoir, je voudrais parler à l'inspecteur Kahmur...

— *Kamir,* corrigea Carole-Anne. Il avait une voix triste.

— Triste ?

— Oui, et ça m'a étonné de la part d'un policier. Je ne savais pas qu'ils pouvaient éprouver ce genre de sentiment.

Elle esquiva le coussin qu'il lui lança.

— Inspecteur Kamir ? Richard Jury. Vous m'avez appelé...

La voix de Kamir était douce et précautionneuse pour annoncer qu'au cours de l'enquête il avait découvert que la femme était une amie du commissaire. L'inspecteur articulait lentement, égrenant ses mots comme autant de gouttes d'huile chutant dans l'eau, s'enfonçant un instant pour remonter à la surface juste au moment où tombait la goutte suivante.

Mais chaque mot frappait Jury au cœur, et il dut écarter un instant le récepteur de son oreille. La voix poursuivit, lointaine. Il entendit l'inspecteur qui demandait si Jury pouvait passer le voir le plus tôt possible. Oui, il viendrait.

Le combiné à la main, il ne s'entendit pas dire à haute voix : *Jane est morte.* Il ne le réalisa qu'en voyant Carole-Anne se lever soudain du fauteuil, son assiette glisser de ses genoux et tomber par terre. Elle courait maintenant vers lui, renversait dans sa hâte la table basse. Mais il était tellement pétrifié qu'il n'entendait rien. La scène se déroulait au ralenti dans un monde sous-marin.

Carole-Anne, secouée de sanglots, enfouit son visage contre lui, ses deux bras passés autour de son cou.

Il resta assis, figé, et au bout d'un moment il s'aperçut que Carole-Anne était au téléphone, criant à Mrs. Wassermann de monter tout de suite. Il émergea brutalement de sa torpeur.

Jury repoussa Carole-Anne, se leva et fut à la porte en trois enjambées. Il ouvrait la portière de sa voiture quand Mrs. Wassermann monta pesamment les marches de son appartement en sous-sol.

L'image qu'il vit dans son rétroviseur était celle d'une vieille dame debout au milieu d'Islington Street, la main serrée sur le col de sa robe de chambre.

9

I

Il pleuvait de nouveau, et dru. Alex était toujours assis dans la cuisine plongée dans le noir. Depuis quand était-il là ? Cinq minutes ? Cinquante ? Il n'en savait rien.

Il sortit l'automatique et le posa sur la table. C'était un Webley à canon court. L'oncle George l'avait donné à sa mère. *Étant donné le quartier où vous vivez...*

Alex secoua la tête. A l'écouter, on aurait pensé qu'ils habitaient Brixton.

Lewisham Road, près de Blackheath, était un joli coin de la banlieue londonienne, au sud de la Tamise, tranquille et verdoyant. Bien entendu avait suivi un flot de recommandations de garder l'arme hors de portée de l'enfant.

Tu parles. Qui d'autre qu'Alex aurait su trouver une cachette sûre, où le pistolet resterait toutefois à portée de la main ?

Il était là, songeur, à écouter le crépitement de la pluie contre les vitres, quand il entendit soudain la porte d'entrée s'ouvrir et se refermer, puis un bruit de pas dans l'escalier.

Pour quelle raison la police revenait-elle ? Mais l'homme était seul. Alex l'entendit monter à la hâte les marches et, les yeux rivés sur le plafond, il suivait maintenant les pas dans la chambre de sa mère.

II

Jury ne s'attendait pas à tomber sur quelque indice important qui aurait échappé à l'inspecteur Kamir. On pouvait compter sur les gars du labo pour avoir passé la chambre au peigne fin.

L'agent de faction à la porte avait été étonné, non par la visite du commissaire, mais par la précipitation de ce dernier à entrer dans la maison, sans même lui laisser le temps de répondre à son bref salut...

L'horreur d'une pièce vide, c'est qu'elle semble contenir encore la présence de l'être disparu. Le foulard qui pend au pied du lit ; la brosse à cheveux sur la coiffeuse, le poudrier ouvert ; les mules à côté du lit.

Tous ces objets lui parurent s'animer au souvenir de la disparue. Tandis que son œil les passait en revue, Jury s'attendit à entendre son pas dans le couloir, à la voir apparaître sur le seuil...

... *une overdose.*

— *Tu as déjà vu des cas d'overdose avec une pilule par jour ?* lui avait-elle demandé en riant.

— *Oui, mon sergent.*

Plus sérieusement, il avait ajouté :

— *Tu te sers toujours chez le même pharmacien ?*

— *Non, je parcours Londres incognito, lunettes noires et chapeau. Bien sûr, que je les prends chez le même pharmacien !*

Jury n'avait touché à rien. Debout au milieu de la chambre, il regardait autour de lui. Kamir semblait ne pas croire à une overdose accidentelle.

Un suicide, donc ? Elle n'avait aucune raison de faire cela. Il y avait son fils, et... lui-même, du moins l'espérait-il.

Mon Dieu ! Alex. Il l'avait découverte.

III

Alex, assis dans le noir, écoutait. Que faisait l'homme là-haut ? Ce n'était pas le policier qu'il avait vu. Kamir était petit et plutôt malingre, son pas était léger.

Le plancher grinça de nouveau au-dessus de lui. Le visiteur redescendait l'escalier d'un pas lourd, comme accablé. Alex songea que lui-même avait gravi l'escalier avec la même hâte et qu'il aurait pu redescendre avec la même pesanteur. L'homme était-il monté joyeusement, dans l'espoir de trouver sa mère ? Non, ne sois pas crétin ; il y a un flic à la porte.

Et pourtant le premier bruit de pas lui avait semblé comme un écho du sien.

Il posa son menton sur ses bras croisés sur la table, le pistolet à portée de main, luttant contre le sommeil.

10

I

Il était assis à son bureau depuis l'aube, éteignant et rallumant sa lampe d'un air absent, observant les ombres s'estomper à mesure que le jour gris filtrait à travers la fenêtre.

Accident ou suicide... avait dit Kamir, et il y avait dans sa voix une étrange qualité poétique, comme s'il avait récité quelque strophe d'un drame élisabéthain.

L'hypothèse du suicide ne tenait pas, même s'il devait admettre qu'une part de Jane lui était restée étrangère, une part d'elle qu'elle avait gardée secrète, comme si elle ne l'avait pas jugé digne de confiance.

Il ferma les yeux. A la colère et au sentiment d'avoir été trahi se mêlaient le chagrin et les regrets. Pendant un instant, il la détesta de ne pas lui avoir révélé sa souffrance.

Il n'avait donc rien représenté pour elle ?

Mais peut-être était-ce compréhensible, pour quelqu'un qui était déterminé à mettre fin à ses jours. Le suicide, après tout, était un monde clos. Y faire entrer quelqu'un, c'était l'ouvrir.

Il repoussa papiers et dossiers et posa sa tête dans ses bras croisés sur son bureau.

Il ne prit conscience de s'être assoupi qu'en sentant une présence au-dessus de lui et, relevant la tête, il vit le sergent Wiggins devant lui, tenant à la main un sac de Natural Habitat, sa boutique de régime et santé préférée. Jury se félicitait de n'avoir rien dit de Jane Holdsworth à aucun de ses collègues. Non par refus de la compassion qu'on aurait pu lui témoigner, mais parce que la mort de la jeune femme restait un mystère et qu'il mesurait mal l'étendue du rôle qu'il avait joué lui-même dans sa vie. Dans ces conditions, il n'aurait vraiment pas su comment répondre aux témoignages de sympathie.

— Que faites-vous ici de si bon matin, monsieur ? Je sais que vous êtes devenu matinal, mais pas au point d'arriver avant moi.

Le rire étranglé de Wiggins soulagea Jury des sanglots étouffés de la maison d'Islington.

Manteau et chapeau noirs, teint pâle... Wiggins ressemblait davantage à l'Ange de la Mort qu'à un adepte du *New Age* fana de tilleul-menthe.

— Salut, Wiggins.

Jury passa ses mains sur son visage. Il ne regrettait pas d'être repassé à son appartement. Il y serait de toute façon revenu pour rassurer Carole-Anne et Mrs. Wassermann. Il en avait profité pour se raser et enfiler une chemise propre.

— Vous arrivez tous les matins à cette heure-ci, Wiggins ?

— C'est le matin que je réfléchis le mieux, répondit gravement le sergent.

Il entreprit de vider son sac, rangea les flacons, la petite boîte de pastilles, le tube de cachets contre les brûlures d'estomac, et l'un de ces hideux cartons de jus de fruit munis d'une paille, qui vous giclent à la figure sitôt que vous tentez de les ouvrir. Wiggins, toutefois, était passé maître dans ce genre d'exercice : il vous ouvrait n'importe quel emballage avec une économie et une précision dans les gestes qui auraient fait de lui, eût-il sévi de l'autre côté de la barrière, un remarquable perceur de coffres-forts.

— Vous avez très mauvaise mine, si je puis me permettre, monsieur.

— Décidément, votre sens de l'observation me confond, Wiggins.

Le sergent ne releva pas la remarque, tout occupé qu'il était à déboucher l'un des flacons et à ouvrir le carton de jus de pomme. Il ajouta quatre gouttes du premier dans un verre rempli du second, remua le tout et obtint un mélange franchement brunâtre.

— Je ne boirai jamais cela, sergent, dit Jury à Wiggins qui approchait avec sa mixture.

— Vous avez tort, ça vous remettrait d'aplomb en cinq sec.

— Rajoutez-y du whisky et apportez-le donc à Racer, dit Jury en se levant. Si vous avez besoin de moi, je serai à la Brigade, ajouta-t-il en déposant une feuille de bloc-notes sur le bureau de Wiggins.

— Inspecteur... Kamir ? De quoi s'agit-il, monsieur ?

— D'un suicide, jusqu'à preuve du contraire.

Wiggins avala une pilule rose avec un peu d'eau.

— Un suicide avec anguille sous roche, hein ?

— Pardon ?

— C'est une expression que j'ai lue dans un roman policier, répondit le sergent. Ça veut dire...

— Je sais ce que ça veut dire, Wiggins. Oui, avec anguille sous roche, comme vous dites.

II

L'inspecteur Hanif Kamir avait le regard morne d'un policier qui aurait « tout vu » et n'en serait pas devenu plus sage pour autant, car Jury se demandait quelle sagesse pouvait vous apporter la vue de victimes comme celle qu'ils avaient en ce moment sous les yeux : une vieille dame sévèrement blessée gisait dans une ruelle qu'un vent aigre balayait, charriant avec lui une puanteur de poubelles et rabattant son col de dentelle sur son visage tuméfié.

Ils lui avaient arraché son porte-monnaie. Elle leur avait pourtant crié qu'il ne contenait que quatre livres. Quelle sagesse aurait-elle pu elle-même retirer de cette agression ? Elle ouvrait et refermait les yeux, répétant qu'elle n'avait que quatre livres alors que les ambulanciers la glissaient avec précaution sur un brancard.

Kamir, visiblement ému par la terreur de la

vieille femme, se pencha vers elle et lui murmura des mots que Jury, enfermé dans sa propre douleur, n'entendit pas plus que le claquement des portes de l'ambulance.

— On m'a dit à la Brigade que vous étiez ici.

— Ma sœur — ma sœur aînée — est morte comme ça, dit Kamir, les pages de son bloc-notes bruissant dans le vent.

Jury ne sut que répondre à cela. Égoïstement, il se demanda si, dans la chaîne des malheurs dont il était témoin, il lui serait possible de placer son propre chagrin.

— Votre sœur?

Kamir hocha la tête.

— Elle rentrait à la maison, comme cette vieille dame, quand elle a été agressée. C'est peut-être parce qu'elle était si belle qu'ils se sont acharnés sur son visage. Vous savez que notre coutume — et notre religion aussi — veut que les femmes portent une petite pierre à la narine.

Il toucha la sienne.

— C'était un minuscule diamant. Je ne comprendrai jamais pourquoi ils lui ont coupé le nez pour avoir ce diamant. Non, jamais.

Jury entendit la plainte d'une ambulance du côté de Lewisham Road.

— Ils lui ont enlevé son sari, mais pas ses sous-vêtements. Ils ne l'ont pas violée. Mais ils ont emporté le sari, et j'ai trouvé ça bizarre, jusqu'à ce que je comprenne qu'ils avaient voulu la dénuder d'un héritage méprisable à leurs yeux.

Il referma son bloc-notes et ajouta :

— Je ne pense pas être fait pour ce métier.

— Qui l'est ?

Kamir leva les yeux vers Jury, qui le dominait d'une bonne tête.

— Vous peut-être, à ce que j'ai entendu dire. Vous possédez un sixième sens, l'intuition du vrai policier.

— J'en doute.

— Que diriez-vous d'aller poursuivre cette conversation dans un endroit plus propice ? Il y a un café au coin de la rue.

Il s'entretint un bref instant avec les deux policiers qui l'accompagnaient, puis Jury et lui s'éloignèrent.

Les sandwiches et les petits pains frais sous leur cloche en plastique semblaient déjà rassis, alors qu'il n'était pas encore dix heures du matin. La même odeur aigre, mêlée au relent douceâtre des pâtisseries, imprégnait la salle étroite du café au comptoir duquel s'assirent Jury et Kamir.

Kamir, remuant lentement sa tasse de thé copieusement sucré, dit sans regarder Jury :

— Je suis désolé pour votre amie, Mrs. Holdsworth.

— Merci, mais comment avez-vous appris que nous étions liés, elle et moi ?

— Oh ! par son carnet d'adresses. Il y avait votre nom et votre téléphone. Et puis aussi par le calendrier, celui qui est dans la cuisine et dont elle se servait comme d'un agenda. Elle y notait ses rendez-vous, ses dîners.

Jury était étonné. Il ne l'avait vue qu'une seule

fois inscrire un rendez-vous avec un médecin. Mais ses incursions dans la cuisine avaient été rares. Elle était une piètre cuisinière. Il refoula le sourire qui lui venait à cause de la douleur que le souvenir ravivait mais aussi parce que Kamir le fixait du regard.

— Oui ?

— Il y a deux choses dont je voulais vous parler, dit l'inspecteur. D'abord, pourquoi son fils s'est-il enfui par la lucarne de la salle de bains, pendant que je lui cherchais un endroit où aller ou bien quelqu'un pour s'occuper de lui ? C'est lui qui l'a trouvée...

— Je sais, dit Jury plus sèchement qu'il n'aurait voulu. Je n'ai jamais rencontré son fils. Mais à entendre Jane, c'était un garçon plein de ressources.

Cette fois, il ne réprima pas son sourire.

— La lucarne de la salle de bains ? Et vous n'avez pas pu le rattraper ?

Kamir eut un haussement d'épaules fataliste.

— Il a commencé par me dire qu'il n'avait pas de parents... en dehors de sa mère. Puis il a reconnu qu'il avait des grands-parents en Cumbria. Un village du nom de Boone, près de Keswick, ajouta-t-il, consultant son bloc-notes.

— Je doute qu'il soit allé là-bas. Le moins qu'on puisse dire, c'est que sa mère et lui ne s'entendaient pas avec les grands-parents. Ils voulaient obtenir la tutelle du garçon.

Kamir s'était tourné sur son siège de façon à s'adosser au comptoir. Il se massa l'épaule comme si elle était douloureuse.

— Vous n'avez donc aucune idée, commissaire, de l'endroit où il a pu se réfugier?

— Non, je viens de vous dire... Attendez un peu, inspecteur. Me soupçonneriez-vous de savoir où il est et de refuser de vous le dire?

Kamir grimaça un sourire et abandonna son épaule pour se retourner vers sa tasse et boire une gorgée de thé refroidi.

— Accepteriez-vous de regarder quelques photos que nous avons prises de... de la victime? demanda-t-il en ouvrant une grande enveloppe marron.

— Oui.

Kamir ne dit rien et, après un court silence, Jury tendit la main. L'air lui paraissait si glacé qu'il n'aurait pas été surpris de voir de la buée sortir de sa bouche.

Elle était étendue sur le divan dans cette robe de velours noir qu'elle préférait à toute autre. Il ferma un bref instant les yeux, bloquant les images et les souvenirs qui affluaient, à la voir dans cette robe-là, morte. Il lui revint ce rêve qu'il faisait souvent, d'un schooner noir fendant une mer d'encre. L'eau ne bouillonnait pas sous l'étrave mais semblait s'ouvrir sous d'invisibles ciseaux pour se refermer sans la moindre trace de couture derrière le navire. Au fil des ans, les voiles roulées sur les vergues, jadis d'un blanc spectral à la lueur de la lune, étaient devenues des bras calcinés tendus dans une nuit sans lune.

— On dirait qu'elle s'était habillée pour sortir, dit Jury, le visage blême, en redonnant les photos à Kamir.

— Oui, c'est aussi ce que j'ai pensé.

— Elle aimait beaucoup cette robe.

Kamir resta silencieux, l'air songeur. Puis il dit :

— Ceci explique peut-être cela. Il n'est pas rare qu'une personne qui... dans cet état d'esprit...

Jury comprenait l'hésitation de Kamir à prononcer le mot.

— Qui s'apprête à se suicider, dit-il d'une voix égale.

— Oui. Je disais qu'il n'est pas rare qu'une telle personne veuille apparaître... je ne sais comment dire... « sous son meilleur aspect », qu'elle veuille laisser d'elle une belle image. Oh ! tous ne se donnent pas cette peine et se fichent pas mal de se raser ou de se coiffer et de bien s'habiller. C'est pourquoi ce soin apporté à sa toilette peut surprendre. Vous comprenez ce que je veux dire ?

— Oui, dit Jury, qui s'efforçait d'oublier les photos que Kamir avait glissées sous son bras. Et son fils ? Elle ne savait pas qu'il allait venir. Pourquoi était-il là ?

— J'ignore la raison pour laquelle il est parti du collège. C'est très regrettable.

— Vous avez lancé un avis de recherche ?

— Oui, la routine. Nous avons diffusé son portrait en province, surtout en Cumbria. Mais il est probablement resté à Londres.

— Ce qui est sûr, c'est qu'il n'ira pas frapper à la porte de ses grands-parents. Des résultats ?

— Oui, comme toujours dans ces cas-là : une bonne centaine d'appels de gens qui ont aperçu un garçon correspondant à la description.

— Et... (Jury dut se racler la gorge)... l'autopsie ? Elle aura lieu quand ?

— Je ne sais pas. Probablement demain.

— Écoutez, cela vous ennuierait de prendre le Dr. Cooper ou le Dr. Nancy ? Vous les connaissez ?

Kamir nota les noms.

— Willie Cooper, oui, mais je ne connais pas le Dr. Nancy.

— Phyllis Nancy. Je pense que ce sont les meilleurs que nous ayons. Et pour être tout à fait franc, il me sera plus... facile de m'entretenir avec eux.

— Certainement.

Kamir observa un silence expectatif. Il s'attendait manifestement à ce que Jury lui en dise maintenant un peu plus qu'il ne l'avait fait jusqu'ici.

— J'allais l'épouser, dit Jury. Plus exactement, je m'apprêtais à lui faire ma demande...

Il avait gardé sur lui la bague achetée la veille ; il avait presque cru, avant de voir les photos, que la présence du petit écrin dans sa poche avait le pouvoir de... quoi ? Wiggins croyait bien aux vertus des biscuits au charbon et de la rue. Jury sortit l'écrin de sa poche et le posa sur le comptoir.

— J'ai acheté ça hier.

Kamir, dont Jury se rendait compte à présent qu'il était un homme de grande délicatesse, se garda d'y toucher. Il regarda la petite boîte rouge, et dit :

— J'ai pensé... en voyant votre nom inscrit tant de fois sur le calendrier... que vous étiez très intimes. Je vous le répète, je suis sincèrement désolé... Je suis très étonné que les gens aient une idée aussi simpliste du suicide, qu'ils l'expliquent par une « volonté d'en finir avec tout » et qu'ils ne voient pas combien le suicide est un acte complexe... Ne pensez-vous pas qu'en se donnant la mort une personne est probablement persuadée qu'elle n'a pas d'autre solution pour résoudre tous ses problèmes ?

— Non, pas dans le cas de Jane. Pour commencer, elle était trop attachée à son fils.

Kamir regarda Jury.

— Et à vous.

Jury prit l'écrin rouge.

— Peut-être pas. Il se peut que je me sois complètement trompé.

Il dit cela avec amertume. Il avait le sentiment, autant l'avouer, d'avoir été dupé.

— Je crois que la colère obscurcit votre jugement.

— Je ne suis pas... Oh ! et puis merde ! Oui, je suis en colère.

Kamir hocha la tête, compréhensif.

— Nous avons parlé de la robe, mais ce sont les chaussures qui me posent problème.

— Les chaussures ?

Comme s'il ne voulait pas accabler davantage Jury, l'inspecteur poussa doucement vers lui l'une des photos. Jane Holdsworth était étendue sur le canapé, elle portait des bas, mais elle n'avait pas ses souliers aux pieds, et Jury se souvenait de les avoir vus rangés à côté du canapé.

— Je ne vois pas où vous voulez en venir, Mr. Kamir. Si elle a avalé un tube de somnifères, elle n'avait certainement pas l'intention d'aller faire un tour.

Il repoussa la photo vers l'inspecteur.

— Je me demande simplement pourquoi elle ne s'est pas chaussée si elle voulait, comme nous en avons parlé, laisser d'elle la meilleure image possible.

Jury ne dit rien.

— Vous deviez dîner avec elle, hier soir ?

— Oui, en effet, c'est ce qui était prévu, puis elle s'est décommandée, me disant qu'elle ne pouvait pas, qu'elle avait un autre rendez-vous. Mais comment le savez-vous ?

— Le calendrier, répondit Kamir avec un haussement d'épaules. Parce qu'elle a écrit : « R. dîner », et puis elle l'a barré. Vous ne savez pas qui est cette personne qu'elle devait voir ?

— Non, je n'en ai aucune idée.

— Mais vous le lui avez demandé...

— Et elle n'a pas voulu me le dire.

Il y eut un silence, puis Kamir demanda :

— Qui aurait pu vouloir la tuer ?

11

Jury regarda fixement Kamir.

— Que diriez-vous de marcher un peu, Mr. Jury ? Nous pourrions aller nous asseoir au soleil. Je trouve ce café très déprimant. Et il me semble que vous partagez mon sentiment.

Jury approuva d'un signe de tête tout en songeant qu'il avait bien d'autres raisons d'être déprimé.

Ils prirent place sur un banc dans l'une des allées du parc de Blackheath. Quand Jury était petit, Blackheath avait été un lieu de visite et de promenade bien plus excitant que la Tour de Londres. Il imaginait les diligences, entendait le martèlement des sabots des chevaux et les cris et les coups de feu des bandits de grand chemin arrêtant les attelages.

En marchant, il avait dit à Kamir qu'à moins de considérer comme tels les grands-parents Jane Holdsworth n'avait pas d'ennemis.

Ennemis. Le mot semblait étranger à l'univers

de Jane. Cependant, il ne lui connaissait pas non plus d'amis ; des relations, oui — il en avait croisé une ou deux —, mais d'amis intimes, point.

Kamir, son bloc-notes à spirale sous les yeux, parlait à présent de la famille en Cumbria. Belle-famille, lui rappela Jury. Elle n'avait pas de parents en dehors de sa sœur, et d'Alex, bien entendu, qui à lui seul était toute sa famille.

— Vous en savez sur eux certainement plus que moi, dit Kamir. Mais je vais vous dire toutefois ce que j'ai pu apprendre. Le mari, Graham...

Jury éprouva un pincement de jalousie.

— ... est décédé. La seconde épouse de Crabbe Holdsworth — le père de Graham —, Geneviève, qui tient à ce qu'on prononce son prénom à la française, m'a paru davantage touchée par la disparition de son petit-fils que par la mort de la mère.

— Ça ne me surprend pas. Pour Geneviève, la mort de Jane pourrait faire d'elle la tutrice d'Alex. C'est du moins ce qu'elle croit, parce que d'après ce que je sais du garçon, elle n'est pas au bout de ses surprises.

— Il y a le grand-père, Crabbe Holdsworth, à qui je n'ai pas eu l'occasion de parler. Il y a son frère, George, célibataire ; un cousin, Francis Fellowes, peintre, qui habite un cottage sur la propriété ; et, en plus des serviteurs, il y a la sœur de Jane Holdsworth. J'ai trouvé bizarre que Madeline Galloway fasse partie de la maison. Elle est la secrétaire de Mr. Holdsworth. Je trouve cela plutôt étrange.

Kamir referma son calepin.

— C'est en rendant visite à Madeline que Jane a fait la connaissance de son mari.

— Mais cela voudrait dire que Miss Galloway est dans cette maison depuis... seize ans au moins ?

— Dix-neuf. Elle avait une vingtaine d'années quand elle a commencé à travailler là-bas.

— Eh bien ! je peux vous dire qu'elle ne fait pas son âge.

Jury se tourna, l'air étonné, vers Kamir.

— Comment ça ? Ne me dites pas que vous avez eu le temps de la voir !

— Si, ce matin même, tôt. Elle est ici, à Londres, Mr. Jury. Au Brown's Hotel. Ainsi que Geneviève Holdsworth. Elles sont ici depuis deux jours ; la sœur est venue à Londres avec mission de recruter quelqu'un qui puisse établir le catalogue de la bibliothèque de Mr. Holdsworth. Quant à Mrs. Holdsworth, elle est là pour faire du shopping. Vous ne saviez pas qu'elles étaient à Londres ?

— Non, je l'ignorais.

Pourquoi diable avoir caché un événement aussi banal que la visite d'une sœur ? *C'est quelqu'un que tu ne connais pas.* A quoi bon faire si grand secret des visites qu'elle pouvait recevoir ? Il se pencha en avant, les coudes sur ses genoux, la tête basse.

— Elle m'a dit qu'elle avait l'intention de passer voir sa sœur, mais que ce n'était pas le motif de sa venue à Londres.

Jury releva la tête et rencontra le regard mouillé de Kamir.

— Alors ce n'était ni avec Madeline ni avec Geneviève qu'elle avait rendez-vous la nuit dernière ?

— Non, d'après Miss Madeline.

— Et qu'y a-t-il de marqué sur son calendrier ? demanda Jury avec le sentiment de passer pour un imbécile.

Il avait été son amant, et il ne savait rien. Il se sentit obligé d'ajouter :

— Nous mangions toujours dehors. J'ai rarement mis les pieds dans sa cuisine. *Il n'y a que... la chambre que je saurais décrire.* Vous êtes sûr qu'il n'y a rien d'autre sur ce foutu calendrier à la date d'hier ?

— Non, il n'y a que votre nom.

— Comment est sa sœur ?

— Jolie femme, vive, intelligente. Je m'étonne qu'une femme comme elle n'ait pas trouvé à se marier.

Kamir regarda Jury.

— Je crois qu'elle espérait épouser Graham Holdsworth.

— Nous parlions d'ennemis, tout à l'heure.

— Elle aurait attendu dix-neuf ans pour se venger ?

— Il y en a qui attendent toute leur vie.

— Elle a un alibi ?

— Non.

— Ça ne vous ennuie pas que j'aille lui parler ?

— Non. Comme je vous l'ai dit, elle séjourne au Brown's. Mais je crois qu'elle reprend le train cet après-midi à la gare d'Euston. Geneviève Holdsworth, elle, est partie tôt ce matin.

Jury songeait à ce que lui avait dit Kamir : *Il n'y a que votre nom.* Il se leva.

— Peut-être que moi aussi je prendrai ce train.

Kamir le regarda.

— Si vous étiez à ma place, commissaire...

Jury esquissa un sourire.

— Je sais, votre nom sur le calendrier, vos empreintes dans toute la maison, le dernier, autant que je sache, à l'avoir vue en vie...

Il marqua une pause.

— Oh ! je vous ordonnerais de ne pas quitter Londres.

12

I

A la gare d'Euston, Alex glissa deux billets de vingt livres sous le guichet et demanda un aller simple en première classe pour Windermere. L'employé lui donna son billet et lui rendit sa monnaie sans lever une seule fois les yeux vers lui.

C'était peut-être gaspiller de l'argent, pensa-t-il en fourrant son sac à dos et son imper sur le porte-bagages du compartiment vide. Il aurait très bien pu s'acheter un billet de seconde pour se faufiler en première après le passage du contrôleur. Mais il aurait également couru le risque de se faire pincer, et puis il avait besoin de réfléchir en paix.

Il avait réussi à coups de tasses de café à rester éveillé. Il était hors de question pour lui de dormir. Il n'osait pas. Il ferait des rêves. Il rêverait de sa mère et ce serait un de ces rêves diaboliquement heureux qui rendraient plus cruelle la réalité au réveil. Il serait alors à la merci du chagrin contre lequel il avait réussi à se cuirasser. Il ne se souvenait que trop bien de ces chocs au sortir du sommeil... chez les Holdsworth, dans la grisaille matinale du collège de Severn. Passe encore s'il s'était agi de cauchemars. Mais la vie n'était-elle pas qu'une illusion ? On rêve d'un pré où paissent des moutons pour ouvrir les yeux sur une horde de loups.

Il sortit de sa poche un petit calepin et un stylo et écrivit : ENFER. Puis il barra le mot. Pourquoi fallait-il qu'on s'invente un enfer après la mort, alors qu'on en vivait un pendant la vie ?

Le train traversait la campagne, mais le paysage des champs, des silos, des toits d'un village au loin ne l'intéressait pas plus que son reflet dans la vitre. Il s'adossa à la banquette et se mit à réfléchir à sa situation.

Heureusement, il avait de l'argent. Alex n'avait pas économisé en prévision de jours difficiles mais pour un projet bien plus ambitieux. Pendant deux ans, il avait amassé tout ce qu'il avait pu dans le but de fuir un jour avec sa mère dans un endroit où les Holdsworth ne risqueraient pas de venir les chercher. Il avait songé à la Lituanie qui, paraît-il, était très agréable. Mille quatre cents livres. Cent dans son portefeuille (moins le prix du billet de train), six cents dans une pochette plastique serrée autour de sa cheville sous la chaussette, quatre cents cousues dans la doublure de sa veste, le reste dans une poche intérieure de son sac à dos.

Il lui était passé entre les mains plus de quatre

mille livres au cours de ses divers trafics au collège de Severn. Il s'était fait renvoyer deux fois pour avoir été surpris en train de jouer au poker.

Quand il avait finalement été décidé qu'Alex *devait* aller dans un collège privé, il en avait tiré le meilleur parti possible. Ça ne le dérangeait pas tant que ça, d'aller à Severn — en fait, ça le changeait de ses « potes » de l'école publique, dont la vie se résumait au cinéma du samedi, ou à faire du vélo, ou à fumer avec des airs de gros durs en inventant des histoires de conquêtes amoureuses.

Alex n'avait rien contre les filles ; il se trouvait seulement qu'il n'en avait pas rencontré une seule qui eût un peu d'imagination. Elles n'étaient pour lui que des versions plus esthétiques des garçons ; elles allaient au cinéma, fumaient des cigarettes et parlaient de garçons.

Pendant que ses copains couraient les films pornographiques, quand ils ne sortaient pas avec des filles ce qu'il y a de plus respectable, Alex étudiait les journaux de courses, la Bourse, ainsi que les brochures des agents immobiliers. Histoire de s'entraîner, il suivait de près la revalorisation et la spéculation dont faisaient l'objet les quartiers populaires de Londres. Il prenait le métro pour visiter Limehouse, Wanstead, et même Bow, qui était maintenant à la mode. Bow, vous vous imaginez ? Alex avait fermement l'intention de monter une agence immobilière dès qu'il en aurait les moyens.

Alex étudiait la démographie, pas les gens. Ce

qu'il savait, il l'avait appris en écoutant les conversations dans les salons de thé, sur les bancs dans les parcs, et dans les pubs où il entrait, ses lunettes noires relevées sur la tête, pour bien montrer qu'il n'avait rien à cacher. Il était grand pour son âge et, heureusement, sa voix avait mué tôt.

Les seuls endroits qui lui demeuraient interdits étaient les boutiques de bookmakers. Un jour qu'il était assis sur un banc dans un jardin public, il avait fait la connaissance d'un vieil escroc du nom de Ned Rice, un vrai charmeur aux allures distinguées, avec lequel il s'était associé. C'était Ned qui opérait depuis la Land Rover, et il touchait un tiers de leurs gains ; deux tiers revenaient à Alex, parce que c'était lui qui avait tout combiné.

Il prenait également des paris pour quelques-uns de ses copains. Quand ceux-ci n'avaient pas un sou à risquer, il prenait quand même leurs paris « pour voir », leur expliquant que c'était là une façon d'apprendre à jouer aux courses, une idée qui leur plaisait bien, car s'ils ne gagnaient rien, ils ne perdaient rien non plus.

Alex tourna la tête vers la vitre et, pendant un moment, il regarda son reflet. Bercé par le mouvement du train, il ferma les yeux.

Une main lui secouait l'épaule. Il ouvrit les yeux. Le contrôleur, un type jeune, lui demandait son billet.

Dieu merci ! il n'avait fait que somnoler. Il n'avait pas sombré dans ce sommeil qu'il redoutait tant. Il sortit son billet...

Bon Dieu ! le contrôleur !

Alex pensa au journal, dans lequel il y avait peut-être sa photo. On ne faussait pas ainsi compagnie à la police, sans courir le risque qu'un avis de recherche soit lancé et son portrait diffusé dans la presse. Il tourna le visage vers la vitre, feignant de s'intéresser au paysage, pendant que le contrôleur poinçonnait son billet.

Il risquait de se souvenir d'Alex.

Maintenant, il lui demandait s'il se sentait bien

— Ouais, en pleine forme, répondit Alex avec un grand sourire. J'en ai seulement un peu marre de l'école.

Le contrôleur ne devait pas en être sorti depuis longtemps, de l'école, à en juger par son visage juvénile, piqueté d'acné. Il avait un nez fin et des lèvres minces qui lui donnaient l'air d'un furet. Il sourit à Alex.

— C'est déjà les vacances ? demanda-t-il.

— Non.

Alex sortit un jeu de cartes usagé de sa poche.

— Ça doit pas être marrant de contrôler tous ces voyageurs. Qu'est-ce que vous diriez d'un petit poker ? Un penny le point.

Il battit le jeu d'une main experte.

Les cartes ne l'intéressaient que pour le plaisir de bluffer, de figer son visage en un masque de pierre, tous sentiments cachés. Et il ne pouvait jouer que s'il y avait beaucoup d'argent en jeu.

Le contrôleur se mit à rire.

— Un poker avec un type qui bat les cartes comme ça ? Non, mon vieux. J'ai une femme et un môme à nourrir, moi.

Il sortit du compartiment.

Alex l'imagina en train de regarder son portrait dans le journal. *Non, ça peut pas être lui. Quand on vient de perdre sa mère, on n'a pas envie de jouer aux cartes.*

II

A la sortie de la gare de Windermere, il y avait un râtelier pour bicyclettes. Après un bref coup d'œil aux quatre vélos qui y étaient rangés, Alex en vit un qui n'avait pas d'antivol. Il l'examina attentivement et décida qu'il devait valoir vingt à trente livres. Il glissa cinquante livres dans une enveloppe froissée trouvée dans une corbeille à papier et la coinça dans le cerceau du râtelier en espérant que le propriétaire du vélo la verrait.

Tandis qu'il s'éloignait à grands coups de pédales, il imagina que c'était ainsi qu'un fugitif devait se sentir : à la fois coupable et innocent.

Il ne prit pas le ferry pour traverser le lac mais, une fois arrivé de l'autre côté de Windermere et de Coniston Water, il trouva des chemins interdits aux automobiles qui lui permirent de couper tout droit en direction de Boone.

Tout droit, façon de parler. Il était cinq heures de l'après-midi quand il parvint aux abords du hameau, et le soir tombait quand il aperçut le mur d'enceinte de la propriété des Holdsworth. Les pluies printanières avaient grossi la multitude de ruisseaux et de rivières qui sillonnaient la campagne et les eaux chantaient de tous côtés.

Alex longea la longue enceinte de pierre qui s'effondrait en maints endroits. Ce mur ne servait à rien, de toute façon. Il roula encore pendant quatre à cinq cents mètres avant d'atteindre l'endroit où le mur s'arrêtait en bordure d'un épais bosquet de trembles. Il descendit de vélo et s'enfonça dans les arbres.

Sa destination était la cabane que Millie et lui avaient construite dans un grand hêtre il y avait trois ans, afin que la fillette ait un sanctuaire, un lieu où elle puisse fuir la famille.

Il arriva bientôt au pied de l'arbre et leva les yeux vers les branches que commençaient de verdir les premières feuilles. Située haut dans l'arbre et entourée de conifères, la cabane était bien cachée.

Alex coucha le vélo au pied d'un buisson et le recouvrit de mousse et de feuilles mortes. Puis il releva l'échelle et s'y hissa avec précaution. Il fut surpris de constater que le bois des barreaux n'avait pas pourri et que la cabane était propre. Il se demanda si Millie l'utilisait encore.

Manger. Dieu ! qu'il avait faim ! Il posa son sac à dos dans un coin, sortit le pistolet et le chargeur de ses poches et les rangea dans le sac. Puis il déchira l'emballage du sandwich au fromage et au concombre et l'engloutit en quatre bouchées. Le lait était tiède. Il vida la bouteille.

Il tenait encore celle-ci à la main quand il s'endormit.

13

Jury aimait bien le Brown's, un hôtel sans prétention dans Mayfair. C'était l'un de ses endroits préférés pour y prendre le thé l'après-midi, avec sa cheminée où flambait toujours un beau feu et ses assiettes de pâtisseries, objet en cet instant de l'attention de Madeline Galloway.

— Vous ressemblez à votre sœur, lui avait-il dit en la voyant.

— C'est ce qu'on nous disait.

Elle lui demanda s'il voulait du thé.

— J'en prendrais volontiers une tasse, merci.

Il n'aurait su dire si les propos banals échangés ensuite cachaient une relative indifférence à la mort ou bien s'ils cherchaient à éviter le sujet.

Elle se servit aussi du thé.

— Connaissiez-vous bien Jane ?

— Assez, oui, répondit-il, un peu sur la défensive.

— Oh ! dit-elle, aimablement.

— Vous travaillez dans la famille plus ou moins comme secrétaire de Mr. Holdsworth, m'a dit l'inspecteur Kamir.

Elle eut un petit rire, qu'elle coupa net, le jugeant peut-être incongru.

— Oui, plus ou moins, comme vous dites. Il a entrepris depuis des années un essai sur les poètes lakistes, mais je ne crois pas qu'il songe sérieusement à le faire publier. Il n'écrit que sous l'effet de l'inspiration, et je dois dire qu'il a peu écrit jusqu'ici.

— L'inspecteur m'a appris que vous cherchiez à embaucher quelqu'un pour répertorier sa bibliothèque ?

— Oui, mais je n'ai trouvé personne. Qui pourrait avoir envie de s'enterrer dans un trou pour le salaire qu'il propose ? Et pour un travail aussi ennuyeux que celui de cataloguer des livres ? J'aurais dû être plus précise dans la petite annonce que j'ai passée. Il s'agit en fait d'une bibliothèque énorme, avec des livres du sol au plafond. Je n'arrive pas à les atteindre, même avec l'échelle. Il pensait m'en charger, mais merci bien, très peu pour moi. Je lui ai dit que c'était au-dessus de mes forces.

Jury décida soudain qu'il était temps d'en venir au fait.

— D'après vous, pour quelles raisons se serait-elle suicidée ?

— Je ne sais pas, hormis le fait que les Holdsworth lui reprochaient sans cesse sa façon de vivre et d'élever Alex. Et puis aussi le fait qu'elle n'était pas vraiment heureuse.

— Oui, je vois ce que vous entendez par là. Il y avait des moments où elle se fermait complètement, dit Jury.

Il se rappelait les moments où Jane regardait par la fenêtre avec l'air d'attendre Dieu sait quoi. Elle était alors loin de lui. Pourquoi ? Qu'attendait-elle ?

— Je pensais qu'elle aimait trop son fils pour lui infliger une épreuve pareille. Elle n'aurait jamais supporté qu'il lui arrive malheur. Elle n'aurait jamais tenu le coup s'il était mort ou si on le lui avait arraché. Et maintenant voilà qu'il a disparu.

— Je dirais plutôt qu'il s'est sauvé, dit Jury. Par la lucarne de la salle de bains.

Son rire allégea quelque peu l'atmosphère.

— C'est bien d'Alex ! Mais pourquoi a-t-il fait ça ?

— Je ne sais pas. Vous avez peut-être une idée, vous venez de me dire que ça lui ressemblait.

— Oh ! j'entendais seulement par là qu'il est capable de ce genre de chose.

— Mais encore ?

Elle eut un haussement d'épaules impatient et demanda :

— Quelle importance ?

Elle regarda à l'intérieur de la théière, vraisemblablement n'y trouva pas ce qu'elle cherchait, et remit le couvercle en place.

— Cela pourrait expliquer son comportement. Combien d'enfants, croyez-vous, peuvent découvrir leur mère morte sans craquer, sans se retrouver en état de choc ? *Voilà* les réactions normales.

— Combien de cas de ce genre avez-vous rencontrés ?

Sans cette note d'hostilité que Jury perçut dans sa voix, il n'aurait pas répondu.

— Le mien. J'ai trouvé ma mère morte après qu'une bombe fut tombée sur notre maison.

Elle détourna le regard en disant :

— Je suis désolée.

— Le policier qui l'a interrogé a dit que le garçon était comme un glaçon ; il n'a pas pleuré ; il était aussi hostile que vous pouvez l'être en ce moment. Il n'a pas voulu répondre aux questions, et quand il l'a fait, il a menti. Il a déclaré à l'inspecteur qu'il n'avait pas de famille.

Elle releva la tête.

— Mais c'est la vérité, dit-elle platement.

— Et vous ? Vous êtes sa tante, vous l'aimez, et il ne semble pas que vous partagiez l'opinion des grands-parents.

Elle tenait contre son ventre, comme pour se protéger, l'un des petits coussins qui parsemaient la banquette.

— Il y a un autre membre de la famille qu'Alex aime, c'est son arrière-grand-père, Adam.

Elle sourit.

— A vrai dire, c'est lui qu'Alex me rappelle le plus. Adam est un vieil excentrique qui préfère vivre dans une luxueuse maison de retraite et venir *en visite* dans sa propre maison. Tout lui appartient toujours.

— Tout ? La maison, vous voulez dire ?

— Non, tout, la maison, les terres, et l'argent. Tout.

— Et c'est beaucoup ?

— Énorme.

Elle le regarda dans les yeux.

— Il est difficile de deviner Adam Holdsworth. Il aime bien garder le secret, histoire de tenir son petit monde dans l'incertitude. Il est clair toutefois qu'il ne porte pas beaucoup d'estime à son fils à et sa belle-fille.

Elle sourit légèrement.

— Il appelle Geneviève « Cette Personne ». Mais il était toujours là quand Jane et Alex allaient là-bas.

— Adam Holdsworth les aimait donc bien ?

— Surtout Alex. Ils étaient toujours ensemble, Alex poussant Adam dans son fauteuil roulant. Ils avaient le don de disparaître et d'alarmer tout le monde. Le vieil homme adore jouer des tours.

— Alors Alex et sa mère pouvaient espérer une part de l'héritage ?

Elle alluma une cigarette et regarda pensivement le feu.

— Certainement.

— Et maintenant, c'est Alex seul qui hériterait ?

— Qu'est-ce que les histoires d'héritage ont à voir avec la mort de ma sœur ? demanda-t-elle avec impatience.

— Excusez-moi, lui dit-il.

Il avait pu se faire une certaine idée d'elle, et il n'irait pas plus loin pour le moment.

— Voulez-vous que je vous accompagne à la gare ?

Elle écrasa sa cigarette dans le cendrier et se leva.

— J'ai commandé un taxi, lui dit-elle. J'ai encore une heure devant moi.

Une heure que, manifestement, elle n'avait pas envie de passer avec lui.

Jury lui tendit sa carte de visite.

— Je vous laisse. Je vous en prie, appelez-moi si un détail vous revenait.

— Quel genre de détail ?

Un détail d'importance, pensa Jury.

— A propos, je crois connaître quelqu'un qui conviendrait parfaitement comme bibliothécaire, chez Mr. Holdsworth. Il connaît plusieurs langues. Et ce n'est pas le salaire qui l'intéresserait. Il est relativement aisé.

— Je vous en serais très reconnaissante.

— Je lui passerai un coup de fil. C'est un homme brillant. Un excentrique. Il a d'étranges dadas.

Jury eut un sourire.

— Tout lui est bon pour fuir sa famille.

14

Dick Scroggs tourna une page du *Bald Eagle,* qu'il avait étalé comme à l'accoutumée sur le comptoir.

— Tiens, dit-il, désignant une photo, ce ne serait pas l'un de vos amis guitaristes, *m'lord* ?

Melrose jeta un regard au léopard empaillé qu'avait traîné Dick Scroggs au Jack and Hammer et, poussant son verre vide devant lui, demanda :

— Donnez-moi un autre demi d'Old Peculier.

— Oui, m'lord.

— Pour l'amour du Ciel, cessez de m'appeler comme ça et de parler avec cet accent américain ! Vous avez pris cette détestable habitude du jour où vous avez mis « saloon » à la place de « bar » sur la porte.

Sur la vitre dépolie de la porte le mot *Saloon* avait été peint en épaisses lettres blanches.

— Et tout ça à cause du Blue Parrot, poursuivit Melrose. Nous vous avons pourtant dit que l'établissement de Sly était trop loin du village pour vous concurrencer. Pourtant, son chameau est en meilleur état que votre léopard. Il perd son poil, l'animal.

Dick rasa d'un coup de raclette le champignon de mousse qui couronnait le demi. Et regardant Melrose par-dessus les verres en demi-lune qu'il portait depuis peu, il répliqua :

— Je trouve que ça donne du style à la salle.

Le fauve empaillé se trouvait près de la cheminée, ramassé dans une pose menaçante. Son poil était tombé par plaques, laissant le cuir à nu, et il lui manquait ses crocs. Il avait une certaine ressemblance avec Mrs. Withersby, qui était venue faire le ménage, puis était restée à boire, et ronflait en ce moment à côté de la bête, qui faisait partie d'un lot de trophées de chasse acheté par Trueblood à une vente aux enchères. Il y avait d'autres objets d'art du même genre un peu partout au Jack and Hammer, comme ce singe naturalisé suspendu à une liane.

Melrose désigna le menu et fit remarquer à Dick qu'il y avait pas mal de bizarreries auxquelles il se garderait bien de goûter.

— Ma femme est sûrement aussi bonne cuisinière que Trevor Sly lui-même, répondit Dick.

— *Tout le monde* est aussi bon cuisinier que Trevor Sly. Ce n'est pas la question. Je ne comprends pas pourquoi vous voulez transformer ce pub. Je n'aime pas le changement.

— Vous ne devriez pas prendre si mal le départ de Miss Rivington, monsieur.

— Ce que je prends mal, c'est que Jury risque de nous jouer le même tour, marmonna Melrose.

— Quoi ?

— Rien.

Melrose écrasait sa cigarette dans le cendrier quand la porte du « saloon » s'ouvrit.

— Six heures ! s'exclama-t-il. Où sont donc les autres ?

— Ici, vieille taupe, répondit Marshall Trueblood, « Les Autres » de Long Piddleton.

Melrose songea qu'il allait pouvoir effacer ce sourire satisfait qu'arborait Trueblood.

— J'ai des nouvelles pour toi.

— Intéressantes ?

Trueblood fit un signe de tête à Dick.

— Comme d'habitude, Mr. Scroggs, dit-il. Et si vous le noyez comme la dernière fois, j'irai au Blue Parrot.

— Ha ! Comme si Sly ne le faisait pas, lui !

— Peut-être, mais avec de l'eau de source. Quelles nouvelles ?

— Jury va se marier.

— Évidemment ! Mais nous n'avons pas encore fixé la date. Vivian...

— Je ne parle pas de *notre* version, mais de la *sienne.*

Melrose, l'air écœuré, leva son verre.

— Comment ça, sa version ? Et qui pourrait-il bien épouser, de toute façon ?

— Il y a des femmes, à Londres, tu sais.

La sonnerie étouffée du téléphone de Scroggs résonna alors que Trueblood repoussait cette dernière suggestion.

— Non, je ne peux pas croire ce que tu me racontes.

— C'est pour vous, *m'lord,* appela Scroggs. Mr. Ruthven.

— Pourquoi faut-il qu'on me poursuive jusqu'ici ? marmonna Melrose en gagnant l'appareil d'un pas pesant.

Et il revint comme un somnambule. Il se laissa choir sur un siège et regarda fixement Trueblood.

— Elle est morte.

— Tu veux dire qu'Agatha a *enfin...* ?

Il était absolument ravi. Puis son visage s'assombrit.

— Quand même, ce ne sera plus comme avant, ici, sans la vieille roublarde.

— Pas elle, dit Melrose d'une voix blanche, l'amie de Jury. Et il est suspendu.

Trueblood tapotait une Sobranie rose sur l'ongle poli de son pouce et leva un sourcil tout aussi parfait en regardant Melrose puis Dick.

— Cette fois, il est complètement cinglé. Donnez-lui à boire, Dick.

— C'est déjà fait, dit Scroggs, partageant l'opinion de Trueblood quant à la réalité d'une telle nouvelle.

Mrs. Withersby, qui était sortie de sa torpeur, vint au bar en déclarant que son verre était vide. Elle avait une cigarette glissée derrière l'oreille mais elle semblait y tenir car elle demanda à Trueblood une des siennes. Melrose poussa vers elle son verre encore plein, et elle s'en fut satisfaite dans une bouffée de Sobranie et le verre à la main.

— Écoute, vieille branche, tu as besoin de

vacances, dit Trueblood, que la pâleur de Melrose commençait à inquiéter.

— On vient juste de rentrer d'Italie, crétin.

Il était tellement troublé qu'il accepta la cigarette que lui offrait Trueblood.

— Je pars dans la Région des lacs, déclara-t-il.

— Ne sois pas ridicule, dit Trueblood en frissonnant.

— Les poètes lakistes ? continua Melrose, se parlant à lui-même.

— En Cumbria, *m'lord,* intervint Scroggs sans lever les yeux de son journal.

Melrose consulta sa montre.

— Est-ce que Theo est encore ouvert ?

— Oui, pourquoi ? demanda Trueblood. Ce grippe-sou reste ouvert jusqu'à sept heures et demie. Tu ne vas pas aller *là-bas* ?

Melrose sortit en hâte, sans répondre.

La porte de la librairie Wrenn's Nest était ouverte aux vents de mars, quelle que fût leur force, pourvu qu'ils charrient un client avec eux.

Theo Wrenn Browne, le propriétaire, juché telle une buse en haut de l'échelle, marquait le prix d'une édition originale. Theo se présentait comme un marchand de livres anciens, mais Melrose le trouvait toujours plongé dans le décolleté des auteurs de best-sellers féminins exposé complaisamment sur la quatrième de couverture ou bien dans sa caisse enregistreuse, comme s'il s'apprêtait à se voler lui-même.

Ce soir, toutefois, il se trouvait à la bonne hauteur pour baisser les yeux sur Melrose Plant, qu'il détestait cordialement, moins toutefois que Marshall Trueblood, pour lequel il nourrissait une véritable haine, lui reprochant surtout ses penchants sexuels et la superbe désinvolture avec laquelle il les affichait.

L'occasion de démontrer sa supériorité face à Melrose Plant, le citoyen le plus populaire de Long Pidd, manqua le faire baver de plaisir. Découvrir qu'il en savait plus que Melrose sur les poètes lakistes le fit presque roucouler, là-haut sur son perchoir.

— Vous voulez dire Robert Southey, je suppose.

— Pourquoi ? Y a-t-il d'autres Southey ? demanda Melrose innocemment.

Reniflant le sarcasme (là où il n'y en avait pas), Theo referma brutalement son édition originale et descendit de l'échelle qu'il poussa jusqu'au bout du rayon et sortit un gros ouvrage.

— Voilà quelque chose sur les poètes lakistes, il y a là-dedans Wordsworth, Coleridge, De Quincey, Southey.

— Mais ce n'est pas ce que je cherche. J'ai déjà lu *Ballades lyriques.* Je voudrais quelque chose sur leur vie. Et puis vous n'auriez rien de moins volumineux, de plus court ? J'ai seulement jusqu'à demain matin pour le lire. Un format de poche ferait parfaitement l'affaire.

Theo Wrenn Browne parut choqué.

— Si je m'attendais... marmonna-t-il.

— Oui, n'auriez-vous pas un précis traitant de la première moitié du XIXe siècle ?

— Je n'ai rien de semblable. Je ne tiens pas une librairie scolaire !

Il tendit un petit livre à Melrose. Le *Guide de la Région des lacs* par William Wordsworth.

— C'est l'un des meilleurs ouvrages sur la région.

— Un guide ? Mais je n'ai pas besoin de guide !

— Il semblerait que si !

Theo reporta les yeux sur le rayon.

— Et voilà West. Thomas West, dit-il en articulant comme si son client était quelque peu retardé. Je crois bien que Wordsworth, dans son ouvrage, fait référence à West.

— Donnez-le-moi aussi. Et je vois là un recueil de lettres de Dorothy à William Wordsworth. Je le prends aussi.

Theo pinça les lèvres.

— Le West est une édition rare. Chère.

Melrose soupira et sortit son carnet de chèques.

DEUXIÈME PARTIE

LA FAILLE

15

I

— Je mettrai mes dents si je veux ! dit Adam Holdsworth à l'une des infirmières élégamment vêtues qui composaient le personnel de Castle Howe.

Pas d'uniformes, ici, mais leur façon de parler était révélatrice :

— Allons, Mr. Holdsworth, dit Miss Rupert d'une voix cajoleuse, on est *tellement* plus beau avec ses dents.

Elle faisait son possible pour garder les coins de sa bouche relevés en un petit sourire.

— Vous, peut-être, Miss Rhubarbe, mais pas moi.

— Miss Rupert, comme vous le savez très bien !

Le sourire disparut.

— Vos dents, Mr. Holdsworth...

— Pour l'amour du Ciel, femme, j'ai quatre-vingt-neuf ans et j'ai l'air de Mathusalem revenu de ses cendres. Allons, enlevez-moi ce brassard, ma tension est très bonne, et écartez-vous de mon chemin !

Elle était mince comme un haricot mais quand elle vous saisissait le poignet, c'était comme si elle vous avait passé les menottes. Il poussa le levier de son fauteuil roulant électrique, obligeant Miss Rupert à faire un bond de côté.

Castle Howe n'était jamais décrit comme une « maison de retraite », ce qui aurait pu ternir l'image de luxe que le dépliant publicitaire présentait. Il n'en possédait pas moins un personnel médical compétent, qui comprenait plusieurs infirmières, deux médecins généralistes à temps partiel et deux psychiatres résidents, ces deux derniers travaillant davantage que tous les autres réunis. Le personnel ne portait pas d'uniformes ; leurs vêtements étaient simples mais de très bonne qualité. Tout était fait pour distraire les « hôtes » (jamais « patients », même s'il leur arrivait de s'abattre comme une masse ou de mourir « paisiblement » dans leur lit), les empêcher de penser à la vieillesse, à la maladie et à la mort.

Ceux qui venaient résider à Castle Howe avaient tous, par une coïncidence extraordinaire, soixante ans et plus ; Mrs. Colin-Jackson, la propriétaire-gérante, disait qu'ils étaient dans leur « âge d'or ». Et les hôtes ne logeaient pas dans de simples chambres mais dans des « suites », la différence consistant en une alcôve avec coin cuisine. Les « suites » ne portaient pas de vulgaires numéros mais des noms de poètes lakistes : la « Wordsworth », la « Coleridge », la « De Quincey »... C'était cette dernière qu'occupait Adam

Holdsworth et, à défaut de volutes d'opium, il la remplissait de fumée de cigare.

Castle Howe ne pouvait être décrit qu'en termes hyperboliques. Sa brochure promettait de *merveilleux* paysages et de *splendides* appartements. Tout vocabulaire évoquant la maison de retraite était banni. Mrs. Colin-Jackson visait ainsi une clientèle de gens riches qui pourraient désirer « mettre au vert » un oncle ou une tante devenus encombrants, pour raison d'âge ou autre, dans les conditions les plus honorables.

Dans la brochure, œuvre de Mrs. Colin-Jackson en personne, on pouvait voir une grande salle de séjour et un salon de musique luxueusement meublés et décorés, ainsi qu'une salle à manger où dînaient des couples respirant l'opulence à de petites tables rondes couvertes de nappes brodées et éclairées de chandelles dont les flammes jouaient sur la vaisselle en argent massif.

Il était précisé cependant au bas de la brochure que les hôtes devaient être « capables de se déplacer » et ne devaient souffrir d'« aucun trouble psychiatrique », ce qui laissait une large marge d'appréciation à Mrs. Colin-Jackson, dont la décision dépendait uniquement de l'état des finances du client.

Mrs. Colin-Jackson trouvait très ennuyeux qu'il y eût dans la classe *moyenne* (plutôt que dans la haute société, à laquelle ses services s'adressaient) tant de filles et de fils et de neveux et de nièces tout disposés à racler les fonds de tiroirs pour offrir à « Maman » ou « Oncle John » cet éden luxueux. Mais les fonds de tiroirs n'intéressaient pas

Mrs. Colin-Jackson. Dans ces cas-là, elle précisait que la capacité à se déplacer signifiait qu'on devait pouvoir marcher avec une canne, voire deux, et leur maman avait besoin d'un déambulateur, alors, désolée... En dernier recours, il n'y avait plus de place, mais, oui, elle voulait bien inscrire leur nom, derrière la duchesse de Wanderby et la vicomtesse Stuart.

Si un résident devenait trop problématique, Mrs. Colin-Jackson le renvoyait en appelant sa famille pour lui apprendre que leur chère vieille tête chenue s'était mise à jeter sa nourriture ou à faire des avances au docteur. Un délai d'une semaine était accordé, mais on pouvait aller jusqu'à un mois... pour un coût raisonnable.

Adam Holdsworth savait tout ça, bien entendu. Il était le seul à Castle Howe qui avait choisi de venir, et qui l'avait fait contre la volonté de sa propre famille, paniquée à la pensée qu'il ne lègue sa fortune à la chère dame qui aurait veillé sur son âge d'or. Il y avait une ironie dans tout ça, pensait Adam : les résidents étaient mieux traités ici par la propriétaire et le personnel qu'ils ne l'auraient été chez eux, où ils auraient été totalement ignorés, à moins de mentionner un éventuel changement dans leur testament. Que Mrs. Colin-Jackson fût sensible à l'appât du gain ne gênait pas Adam Holdsworth, d'autant plus qu'elle devait payer chèrement (en temps et en patience) quand, par exemple, Mr. Wynchcomb renversait son bol de céréales sur la tête d'une sœur Dunster.

Mrs. Colin-Jackson faisait les gros yeux, traitait le coupable d'« incorrigible chenapan », et faisait promettre de ne plus recommencer. Si le pauvre Wynchcomb avait fait ça chez lui, on l'aurait enfermé dans le grenier.

Rien à Castle Howe n'était illégal ni même malhonnête. Les chambres présentées sur la brochure existaient, bien que les photos fussent quelque peu flatteuses ; et la nourriture était fort bonne, même si elle était servie par des gens qui ne parlaient pas quatre mots d'anglais.

Adam avait demandé à Millie Thale de le pousser jusqu'à Castle Howe, où sa demande d'accueil avait été d'autant plus facilement acceptée par Mrs. Colin-Jackson qu'elle s'accompagnait d'une somme propre à élargir le concept de « capacité à se déplacer ». Elle avait souri et souri encore et avait dit qu'elle allait consulter son personnel, ce à quoi Adam avait répondu : *Allez-y, je vous donne quinze minutes.*

Il savait que la seule personne qu'elle voulait consulter était son banquier à la Lloyd's. Et comme Adam était venu de son plein gré, il n'était pas question de lui opposer un quelconque refus. Par ailleurs, sa maison ne se trouvait pas loin, et il avait prétendu avoir l'intention de faire de fréquentes visites à sa famille.

Puis il s'était avancé dans son fauteuil roulant dans la bibliothèque au haut plafond et aux tentures de soie, où une vieille dame dans un ensemble de tweed adressait un sermon, une Bible à la main, à un auditoire imaginaire. *Ne faites pas attention à Miss Smithson,* lui avait dit Mrs. Colin-

Jackson. *Sa famille va venir la chercher. Nous ne pouvons tolérer un tel comportement à Castle Howe.*

Ce fut ainsi qu'Adam hérita de la suite De Quincey.

Maman est tellement indépendante ; je sais qu'elle ne pourrait pas supporter les contraintes d'une maison de retraite ordinaire.

Depuis qu'il vivait ici, il s'étonnait que le scénario soit toujours aussi prévisible. Il prenait un malin plaisir à afficher son infirmité ambulatoire quand il savait que Mrs. Colin-Jackson recevait des visiteurs. Les dents serrées, elle faisait remarquer que « notre Mr. Holdsworth peut se déplacer plus vite dans ce fauteuil qu'un coureur de marathon », et elle se permettait un éclat de rire.

Elle avait plusieurs fois prié Adam de se faire plus discret pendant qu'elle recevait des clients. Naturellement, il n'en faisait qu'à sa tête et, la casquette inclinée crânement sur les yeux, il s'installait à la porte du salon Southey où les pigeons apprendraient qu'il leur faudrait débourser deux mille livres par mois pour le séjour de Maman.

Quoi qu'il en fût, Castle Howe jouissait d'un prestige qui rejaillissait sur les familles mêmes des pensionnaires. (*Tante Florence ? Oh ! après cette épuisante croisière autour du monde, elle a éprouvé le besoin de prendre un peu de repos et elle était folle de joie à l'idée de séjourner à Castle Howe.* Alors qu'en réalité tante Flo n'avait jamais été en croisière que sur la petite mare de son jardin, d'où elle criait des obscénités à ceux qui avaient la malchance de passer par là.)

Adam notait les menus incidents de la maison avec une plume Mont Blanc dans un calepin relié de cuir. Sa main tremblait un peu, et il trouvait à certaines de ses pages des allures de tracés d'électrocardiogramme.

Il avait un fauteuil roulant à plusieurs vitesses avec lequel, quand il s'ennuyait, il roulait à toute allure dans la propriété pour faire peur aux promeneurs et obliger les voitures à freiner brutalement. De temps à autre, il demandait à Millie de venir le chercher pour une promenade à travers le parc. Il aimait la compagnie de Millie. Elle et son chat étaient les seuls à la maison en qui il avait totalement confiance.

A Tarn House, il passait la majeure partie de son temps à la cuisine, qui était chaude et spacieuse et pleine de bonnes odeurs, et où il était le bienvenu sans aucune servilité. Il aimait défier le chat Sorcier du regard, et il enrageait d'être toujours le premier à détourner les yeux. Ce chat lui faisait presque croire en la réincarnation. Dans l'une de ses anciennes vies, l'animal avait dû être Raspoutine. Mrs. Callow, quand elle ne s'imbibait pas en compagnie du maître d'hôtel, cuisinait des légumes, et Millie avait toujours quelque chose sur le feu. Comme sa mère, Millie était une cuisinière-née. Il venait dans la cuisine avec des pièces de monnaie qu'il cachait dans divers pots, pour lui faire la surprise. Il ne s'inquiétait pas que ce soit

Mrs. Callow qui les trouve : elle ne distinguait nettement que la bouteille de porto.

Bien entendu, la famille, elle, attendait de pouvoir mettre la main sur sa fortune. Il ne pouvait vivre éternellement, même s'il commençait à les faire douter de la mortalité. Il était souvent désolé pour Crabbe et il ne pouvait lui en vouloir de s'être réfugié dans son monde de poètes et de peintres. Pourquoi fallait-il que tant de gens bien ratent ainsi leur vie ? Coleridge, De Quincey... Pas Wordsworth, cependant. Mais Adam se disait que s'il pouvait parcourir les monts et les vallées aux côtés d'une sœur aimante suspendue à ses lèvres, alors, oui, il irait volontiers d'un petit poème, lui aussi.

Jane. Il fronça les sourcils. Il avait aimé l'épouse de son petit-fils rien que pour lui avoir donné Alex.

Si la mort de Jane n'attristait pas Geneviève, celle-ci était par contre furieuse qu'Alex ait déclaré ne pas avoir de famille.

Drôlement vrai, pensa tristement Adam.

II

Lady Cray était arrivée accompagnée de sa fille et de son gendre. Avec son petit chapeau noir, son grand sac assorti, et un ensemble de la plus belle soie, lady Cray promenait un sourire vague autour d'elle comme si elle se demandait où elle pouvait bien être et avec qui elle était venue.

Elle s'éloigna pendant que Mrs. Colin-Jackson

vantait tous les mérites de son établissement. Adam, à son poste d'observation près de l'entrée du salon, trouva lady Cray intéressante et il la suivit dans le couloir. Elle se promena sans but à travers la salle de lecture, la salle de jeux, pour se retrouver dans la salle à manger. Elle s'approcha d'une table pour deux, prit les deux couverts en argent et les glissa dans son sac noir, qu'elle referma avec satisfaction d'un coup sec. Comme elle se retournait, elle découvrit Adam. Elle lui sourit et, ouvrant son sac, elle en sortit une liasse de billets. Choisissant une coupure de cinquante livres, elle la lui tendit.

— Pour votre silence, dit-elle d'une voix posée, comme si elle lui proposait un verre de cognac.

— C'est généreux à vous, mais j'ai déjà assez d'argent comme ça, dit Adam.

— Ah ! Dans ce cas, accepteriez-vous une cuiller ? C'est une argenterie de très bonne qualité.

— Non merci, j'ai la mienne.

Il espérait que lady Cray résiderait à Castle Howe. Il ne doutait pas que ce fût là une femme indépendante. Elle ne semblait pas s'émouvoir qu'il roule à côté d'elle tandis qu'elle poursuivait son errance dans les couloirs richement décorés.

Adam sortit son précieux Mont Blanc et inscrivit la date du jour dans son calepin. Puis, suivant toujours lady Cray, il entreprit de lui présenter Castle Howe. Le confort y était grand, la nourriture excellente, et tout allait bien dès l'instant où l'on savait que la maison était tenue par une bande de crétins. Colin-Jackson disparaissait chaque jour en fin d'après-midi avec un shaker de gin et réapparaissait au dîner pour faire la fête avec ses hôtes.

— Belle pièce, commenta lady Cray en entrant dans la bibliothèque.

— Il y a quelques petites choses en ivoire là-bas, sur l'étagère, si vous aimez ça.

Elle soupira et détourna la tête.

— Peuh ! Des défenses d'éléphant ! C'est tellement déplorable, ce braconnage !

Adam approuva d'un signe de tête, et comme lady Cray avait fait le tour de la pièce, ils poursuivirent leur visite. Une porte-fenêtre donnait sur le jardin, et Adam proposa qu'ils aillent « marcher » un peu.

— Je souhaite vivement que vous vous installiez ici, lady Cray. Ce serait bien d'avoir une kleptomane ici... sans vouloir vous offenser. Mais je suppose que vous n'êtes pas une collectionneuse.

Ils descendirent l'allée qui menait au jardin, et lady Cray commença à cueillir des fleurs, dont elle fit un bouquet qu'elle glissa dans son sac.

— Je suis assez habile, voyez-vous. Je pratique dans des lieux moins reposants que celui-ci. Les magasins Harrods sont mes préférés. Je crois que c'est Harrods que ma fille et mon gendre ont choisi pour mon enterrement.

— Je ne savais pas que Harrods avait un rayon pompes funèbres. Je le dirai à Geneviève.

— Geneviève ?

— Ma belle-fille.

— Oui, je crois que je me plairai ici, dit lady

Cray, ramassant une fleur au pied du fauteuil d'Adam. Tout m'est bon pour fuir ma famille.

— Je suis bien d'accord avec vous !

— Vous la connaissez ? demanda-t-elle d'un air absent, promenant ses yeux gris sur le jardin tandis qu'elle s'asseyait sur l'un des bancs disposés en bordure des massifs.

— Non, mais je connais la mienne. Il suffit que j'appelle le notaire pour qu'un vent de panique les précipite sur le whisky.

— Absolument, Mr. Holdsworth. Il me suffit de prononcer le mot de « testament », pour que Beau — mon gendre — empoigne la carafe de vodka. J'ai toujours peur qu'il ne la casse. C'est une Lalique. Tiens, une pie !

— N'ouvrez pas votre sac, elle vous piquerait l'argenterie !

Elle rit. Lady Cray avait une belle peau, remarqua-t-il.

— Ma fille, Lucia, reprit-elle, n'est pas une méchante personne. Mais elle est tellement faible qu'elle laisse son mari respirer pour elle... presque. Je me demande parfois si ma manie de voler n'a pas pour but de justifier la faiblesse de ma propre fille.

— C'est une façon charitable de voir la chose. Kingsley apprécierait ce genre de remarque. C'est l'un des psys résidents.

— Ce sont eux qui sont chargés d'informer les héritiers que leur cher parent est mort sans rien leur laisser ?

— Hum... Ça n'est jamais arrivé. Je veux dire, je n'ai encore jamais vu personne contester les testaments laissés par les résidents. Je pense que Kojak veille à ce que cela ne se produise pas.

— Kojak ?

— Abréviation de Colin-Jackson. Du moment qu'elle reçoit sa part, elle se ficherait pas mal que la police drague les lacs à la recherche de cadavres.

Lady Cray confectionnait maintenant un deuxième petit bouquet. Elle demanda :

— Il n'y a donc jamais eu d'assassinat ici ?

Bon Dieu ! Adam regrettait de ne pas avoir mis son dentier, car la question le fit béer de stupeur.

— A la façon dont vous dites ça, le nez dans vos fleurs, on croirait qu'il n'y a rien de plus banal.

Adam se frotta les mains. Son arthrite le travaillait.

— Remarquez, à la réflexion, ce n'est pas une mauvaise idée, tant qu'on ne tient pas le rôle de la victime.

— Ça ne vous est jamais venu à l'esprit, qu'on pourrait vous assassiner ? Moi, ça m'est arrivé une ou deux fois, qu'on essaie... Là ! ajouta-t-elle en décorant d'une pâquerette la boutonnière d'Adam.

Cette fois il pensa à garder la bouche fermée, malgré sa stupéfaction.

— Hein ? Mais comment ?

— Oh ! des tentatives avortées, mais des tentatives quand même ! dit-elle en portant une main gantée à sa bouche comme pour se retenir de rire. On m'a poussée devant un bus, dans une rue de Londres. Il s'en est fallu de peu que je ne passe sous les roues.

— Bon Dieu ! dit Adam, songeur. Vous savez, nous venons juste de connaître une tragédie. Un suicide. Tragique, car il s'agit de la mère de mon arrière-petit-fils. C'est un as, ce gosse, et il lui était très attaché. Or, dans ma famille, l'amour est une denrée plutôt rare.

Adam raconta à lady Cray ce qu'il savait.

— Vous pensez donc qu'il s'agit d'un meurtre ? demanda lady Cray, soufflant sur les pétales d'une marguerite.

— Quoi ? Je n'ai pas dit ça ! Vous savez, ils ont beau faire une belle bande d'abrutis, je ne les crois pas capables de...

— Quand on est capable de ramper pour de l'argent, on est capable de bien pire. Mais pourquoi l'auraient-ils tuée ? Allait-elle hériter de... Oh ! pardonnez-moi ce manque de tact ! C'est aussi grossier que de vous demander pour qui vous votez.

— Je ne vois pas mes fils le faire, dit Adam, suivant le fil de ses réflexions. George est un imbécile et Crabbe a passé sa vie à écrire un pavé sur les lakistes. Mais je n'en dirais pas autant de Geneviève. Elle a épousé mon fils pour son argent, évidemment, et elle a une bonne vingtaine d'années de moins que lui. L'ennui, c'est que si je laisse à Crabbe un demi-million de livres, c'est *elle* qui les dépensera. Aussi savez-vous ce que j'ai fait ? demanda-t-il en penchant la tête de côté d'un air espiègle.

— Quoi ?

— L'argent est à lui, à la condition expresse qu'il fasse un voyage autour du monde. Seul. A mon avis, loin d'elle, il a des chances de retrouver goût à la vie et surtout... aux autres femmes. On dit que ces croisières sont de véritables orgies, et il n'a que soixante ans.

— Quand on est si jeune, on devrait se libérer des liens d'un mariage malheureux.

— Et si, après ça, il ne reprend pas ses esprits, ce sera vraiment à désespérer.

— C'est une bonne idée, que vous avez eue là.

— Merci.

— Dommage que je ne puisse pas en faire autant ! Le problème, c'est que si je ne leur laisse pas pratiquement tout, Beau contestera le testament, et comme je n'ai pas toujours eu une conduite irréprochable, si vous voyez ce que je veux dire...

Adam baissa la voix pour demander :

— Vous avez été arrêtée ?

— Oui. C'est mon petit-fils, Andrew, qui est venu payer la caution. C'est la personne que j'aime le plus au monde ; bien entendu, je lui laisserai la plus grande partie de mon argent. Il est arrivé au commissariat, sérieux comme un pape, mais dès que nous sommes montés dans la voiture, il a éclaté de rire. Jusqu'à en pleurer. Ça m'a redonné espoir en l'humanité.

— Sûr. Et que fait-il ?

— Il est très studieux. Il a fait ses études à Cambridge, et ses parents ont été absolument furieux quand il a ouvert une librairie. J'y vais souvent, mais c'est bien le seul à qui je n'aie jamais rien volé.

— Il ressemble à Alex, l'arrière-petit-fils dont

je vous ai parlé. Il a seize ans. J'aimerais bien savoir comment il supporte la mort de sa mère... Oh ! je le sais solide, mais il est sensible.

Adam ajouta avec un grand sourire :

— Il a été renvoyé trois ou quatre fois de l'école.

— Délicieux ! Qu'avait-il fait ?

— Il jouait aux courses de chevaux, avec une combine très maligne, dont il faisait profiter ses copains. Il s'est fait également renvoyer pour bagarre, ajouta Adam en boxant l'air de ses poings.

— Décidément, ce garçon m'a l'air charmant.

Elle regarda en direction du large perron.

— Je vois qu'on me fait signe, dit-elle avec un soupir.

Adam vit la fille et le gendre agiter les bras comme si elle s'apprêtait à partir pour un voyage dont elle ne reviendrait pas.

— Dommage, dit-il.

— Nous aurons le temps de résoudre cette énigme — suicide ou meurtre —, n'est-ce pas ?

Le sac noir cliqueta quand elle passa la bandoulière à l'épaule.

— Qu'est-ce que vous avez là-dedans en dehors de l'argenterie ? Un pistolet ?

Il gloussa de sa propre blague.

— Oui. Dans notre situation, on n'est jamais trop prudent, n'est-ce pas ?

Adam en tomba presque de son fauteuil.

— Kojak ne vous a pas fouillée ? Faites-moi voir, faites-moi voir !

— Non.

Elle posa sa main sur le bras du fauteuil, l'invitant à démarrer.

— Nous aurons tout le temps de bavarder. Si nous sommes toujours en vie. Venez. Ils commencent à trépigner.

— Dites-moi, demanda Adam en la suivant dans son fauteuil, êtes-vous *vraiment* kleptomane ou bien faites-vous ça par... jeu ?

Elle rit.

— Il y a certaines choses que je ne peux pas m'empêcher de voler, mais pour le reste, c'est un jeu. Il faut bien s'amuser un peu, ou alors on deviendrait fou. Quand on parvient à notre grand âge, il faut bien faire un peu de cinéma.

— Quelles sont ces choses que vous prenez en priorité ?

— Les rubans pour les cheveux et les chocolats.

— C'est drôlement intéressant ! Et vous êtes pickpocket, aussi ?

Pour toute réponse, elle lui rendit son Mont Blanc.

Adam Holdsworth manqua s'étrangler de rire.

— Je ne vous ai pas décoré d'une fleur pour rien, dit-elle.

Il regrettait amèrement de n'avoir pas mis son dentier.

Mais il était content d'avoir mis son beau pull bleu vif.

16

I

Il fallait reconnaître à Wordsworth, songeait Melrose en sirotant son café au Swan, le *Guide des lacs* ouvert devant lui, ce don de dénicher *la* bonne auberge. Oh, pas seulement le vénérable Swan, avec ses vieilles poutres, ses fauteuils recouverts de chintz et ses canapés entourant la cheminée où crépitait un bon feu, mais quantité d'autres. Tout buveur d'eau qu'il était, William Wordsworth n'était pas sans savoir que tous les promeneurs, revenant des sites dont il recommandait la visite, auraient le gosier sec. Il leur indiquait donc l'auberge la plus proche où ils pourraient étancher leur soif.

Quelques-unes avaient un nom, comme le Larches, à Windermere ; mais la plupart s'appelaient simplement « auberge ». Pourquoi, se demandait Melrose, employait-on aujourd'hui le mot « pub » pour désigner tout établissement ouvert au public ? Wordsworth les appelait des auberges. Les Saxons aussi. Pouvait-on vraiment considérer le White Hart à Scole ou la New Inn à Amersham ou encore le Old Silent à Stanbury comme des « établissements publics » ? Cette célèbre petite bande de conteurs d'histoires laissaient-ils le « pub » Tabard derrière eux quand ils faisaient route vers Cantorbéry ? Les imaginait-on un seul instant dire : « Allons au pub » ?

Ces réflexions le ramenèrent à la vieille auberge de Long Piddleton, The Man with a Load of Mischief, malheureusement fermée depuis dix ans. Melrose s'y rendait de temps à autre à bicyclette, en ces rares occasions où il faisait prendre de l'exercice à Mindy (qui avait eu autrefois pour maître le tavernier). En hiver, la couche de neige montait parfois jusqu'au rebord des fenêtres, et en automne les feuilles crissaient sur les pavés de la cour. Mindy furetait partout, la truffe au ras du sol, et Melrose se demandait alors si les chiens se souvenaient.

Lui-même aurait aimé parfois ne pas se souvenir. La mémoire était peut-être une invention. Ou peut-être, comme pour Proust, permettait-elle de refaire le chemin parcouru, de retrouver le temps perdu.

Maintenant qu'il avait déjeuné au vénérable Swan, Melrose n'avait guère le temps de traînasser sur la route s'il voulait arriver à Boone en début de soirée.

II

Le choix de la voiture avait posé un problème. Quand on postulait un emploi de bibliothécaire, on ne pouvait décemment arriver en Bentley ou en Rolls. Il avait donc loué une japonaise, plutôt poussive et franchement bruyante, mais qui semblait s'accrocher au bitume avec l'obstination farouche propre au peuple du Soleil-Levant.

L'habillement aussi avait présenté un problème. La veille, il avait chargé Ruthven de lui préparer de vieux vêtements, les plus usés qu'il pourrait trouver.

— Monsieur, vous n'avez pas de vêtements usés, lui avait répondu son majordome, l'air choqué que lord Plant puisse imaginer qu'il ait pu laisser ses costumes se dégrader jusqu'à tomber dans le bas monde des boutons manquants et des doublures déchirées.

— Tout de même, il doit bien y avoir un costume ou un veston qui convienne à un bibliothécaire au chômage !

Melrose examinait avec dépit l'une de ses chemises sur mesure. Pourquoi était-il si vaniteux ? Pourquoi n'achetait-il pas ses vêtements en prêt-à-porter comme tout le monde ?

Ruthven pinça les lèvres et extirpa de la garde-robe un costume sur son cintre.

— Celui-ci pourrait faire l'affaire, monsieur. Il est informe. Je dirais même déconstruit.

Melrose poussa un soupir.

— Voyons, Ruthven, c'est un *Armani* !

Ruthven, disciple du classicisme de Savile Row

et de Bond Street, ne risquait pas d'être impressionné par un couturier étranger. Il lissa de la main les manches italiennes et raccrocha le costume.

— Et ce blazer, monsieur ? Il a au moins dix ans. Il pourrait convenir.

— Dix ans ? On lui donnerait à peine dix *semaines*. J'ai toujours su que vous portiez un grand soin à mes affaires, Ruthven, mais, à ce point, j'avoue que c'est une révélation.

Comme Ruthven rougissait sous le compliment, Melrose ajouta :

— Il faudrait ôter un peu de vie à ce tweed. Dites à Martha de tirer quelques fils ici et là, et de mettre des pièces aux coudes. Et puis je prendrai l'Armani, en espérant que les Holdsworth ne sont pas des fanatiques de mode.

Sur ces paroles, Ruthven s'en fut d'un air raide et solennel, portant dans ses bras le veston de tweed comme s'il s'était agi d'un enfant mourant.

III

Il avait soif en arrivant enfin à Boone, et il y avait un petit pub dont il aurait volontiers décroché l'enseigne pour aller la clouer à l'entrée du cottage d'Agatha : *The Old Contemptibles*[1].

1. Littéralement, « Les vieux méprisables ». Désigne les vétérans de l'armée britannique de 1914, suite au mot de l'empereur d'Allemagne, qui aurait parlé d'une « méprisable petite armée ».

Cette enseigne l'invitait à entrer d'un doigt crochu, l'attirait comme un aimant, l'appelait.

On entrait par une sombre réception où une pancarte annonçait : Chambres à louer. La salle du bar était un peu mieux éclairée grâce aux appliques de bronze dont la lumière pâle se réfléchissait dans un long miroir dont le cadre richement orné s'accordait mal avec les simples tables et les bancs de bois patinés par le temps.

Un document sous verre, accroché au mur, déclarait le sieur O. Bottemly autorisé à servir de l'alcool et des repas.

Ce devait être O. Bottemly en personne qui accueillit Melrose derrière son comptoir, car il y avait dans son attitude l'assurance tranquille du propriétaire. Désolé, monsieur, mais je n'ai pas d'Old Peculier, mais j'ai de la Jennings, une très bonne bière, riche en houblon, l'assura O. Bottemly.

Retiré comme il l'était, le pub ne devait pas voir beaucoup de monde, et la demi-douzaine de clients rivés à leurs tabourets buvaient tous de la Jennings. A en juger par les villageois qu'il avait croisés (dont trois courbés sur leurs cannes) et par ceux alignés le long du comptoir, il semblait que personne à Boone n'eût moins de cinquante ans. L'âge était en ce lieu une épidémie contre laquelle personne n'avait trouvé de vaccin.

Même la femme qui arriva par une portière n'avait pas réussi à créer l'illusion de la jeunesse. Elle s'y était pourtant acharnée, avec son ample poitrine et son fessier rebondi moulés dans une robe à fleurs, ses colliers de perles et le rouge à lèvres qui débordait du contour naturel de sa bouche. Elle se versa un verre de sherry et se présenta comme étant Connie Fish. Gérante, précisa-t-elle, tandis que O. Bottemly confirmait d'un hochement de tête tout en suçotant un cure-dents.

Un autre document encadré au mur expliquait la signification du nom de pub. Eh bien ! C'était une bonne leçon ! Voilà qui devrait vous garder, songea Melrose, de prononcer des jugements hâtifs.

Melrose regarda la rangée de visages et leur sourit gaiement. L'un d'eux, la tête sur le comptoir, ronflait doucement, mais les cinq autres lui rendirent son sourire, y compris Connie Fish, qui y mit tout son cœur en portant une main coquette à sa chevelure permanentée et tellement laquée qu'elle n'aurait pas bougé au vent du nord.

L'homme assis à côté de Melrose lui dit en le scrutant du regard :

— Bienvenue, monsieur.

Melrose lui rendit la politesse puis lui demanda s'il vivait à Boone.

L'homme acquiesça de la tête, puis demanda d'un ton de surprise :

— Vous êtes de la police ?

Ce fut au tour de Melrose de marquer son étonnement.

— Pas du tout. Pourquoi ? Vous attendez la police ?

Ils se mirent tous à parler en même temps, et ce fut comme un bruit de chute d'eau sur des rochers, et Melrose fut presque noyé sous le flot de paroles.

— Il y a ce gosse qui a disparu, disait un vieil homme que les autres appelaient « Rheumy ».

— Holdsworth. Sa mère a été assassinée, disait un autre.

— Ça s'est passé à Londres...

Une matrone du nom de Mrs. Letterby se pencha par-dessus trois de ses compagnons de comptoir pour affirmer :

— C'est pas un assassinat, c'est un suicide.

Un sac d'os en complet marron secoua obstinément la tête, mais Melrose ne put dire si c'était pour exprimer son désaccord avec Mrs. Letterby ou bien si c'était là la manifestation d'un syndrome parkinsonien qui l'empêchait de lever sa pinte de bière, d'où sortait une paille.

Suicide et disparition n'excitaient pas seulement leur imagination mais leur soif, et leurs regards balayaient d'un air dépité leurs verres vides.

Melrose s'empressa de commander une tournée générale et, une fois que chacun eut sa boisson salvatrice devant lui, il demanda :

— Quand est-ce arrivé ?

— Il y a quelques jours, répondit un dénommé Billy, levant son verre à la santé de son bienfaiteur.

— Ce doit être un drame pour cette famille, dit Melrose. Vous les connaissez ?

Il sortit son étui à cigarettes et fit signe à Billy Mossop de se servir et d'en offrir à ses amis.

— Les Holdsworth ? demanda Connie Fish, trônant derrière le comptoir. C'est vraiment une famille maudite. Ils n'ont connu que des malheurs. Ils ont perdu leur fils, n'est-ce pas, Mrs. Letterby ?

— Ah, et comment !

Elle porta ses deux mains à sa gorge et tira la langue.

— Le malheureux s'est pendu. A une poutre.

17

I

Melrose vérifia sa tenue avant de sortir du pub et fut assez satisfait de l'aspect miteux qu'il avait réussi à créer. Les coudes de son veston étaient élimés et Martha avait fait une reprise discrète sur la manche. Le cuir de ses chaussures bien cirées était craquelé à souhait et les talons accusaient une usure qu'on n'aurait jamais songé à attribuer à la râpe à bois menée de main de maître par Ruthven. Mais le mouchoir neuf arboré à la pochette marquait un souci de préserver les apparences, chez cet aristocrate dans la mouise.

Il avait décidé de laisser la voiture devant le pub et de se rendre à pied à Tarn House.

Le petit bureau de poste marquait la fin du village, et Melrose poursuivit sa marche, mais il avait beau respirer à pleins poumons l'air frais de cette glorieuse campagne, il se serait senti en bien meilleure forme dans son salon d'Ardry End, à fumer et à savourer un Graham's 1944.

Il n'avait pas fait trois cents mètres qu'il passait

devant un portail ouvrant sur une allée qui sinuait à travers des conifères pour mener à un imposant manoir découpant ses tourelles sur un fond majestueux de montagnes embrumées. Il pensa d'abord qu'il devait s'agir de Tarn House, mais une plaque de bronze sur l'un des piliers du portail lui apprit que c'était Castle Howe. *Retraite raffinée.*

Selon ses compagnons du pub, c'était là qu'Adam Holdsworth avait choisi de vivre, plutôt que dans sa propre maison, ce qui en disait long sur sa famille. Melrose reprit sa route d'un bon pas, regrettant de ne pas avoir emmené Mindy avec lui. Mindy ? Allons donc, elle aurait fait trois pas et serait remontée dare-dare dans ce tas de ferraille que les Japonais appelaient voiture.

Il soupira et regarda devant lui. Rien en vue, ni maison ni cottage, pas même de la fumée s'élevant d'une cheminée. Mais il vit arriver trois, non, quatre randonneurs, qui le saluèrent le pouce levé, comme s'ils s'étaient rencontrés sur l'un des deux pôles et s'en revenaient, transportés par leur aventure. L'un d'eux, une femme qui avait deux fois l'âge de Plant, le visage tanné creusé de profonds sillons, souriait béatement en marchant d'un pas si vif que le lévrier whippet qu'elle tenait au bout d'une laisse se traînait derrière elle.

Qui croyaient-ils tromper, tous ces gens qui venaient, dans cette région, avec son temps exécrable, sa douzaine de lacs, ses montagnes brumeuses, ses moutons innombrables ? pensa Melrose. Certes, il ne jugeait pas les lieux, mais pensait seulement qu'il fallait la sensibilité d'un poète ou d'un peintre pour en apprécier le charme secret.

Or, ils étaient des milliers chaque année à débarquer ici en imperméables et bottes de caoutchouc et à faire à quiconque croisait leur chemin le signe — pouce levé — des panthéistes.

Il aperçut enfin la maison derrière l'entrelacs de branches dénudées du parc. Cela faisait un bon quart d'heure qu'il marchait. Pourquoi Jury ne lui avait-il pas dit que Tarn House était à plus d'un kilomètre du village ? Mais bien sûr ! Comment Jury aurait-il pu le savoir, puisqu'il n'était jamais venu ici ?

La vieille grille de fer était flanquée de deux piliers (heureusement, sans aigles, lions ou autres sphinx), et il était passé devant une maison de gardien, apparemment vide. Le corps principal des bâtiments était seigneurial, mais pas aussi impressionnant que la maison de retraite devant laquelle il était passé. Tarn House[1] tenait son nom des deux sombres mares — ou petits lacs ? — qui s'étendaient de chaque côté de l'allée menant à la maison. C'était une demeure plutôt simple, au toit d'ardoise, à la façade droite, aux fenêtres hautes, sans rideaux qu'on aurait écartés et laissés retomber vivement à son approche.

Melrose poussa la grille et se dirigea vers le perron en soupirant. Il aurait été tellement mieux à Ardry End ! Ah ! ce feu ! Ce Graham's ! Cette tante ! Non, quand même pas.

Quelqu'un avait dû le voir arriver car la porte s'ouvrit avant même que le marteau ne fût retombé.

1. *Tarn :* Petit lac de montagne. *(N.d.T.)*

Melrose sursauta à la vue de la fillette qui se tenait devant lui et envoya une prière muette au poète Samuel Taylor Coleridge. Les inventions fantastiques de transposition magique, ou de transformation alchimique, ou Dieu sait quoi, du *Kubla Khan* se faisaient réalité. Elle semblait en effet incarner Ardry End : robe verte toute simple, cheveux de la couleur ambrée du Graham's, ses iris de minuscules charbons ardents, et à ses pieds, le chat le plus noir que Melrose eût jamais vu, un chat de l'Enfer.

La fillette leva la tête vers lui. Elle devait avoir onze ou douze ans. Ce pli à sa bouche n'était pas un sourire, mais l'expression de l'exaspération contrôlée. Puis elle tourna les talons, pour sûrement s'en aller quérir quelque grande personne. Mais, comme il ne la suivait pas, elle s'arrêta et, les mains sur les hanches, lui jeta un regard impatient par-dessus l'épaule.

Pas de pouces levés, ici, se dit-il en la suivant.

— C'était Millie, dit Madeline Galloway, comme si cela répondait à toutes les questions de Melrose.

Madeline Galloway était une femme séduisante, dont la nervosité accentuait le charme. On eût dit que c'était elle, et non Melrose, qui sollicitait ce modeste emploi.

Ils se trouvaient dans la fameuse bibliothèque, et Melrose devait convenir qu'elle était assez impressionnante. Comme si elle voulait d'abord en finir avec les mauvaises nouvelles, elle parla du travail qu'on attendait du bibliothécaire.

— Je crains, hélas ! que le salaire ne soit bien maigre.

— Je ne m'attendais pas à ce qu'il soit important.

On frappa à la porte, et Millie entra, portant un plateau avec une carafe de sherry et deux verres. Silencieuse, elle regarda Madeline.

— Eh bien, Millie, que fait donc Hawkes ?

Elle expliqua à Melrose que ce dernier était le domestique.

— Ce n'est pas à proprement parler un majordome, ajouta-t-elle avec un sourire.

A en juger par l'expression de Millie, Hawkes ne rentrait pas dans la catégorie des serviteurs irréprochables. Millie s'apprêta à partir.

— Mais tu ne m'as pas dit où il était. C'est son travail.

— En bas à la cave. Avec la cuisinière. Ils rangent les bouteilles de vin.

Melrose pensa qu'ils ne devaient pas se contenter de les ranger.

Millie s'en fut, et Madeline se tourna vers Melrose.

— Votre ami le commissaire Jury m'a dit qu'il vous arrivait de travailler ici ou là au gré de votre curiosité.

Melrose aurait préféré que Jury lui confère un peu plus de mystère que cette image de dilettante... et voilà qu'elle parlait d'« excentrique », haussant un sourcil, souriant comme s'ils partageaient un secret, elle, Melrose et le commissaire.

Excentrique. Il fut tenté d'ôter l'abat-jour frangé de soie et de s'en coiffer.

— Jury et moi, nous sommes de vieux amis.

— Vous savez, je ne crois pas que ce travail dure très longtemps. Bien entendu, cela dépendra du temps que vous mettrez à mener à bien cet inventaire. Mais fin connaisseur de livres comme vous l'êtes, la tâche vous sera certainement facile.

— Oui, sans doute.

— Vous pouvez habiter ici, à Tarn House, ou bien nous pouvons, si vous le préférez, vous trouver une chambre dans le village. Ils ont des chambres, au Old Contemptibles.

— Je préférerais demeurer ici, dit-il en se frottant le genou. J'ai une jambe raide. J'évite de trop marcher.

Elle fronça les sourcils.

— Je n'ai rien remarqué.

— Ça va, ça vient, ça dépend des jours.

Il attendit qu'elle ajoute quelque commentaire, mais elle s'était approchée du manteau de la cheminée et y avait pris une figurine représentant un berger appuyé sur son bâton, qu'elle contemplait d'un air absent.

— Puis-je ? demanda Melrose.

Elle porta son regard vers lui et vit qu'il désignait l'un des fauteuils de cuir Queen Anne disposés de chaque côté de la table basse, sur laquelle Millie avait posé le plateau.

— Oh ! pardonnez-moi ! Bien sûr, asseyez-vous.

Madeline posa la figurine sur la table et servit le

sherry, un amontillado très fin. Son verre à la main, elle prit place dans l'autre fauteuil.

— Je ne suis pas vraiment à la hauteur, pour cet entretien. Sous prétexte que j'aime lire, dit-elle en jetant un regard aux rayons chargés de livres, Mr. Holdsworth en déduit que je suis capable de juger si vous pouvez faire l'affaire. D'ailleurs, je ne sais pas vraiment ce qu'il attend de vous.

— Pourquoi n'est-il pas là pour me l'expliquer lui-même ?

— Par timidité, je suppose. Non, ce n'est pas vrai. Il est probablement en train de se préparer quelque part dans la maison pour faire son entrée, l'air terriblement préoccupé. Il est si fervent admirateur de Robert Southey qu'il imite ses poses et ses attitudes. D'après les portraits et les photos. Je suis sûre qu'il aimerait porter une chemise à grand col avec une cravate nouée négligemment. Je crois même qu'il lui arrive de se prendre véritablement pour Southey.

— C'est un peu fâcheux, vu que Robert Southey est mort.

Elle eut un sourire contraint. Le destin funeste de sa sœur ne la disposait manifestement pas à la moindre plaisanterie.

— Je vais quand même tenter de vous expliquer le travail qui vous attend.

— Excellente idée.

— Étant bibliothécaire, vous vous en ferez rapidement une idée. Crabbe voudrait donc que sa collection soit cataloguée... sujet, auteur, titre, édition, etc. Êtes-vous allé à Greta Hall ?

— Non, je n'en ai pas eu le temps, je viens juste d'arriver.

Ce pèlerinage serait probablement nécessaire. Pourquoi cet engouement pour Southey ? Si l'envie vous prenait de pénétrer dans le monde des poètes lakistes, autant choisir Coleridge. Mais peut-être ce dernier était-il trop démoniaque, alors que Southey, lui, était un gentleman.

Le regard de Madeline erra de nouveau sur les rayons de la bibliothèque. Les ouvrages y étaient si parfaitement alignés, si richement reliés de cuir que Melrose se demanda s'ils avaient jamais été lus.

— Cette bibliothèque est une reproduction presque exacte de celle de Southey, dit-elle. Il en tirait une grande fierté et répugnait à y faire entrer des gens comme Wordsworth, qui était un vrai dévoreur de bouquins...

La voix de Madeline Galloway s'éteignit, manquant visiblement d'intérêt pour le sujet.

— Je suis désolée, mais j'ai vu que vous regardiez la photo de ma sœur, dit-elle en la prenant. Je dois vous dire, car toute la maison est encore sous le choc, qu'elle est morte il y a trois jours.

Melrose reposa doucement son verre sur le plateau.

— Toutes mes condoléances. Je comprends que vous n'ayez guère l'esprit à... Ce devrait être à Mr. Holdsworth de me recevoir.

Elle leva vers lui des yeux luisants de larmes.

— C'est... c'est une histoire assez compliquée... Une overdose de barbituriques. Un accident, ajouta-t-elle vivement. Mais la police ne veut pas nous rendre le corps avant qu'il y ait eu autopsie. Je suppose que c'est la règle dans les cas de mort suspecte, dit-elle, sa main fine étreignant fortement l'accoudoir de son fauteuil.

— Oui, c'est la règle, confirma Melrose.

Au cours du bref silence qui suivit, il observa Madeline Galloway. Elle était d'une beauté un peu plate, avec ses grands yeux et ses cheveux foncés retenus en arrière par un ruban de velours... une allure plutôt enfantine, pas insipide, non, mais des contours flous. Elle ne semblait pas être une femme de caractère, même si son attitude effacée pouvait être feinte. Il était étrange qu'elle ait pu rester si longtemps parmi les Holdsworth, dans une position plutôt humiliante pour elle.

— La police est venue, dit-elle. Et je n'en vois pas la raison.

— La routine, je suppose, dit Melrose avec un haussement d'épaules.

Elle le regarda droit dans les yeux, et il revint sur sa première impression : cette femme n'était pas une faible créature.

— Je ne le pense pas, dit-elle.

Oubliant sa mission, elle se mit à parler de sa sœur, de son neveu, du malheur de mourir si jeune, de tout ce qu'il y avait de tragique dans cette disparition.

— Tragique, en effet, dit une voix d'homme.

Melrose se retourna et vit entrer dans la pièce un homme grand et maigre, la tête penchée sur un petit livre qu'il tenait à la main. Madeline le présenta : Mr. Crabbe Holdsworth, le futur employeur de Melrose.

Crabbe Holdsworth s'assit en face d'eux sur le petit canapé.

— Dévastatrice, cette mort, dit-il en refermant d'un coup sec le petit livre. Et si jeune !

Il fixa d'un regard pensif la figurine du berger, s'en empara, la contempla puis la reposa. Estimant sans doute que Madeline avait déjà informé le nouveau bibliothécaire de la tâche qu'on attendait de lui et qu'il était inutile d'y ajouter un quelconque commentaire, il poursuivit :

— Il n'avait que douze ans.

Melrose et Madeline échangèrent des regards perplexes, et Crabbe Holdsworth précisa en désignant le petit livre :

— Henry. Le fils de Southey.

L'homme était-il à ce point obtus ? se demanda Melrose. Obtus et insensible ? Madeline se leva brusquement de son fauteuil et appuya ses mains contre le manteau de la cheminée, comme si, en les immobilisant là, elle avait voulu s'empêcher de frapper Crabbe.

— Nous ne parlions pas de Southey, mais de Jane.

— Oh ! oh ! je suis désolé, s'empressa-t-il de dire, mais son expression était plus embarrassée que chagrinée, comme s'il avait du mal à situer la « Jane » en question. Oui, reprit-il, se tournant vers Madeline. Une sale affaire, en vérité.

Elle se détourna de la cheminée et reprit place dans le fauteuil.

Crabbe Holdsworth avait un long visage triste.

— J'avais, comme d'habitude, la tête ailleurs,

dit-il. Vous êtes Mr. Plant ? Eh bien, que pensez-vous de la bibliothèque ?

La mort — sauf celle qui avait frappé les Southey — semblait ne point émouvoir Crabbe Holdsworth.

Tandis que Madeline lissait sa jupe d'une main nerveuse, Melrose marmonna quelques mots d'appréciation.

— Je pense pouvoir en venir à bout.

— Parfait, dit Crabbe, s'emparant de nouveau de la figurine bucolique. C'est une grande maison, mais nous ne sommes que quatre, ma femme, mon frère, Madeline et moi-même.

— Vous oubliez Adam.

— Oh ! oui, il y a père. Mais il n'habite pas ici, Madeline. Mon père...

Il parut hésiter, chercher ses mots.

— Mon père vit à Castle Howe. C'est une maison de retraite. Tarn House lui appartient, mais il croit faire une bonne blague en vivant dans cet établissement hors de prix.

Il tenait toujours le berger et ajouta comme s'il s'adressait à lui :

— Mon épouse aimerait faire votre connaissance.

Et ce que Melrose avait pris pour une distraction coupable, voire une indifférence au malheur qui venait de frapper sa famille, alors que la mort d'un garçonnet, cent ans plus tôt, semblait le bouleverser, trouva une explication aussi soudaine qu'inattendue :

— On n'arrive pas à retrouver Alex.

II

— Le petit-fils de mon mari, dit Geneviève Holdsworth. Il est parti de la maison pendant que la police essayait de joindre sa famille. Pourquoi Dieu a-t-il fait ça ?

Ce n'était pas une question, et elle paraissait plus irritée qu'inquiète.

Geneviève Holdsworth occupait le siège abandonné par son mari, qui avait quitté un instant plus tôt la bibliothèque.

— Ne prêtez pas attention aux commérages, Mr. Plant, reprit-elle. Vous en serez abreuvé, si vous vous rendez à l'établissement public du village.

Melrose se demanda pourquoi cette inquiétude au sujet des commérages, et pourquoi ce langage guindé de gouvernante victorienne, qui s'accordait si mal à son allure féline.

Melrose n'avait échafaudé aucune image de la seconde Mrs. Holdsworth. L'eût-il fait, il aurait penché pour une version féminine du mari, avec un esprit plus pratique. En tout cas, du tweed et des chaussures confortables. Au lieu de cela, elle était toute féminité et sensualité. Il y avait quelque chose d'étrangement fascinant dans le contraste entre ses manières glacées et cette chaleur qui émanait d'elle, tandis que ses doigts jouaient avec une chaîne en or dont la croix reposait stratégiquement dans le décolleté de son chemisier de soie. En même temps, elle imprimait à son pied un mouvement de rotation qui faisait ressortir la ciselure parfaite de la cheville et le galbe achevé de la jambe.

Pour quelque raison, remarqua Melrose avec un léger sourire, personne dans cette famille ne résistait à la tentation de tripoter le petit berger. Mais si Madeline l'avait fait nerveusement, si Crabbe Holdsworth l'avait touché sans le sentir, Geneviève, elle, le caressait.

— Je ne prête jamais attention aux commérages, dit-il.

— Je suis sûre que Madeline vous a parlé de sa sœur.

— En effet, et je suis vraiment désolé.

— Oui, sa mort est une grande perte, dit-elle, en se levant, imitée par Melrose. Nous dînons à sept heures et demie.

La mort et le dîner occupant son esprit à parts égales, elle sortit de la pièce.

18

Un nouveau, se dit Millie Thale. Un autre couvert à dresser, un autre lit à faire, un autre thé à servir le matin.

Millie Thale tourna une page du calendrier des *Glorieux Lacs,* cherchant dans lequel d'entre eux elle plongerait la silhouette du nouveau venu. Elle prit un crayon de couleur dans la boîte en ferblanc posée sur la lourde table à découper et étudia Wast Water. C'était le lac le plus profond. Non, celui-ci, elle le réservait définitivement à Mrs. Holdsworth. Elle revint à février. Derwentwater. Elle y avait déjà mis Miss Rhubarbe, l'infirmière, dont seuls les pieds chaussés trouaient les eaux bleues.

Millie passa à mars, puis à avril : Buttermere. Ça ferait l'affaire. Ça lui irait tout à fait, avec ses cheveux couleur de beurre salé. Enfin, pas *si* jaune... Oh ! non ! Des jonquilles. A droite, il y en avait tout un bouquet. Si William Wordsworth (dont elle ne pouvait plus supporter le nom) était un si grand poète, pourquoi avait-il écrit des vers aussi vieillots ?

Tandis que Millie s'apprêtait à couronner le milieu de Buttermere d'une moitié de tête, Mrs. Callow lui cria depuis l'office :

— Millie, t'as fait les beignets ?

— Oui, mentit Millie, le crayon suspendu.

— Tu sais que Mr. Holdsworth en raffole, des beignets !

Millie tira la langue en direction de l'office, d'où s'échappaient maintenant les gloussements de la cuisinière — *prétendue* cuisinière — et le rire de canard de Mr. Hawkes, prétendu majordome. Le mot « beignet » avait manifestement déclenché une hilarité à laquelle n'était pas étranger le porto qu'ils avaient un moment plus tôt remonté de la cave. Comme d'habitude, ils lui laissaient le soin de préparer le dîner et de dresser la table. Certes, Mr. Hawkes se chargerait des cocktails — il y excellait — et annoncerait le dîner, ce qu'il faisait bien aussi, même si à sept heures et demie sa voix et ses gestes commençaient à trahir son ivresse.

Son crayon n'avait pas encore touché le papier. Elle n'était pas tout à fait décidée, pour Buttermere. Avec un soupir, elle passa au mois d'août. Patterdale. C'était son préféré. Le nom résonnait, cristallin, comme les gouttes de pluie. Mais elle se le réservait pour elle-même, et ne pouvait donc l'y mettre.

— Millie ! N'oublie pas de mettre plus d'huîtres que de mouton dans cette tourte !

L'ordre fut suivi d'un murmure, ponctué d'un « Hou là ! » et d'un bruit de verre brisé.

Millie ne prit pas la peine de répondre et elle

tourna la page suivante : septembre. Dove Cottage. Elle n'aimait pas beaucoup celui-là. Elle revint à février, examina le ciel sombre au-dessus de Derwentwater, la brume et les nuages, les eaux grises. Pas mal. Tout de même, Buttermere lui allait mieux.

— Je sens pas l'odeur des beignets !

Oui, Buttermere lui convenait parfaitement, et elle aimait bien le vers qui accompagnait la photo :

Ses yeux étincellent, ses cheveux flottent...

— Quoi, il est à peine six heures, et les beignets, ça se sert chauds. Et puis, je suis occupée avec les huîtres.

Oui, c'était vrai qu'il avait des yeux étincelants. Des yeux verts comme l'herbe qui poussait autour du lac de Buttermere, sans parler des jonquilles. Avec le crayon jaune, elle coloria les cheveux ; avec le vert, elle fit un œil. La tête était à moitié enfoncée dans l'eau. Elle se recula un peu pour admirer son œuvre, et fronça les sourcils. Non, il ne fallait pas qu'il coule si vite, elle savait si peu de choses de lui. Elle prit un crayon noir et fit jaillir des eaux un bras et une main.

Une main bien plus grosse s'abattit sur le calendrier.

— Ah ! c'est bien ce que je pensais ! Tu crois que je savais pas ce que t'étais en train de fabriquer ?

Millie recula sur sa chaise. Mr. Hawkes, goguenard, un verre de porto à la main, apparut dans l'entrée de la cuisine.

— Voyons un peu ce...

— Non !

Millie repoussa la main de Mrs. Callow. Celle-ci recula.

— En tout cas, occupe-toi de la tourte à la Guinness, marmonna la cuisinière en essayant de battre dignement en retraite vers l'office.

Millie gagnait toujours contre Mrs. Callow. Jamais celle-ci n'oserait se dresser contre elle, et cela pour une raison évidente : Millie était la meilleure cuisinière (sa propre mère exceptée) que les Holdsworth aient jamais eue. Bien entendu, ils ignoraient qu'une gosse de onze ans préparait la majeure partie des plats qu'ils dégustaient, mais Millie s'en fichait, tant qu'on la laissait en paix. Elle rouvrit le calendrier et acheva de dessiner la main, qui s'accrochait à la corde tendue depuis le rivage et dont elle prit grand soin de rendre la torsade.

Cette obsession avait été provoquée par la mort de sa mère, survenue cinq années plus tôt, alors que Millie n'avait que six ans. On avait retrouvé sa mère sur le rivage rocheux de Wast Water, le corps à moitié immergé dans l'eau. Personne n'avait vu ce qui s'était passé, mais on avait dit à Millie que sa mère était tombée du haut de la petite falaise rocheuse surplombant le rivage.

Millie en était arrivée à tenir cela pour un mensonge. Il n'était pas possible que sa mère fût tombée. Cependant elle n'avait jamais pu savoir ce qui était réellement arrivé.

Les Holdsworth avaient voulu l'envoyer à Londres chez sa tante Tom, sa seule parente. En fait, elle s'appelait Thomasina, mais Millie disait Tom. Elle racontait que cette femme était dure et terrible. Elle avait dit à l'arrière-grand-père d'Alex qu'elle ne voulait pas aller à Londres, sans toutefois lui en donner la raison profonde : sa décision farouche de rester jusqu'à ce qu'elle découvre ce qui était vraiment arrivé à sa mère.

Ainsi Millie était-elle demeurée à Tarn House.

Dès qu'elle avait été assez grande pour voir les feux d'une cuisinière, Millie avait été fascinée par la cuisine, et elle avait appris si vite et si bien qu'elle remplaçait sa mère au fourneau, quand celle-ci était fatiguée. Les Holdsworth n'en avaient jamais rien su. Après la mort de la mère de Millie, ils avaient engagé Mrs. Callow, médiocre cuisinière, qui avait fini par laisser le plus gros de la cuisine à Millie.

De nouveaux gloussements animèrent l'office. Le riche arôme de la tourte à la Guinness montait du four. Millie avait rangé son calendrier et ses crayons de couleur, et elle était assise devant la table, les paumes de ses mains pressées contre ses yeux.

19

Il rêvait de sa mère. Ils marchaient le long d'une route étroite, à travers un paysage si dénudé que la route semblait se fondre en lui, un paysage à l'opposé de la Région des lacs, avec ses eaux chantantes et ses cascades. Mais cela ne les gênait pas ; ils se tenaient par la main, leurs doigts fermement entremêlés. Et la nudité de la contrée ne créait en eux aucune inquiétude, car ils se dirigeaient vers un horizon d'une telle beauté qu'Alex ne désirait aller nulle part ailleurs, vers ces couleurs d'arc-en-ciel qui se fondaient les unes dans les autres, vers cette lumière qui semblait être la demeure de Dieu.

Mais ils avaient beau avancer, le merveilleux horizon demeurait toujours aussi lointain. La lumière continuait de danser là-bas, loin devant, ni plus forte ni plus faible, hors d'atteinte.

Puis Alex s'aperçut qu'il portait quelque chose dans son autre main, une chose qui se faisait de plus en plus lourde, dont il n'arrivait pas à se débarrasser. Quand enfin il leva sa main, il vit un jeu de cartes. Sa mère, elle, n'avait rien remarqué ; elle souriait, le regard fixé sur l'horizon, semblant ignorer qu'ils n'en approchaient pas.

Il n'osait pas enlever sa main de la sienne, de peur qu'elle disparaisse s'il la lâchait, et il avait beau secouer son autre main, le paquet de cartes lui collait aux doigts. Il était terrifié à l'idée que ces cartes, qui lui avaient servi à amasser de l'argent pour sa mère et lui, l'empêchent maintenant d'atteindre le but qui brillait devant eux. Soudain, comme par magie, les cartes s'écartèrent en un large éventail. Toutes les figures étaient blanches, sauf une : la Reine de Cœur. Comme il tournait la tête vers sa mère, son cœur se glaça. Elle était coiffée d'une espèce de capuche, et ses traits avaient le sourire figé de la Reine de Cœur.

Les cartes se firent confettis, qui s'en furent en tourbillonnant vers l'horizon, toujours illuminé des couleurs pâles de l'arc-en-ciel, et sa main, ses deux mains étaient vides. Alex hurla.

Il se réveilla, redoutant d'avoir crié, battant des bras dans l'obscurité comme un nageur fendant l'eau, et il était aussi trempé par la sueur que s'il avait plongé dans l'un des lacs. Pelotonné dans un coin de la cabane, le cœur battant, le souffle court, il se demanda s'il pourrait appeler sa mère au téléphone.

Et ce qu'il avait tant redouté se produisit. La pleine conscience de la réalité lui revint comme un boomerang. Il ferma les yeux, pressa ses mains contre ses oreilles, et cette fois il sut qu'il allait hurler. La cloche de verre qui l'avait protégé jusqu'ici venait d'éclater, et il se retrouvait sans défense face au réel effroyable. Avant que son cri si longuement contenu s'échappe de sa gorge, il perçut un bruissement et il rouvrit les yeux.

Les yeux vert-de-gris du chat de Millie Thale le clouaient contre la paroi de planches. Ils étaient porteurs d'un message. *Non, ne crie pas.*

Alex se détendit peu à peu.

— Salut, Sorcier.

Le chat cligna lentement les paupières.

Millie l'avait trouvé cinq ans auparavant. Ou plutôt, le chat avait trouvé Millie. Il avait surgi de nulle part, sur le rivage de Wast Water. Elle l'avait vu à travers un brouillard de larmes, assis là dans l'herbe, comme s'il attendait quelqu'un. Plus tard, elle s'était bien mise en quête de son propriétaire — avec un manque de détermination qui avait fait sourire Alex —, mais en vain.

Il s'appelait Sorcier. C'est ce qu'elle avait dit à Alex, comme si c'était le chat qui le lui avait appris.

Millie avait imposé Sorcier contre la volonté du majordome. En fait, Hawkes se fichait de tout, à la condition qu'on ne le gêne pas dans ce qu'il considérait comme sa tâche. Or Sorcier le gênait, apparaissant comme par enchantement au moment où le majordome et la cuisinière avaient un « entretien » à l'office. Mais ils avaient beau le chasser, il revenait toujours. En dehors de son rôle de trouble-fête à l'égard du sieur Hawkes, Sorcier ne prêtait attention qu'à Millie.

Alex jeta un coup d'œil à sa montre. Il avait dormi tout l'après-midi. Il regarda de plus près le minuscule écran où s'inscrivait le jour, et vit qu'il indiquait jeudi. Jeudi ? Il avait fait le tour du cadran, emporté de rêve en rêve jusqu'à ce dernier qui l'avait réveillé en sursaut. Sorcier, apparemment satisfait de le savoir réveillé, se coucha, les pattes repliées sous sa poitrine, mais continua de le regarder.

Pas étonnant qu'il eût si faim, se dit Alex en fouillant dans son sac à dos, au fond duquel il ne trouva rien d'autre que deux barres de chocolat. Il ouvrit l'agenda téléphonique relié de cuir noir de sa mère, celui qu'elle gardait dans le tiroir de sa table de nuit et qu'elle ne prenait pas quand elle sortait, de peur de le perdre. Il contenait les noms et les numéros de téléphone de tous les gens qu'elle avait connus. La police avait découvert celui qu'elle emportait avec elle, celui qui ne comportait que les numéros qu'elle appelait le plus fréquemment, celui qui n'avait pas d'histoire.

Il parcourut les noms. Il y en avait quelques-uns qu'il ne connaissait pas, probablement des gens avec lesquels elle avait travaillé au fil des ans. Les parents étaient tous là. Le numéro de Castle Howe, où son arrière-grand-père passait la majeure partie de son temps. Son amie, le Dr. Helen Viner. Un certain Maurice Kingsley qu'Alex n'avait jamais rencontré. Quelques autres dont les noms lui étaient vaguement familiers, des relations. Le directeur du collège. Souligné deux fois. Deux professeurs — mathématiques et histoire —, qui ne comptaient pas Alex parmi leurs élèves préférés. Avaient-ils appelé sa mère ? Quelle importance, aujourd'hui ? Il y avait un nom à la fin du carnet, un nom nouveau, qui aurait dû se trouver à la lettre J : R. Jury, écrit à l'encre bleue, celle du fin stylo qui se glissait sous la patte de cuir refermant l'agenda. Qui était-ce ? Elle avait marqué

« Com. » à côté de son nom. Com. ? Le numéro de téléphone était de Londres.

Le nom, pourtant, ne lui était pas totalement étranger. L'avait-il entendue le prononcer ? Non. Où l'avait-il vu, alors ? Alex éprouvait un vague malaise. Il pensa que ce devait être un homme, à cause de l'initiale du prénom. Pour une amie femme, sa mère faisait l'inverse : Helen V., par exemple. Com.

Commissaire ?

Alex referma l'agenda et dit à Sorcier :

— Un *policier* ?

Assis à table, dans la lumière crépusculaire de la salle à manger, Melrose se demandait comment les autres convives parvenaient à renouer chaque soir avec le rituel du dîner. Il était en effet difficile de concevoir, après qu'il eut conversé avec trois d'entre eux, que leur humeur sombre fût seulement provoquée par la tragédie qui venait de les frapper.

Par la porte qui s'ouvrait de temps à autre, il apercevait le couloir menant dans les entrailles de la cuisine. Les plats se suivaient, et la seule note joyeuse de ce dîner était due à la qualité et à la saveur des mets. Cette tourte aux huîtres, mouton et bière était une pure merveille. La seule amélioration, à son goût, que l'on eût pu y apporter, eût été d'employer de l'Old Peculier à la place de la Guinness.

— Oh, il réapparaîtra, c'est certain, dit George Holdsworth, qui semblait moins intéressé par la fugue d'Alex que par le fait de n'avoir eu que cette tourte à se mettre sous la dent, à la place du faisan qu'il avait tiré le matin même.

George était le plus jeune des deux frères, mais son visage buriné par le grand air donnait à cet amateur de chasse et de pêche l'air plus âgé.

— Amnésie. Choc. Quelque chose comme ça, poursuivit-il, ses mots résonnant comme des détonations assourdies par l'épaisseur des bois.

— Ne dites donc pas de bêtises, George, dit Geneviève, qui semblait être allergique à la moindre parole proférée par George. Alex n'oublie jamais rien.

Crabbe se servait du plat de petits pois et de pommes de terre rôties que lui présentait Hawkes, à qui Melrose trouvait un air de faux jeton, avec ses courbettes et ses « Madame », « Monsieur ».

— Il se peut que George ait raison sur ce point, dit Crabbe. Alex est un peu comme son père.

Il reposa les cuillers dans le plat, pour permettre à Hawkes de se fondre de nouveau dans la pénombre encerclant la table.

— Mon fils, Graham, Mr. Plant...

Melrose coula un regard vers Madeline Galloway, dans l'espoir de surprendre son expression. Elle avait les yeux baissés sur son assiette, mais elle avait arrêté de manger.

— ... était un poète. Et je crois qu'il aurait été un grand poète, s'il... s'il avait vécu.

Melrose aurait juré avoir entendu George murmurer deux syllabes : Fou-taises.

— Mais comment ne pas être poète, poursuivit Crabbe, quand on vit ici, dans les Lacs ?

Au contraire, songea Melrose, il serait difficile de l'être sans se sentir un peu stupide.

— Je suis désolé, dit-il, pensant qu'il avait passé

sa soirée à présenter ses condoléances. Comment est-il... ?

Pour toute réponse, ils baissèrent tous les yeux sur leurs assiettes. George allait dire quelque chose, mais son frère le devança :

— Un accident.

Compte tenu du fait qu'il avait obtenu ce travail de bibliothécaire par l'intermédiaire d'un ami policier, Melrose se dit qu'il valait mieux poser le moins de questions possible. Il s'interrogeait toutefois sur la malédiction qui semblait peser sur cette famille. Celle-ci avait certainement eu son content d'« accidents ».

— On peut dire que vous avez eu votre part de chagrins, hasarda-t-il, comptant bien sur l'insensibilité de George pour en apprendre plus.

Ce fut le cas.

— Virginia. N'oubliez pas cette chère vieille Ginny.

Melrose vit Geneviève écraser la cigarette qu'elle avait eu l'impolitesse d'allumer alors que les autres mangeaient.

— Oh ! taisez-vous donc, George ! Ne trouvez-vous pas que nous en avons assez comme ça ?

Mais George l'ignora.

— Terrible. Mauvaise chute. Hawkes, le vin ! dit-il, tapotant du doigt son verre vide.

Melrose fut stupéfait de constater que le visage déjà pâle de Crabbe Holdsworth pouvait encore blanchir à ce point. La main qui tenait la fourchette tremblait.

20

I

Dès que Melrose réapparut au Old Contemptibles, chacun s'empressa de vider son verre.

Billy Mossop, s'essuyant la bouche du revers de sa manche, l'accueillit d'un :

— Comment va, cap'taine ?

Mrs. Letterby, suivie d'O. Bottemly, lui souhaita le bonsoir, et Melrose commanda sa pinte de Jennings, sans manquer de faire signe qu'on remplisse les verres voisins, celui du patron compris. O. Bottemly sourit et traîna sa lourde carcasse jusqu'à la pompe à bière.

Après les soupirs de soulagement — qu'auraient-ils fait s'il n'était pas venu ce soir ? se demanda Melrose — Mrs. Letterby entama un long et inintelligible monologue dont le sujet était la famille Holdsworth.

— Ouais, il y a de la malédiction sur cette maison, affirma Rheumy.

Melrose évoqua l'« accident » dont avait été

victime la première Mrs. Holdsworth. Et Mrs. Letterby déclara avec assurance :

— Elle est tombée, là-haut, sur le mont Scafell.

La porte du pub s'ouvrit, soufflant à l'intérieur un nuage de pluie et un nouveau client. Les saluts qui lui furent adressés apprirent à Melrose qu'il s'agissait de ce cousin peintre, Fellowes, qui devait être un habitué des lieux, bien que certes moins généreux que ce Mr. Plant.

Francis Fellowes secoua son imper ruisselant et commanda un whisky. Et rien que pour lui, aussi les autres retournèrent à leurs chopes à moitié pleines.

Melrose se présenta et, après avoir échangé quelques politesses d'usage, Fellowes désigna une table.

— Asseyons-nous là.

— Vous manquiez à table, ce soir.

— Je dîne rarement avec eux. Ça vous a plu ?

— Eh bien, c'était un peu lugubre. J'ai appris qu'il y a eu une mort récente dans la famille.

Francis Fellowes avait sorti un carnet à dessin et un crayon. Melrose avait le sentiment que l'homme cherchait la réponse la plus appropriée. Il traça quelques traits rapides et dit :

— Jane, la femme du fils. Très malheureux. Vous a-t-on dit que nous avons eu la visite de la police ?

— Oui, je l'ai su par sa sœur. Il semblerait qu'ils n'écartent pas l'hypothèse d'un meurtre.

— La police fait toujours des hypothèses. Mais

c'est tragique pour son fils, pauvre gamin. Il a certainement paniqué pour s'enfuir comme ça. Il a dû avoir peur de se retrouver coincé ici.

Du ton le plus neutre possible, Melrose fit remarquer :

— J'ai également appris que son père était décédé.

— Graham ? Oui. Est-ce que Crabbe vous a servi sa tirade sur la mort du poète ? La poésie n'a certainement pas perdu avec Graham l'une de ses plus grandes voix, mais c'était un type bien. Naturellement, comme tout le monde dans la famille, il n'a jamais travaillé de sa vie. A entendre son père, Graham incarne l'exemple type du poète frappé en pleine jeunesse. En vérité, il était suicidaire.

— Quoi ?

— Pas étonnant qu'on ne vous ait rien dit ! Il s'est pendu. Dans la maison des gardiens, que j'occupe aujourd'hui. Pendu à une poutre du salon. Avec sa ceinture. Vous paraissez choqué. Bon Dieu ! mais ce n'est pas tout !

Il jeta un regard en direction du groupe rivé au bar et poursuivit :

— Vous croyez que ces gens parleraient de « malédiction » si l'histoire s'arrêtait là ? C'est la mère de Millie qui a découvert le corps de Graham. Et quelque temps plus tard, c'était le cadavre de la mère de Millie qu'on trouvait au bord de Wast Water. Apparemment, elle aurait sauté du haut des rochers qui surplombent la rive. Un « accident », à ce qu'on a dit.

— Dieu du Ciel !

Connie Fish était passée derrière le comptoir

pour annoncer sans conviction la fermeture. Fellowes lui fit signe de les servir de nouveau. Quand leurs verres arrivèrent, il porta la main à sa poche, mais Melrose le devança.

— Oh, merci. Je suis le stéréotype de l'artiste fauché, le cousin lointain qu'on héberge. Je devrais leur en être reconnaissant, mais je n'y arrive pas. (Il leva son verre.) Je me demande pourquoi l'un d'eux ne nous propose pas un suicide collectif, qu'on trépasse tous en chœur au lieu de partir l'un après l'autre. Santé !

II

Il fallait qu'il voie Millie.

Elle seule comprendrait ce qu'il ressentait. Ne lui était-il pas arrivé la même chose ?

Enfin pas exactement la même chose, car la mère de Millie s'était peut-être suicidée, même si la police avait conclu à un accident. Mais qu'en savait-il, après tout ? Millie, il le savait, ne croyait ni à l'un ni à l'autre.

En tout cas, cela faisait un peu trop de suicides. Il y avait eu ceux de son père et d'Annie Thale (trois semaines plus tard), et maintenant, celui de sa mère ? C'était vraiment trop.

Alex se souvenait de cette funeste journée où l'on avait annoncé à Millie la mort de sa mère. Tous ces gens qui allaient et venaient, ce murmure de voix. Il se rappelait Millie, debout dans un coin de la cuisine, avec son tablier blanc. Sa mère avait été cuisinière chez les Holdsworth, et elle avait appris le métier à Millie. La fillette avait à la main la grande cuiller de bois, pour remuer la soupe. Elle tremblait de tout son corps, et personne n'avait voulu l'approcher, comme si son tremblement avait annoncé l'effondrement de la maison. Alex n'avait pas réagi si violemment à la mort de son père, qu'il avait aimé mais dont il ne s'était jamais senti très proche. Il avait ressenti cette mort à distance, comme si ses propres sentiments avaient filtré à travers ceux de sa mère, comme si elle lui avait servi de bouclier contre la douleur du deuil.

Millie n'avait pas bénéficié d'une telle protection. Elle n'avait pas connu de père, n'avait eu d'autre parent que cette tante qu'elle appelait « Tom », et avec laquelle elle ne voulait pas vivre. Elle avait dit à Adam Holdsworth (alors que les autres projetaient en secret de l'envoyer le plus vite possible chez cette tante, à Londres) que cette femme était terrible et qu'elle la battrait. Adam aimait beaucoup Millie ; il la garda à Tarn House, et d'un seul regard fit comprendre aux autres qu'il ne voulait plus entendre parler de Londres ni de cette tante Tom.

Annie Thale avait été très touchée par la mort du père d'Alex, auquel elle avait toujours été très attachée. Et c'était elle qui l'avait découvert... pendu à une poutre, dans la maison des gardiens !

La réaction de Millie, à l'annonce de la mort de sa mère, avait effrayé tout le monde à Tarn House. Il semblait que chacun craignît que Millie ne fût capable de les punir par quelque terrible malédiction. Wast Water, cet horrible lac. C'était l'été alors, et les eaux étaient d'un bleu profond, aussi bleues que celles de Coniston et d'Ennerdale. Depuis, Millie haïssait *tous* les lacs.

Et elle aussi, comme Alex, avait disparu. Deux jours plus tard, ils l'avaient retrouvée au bas du sentier menant au lac, jaune de pollen de la tête au pied. Elle avait arraché toutes les jonquilles parsemant le bord du lac, pour les déchiqueter et les piétiner. C'était George qui l'avait découverte.

Avec ça, avait-il dit, désignant le chat noir. *Une bête redoutable,* avait-il assuré, racontant que le chat s'était précipité vers lui, puis était allé s'asseoir telle une statue à côté de Millie, qui était assise au milieu des fleurs déchiquetées.

Millie comprendrait ce qu'il ressentait.

Il était onze heures passées, et il pouvait toujours se faufiler jusqu'à la maison. Hawkes, toutefois, posait un problème, avec son habitude de rester à l'office à boire jusque tard dans la nuit. Et lancer du gravier à la fenêtre de Millie était risqué.

Il fallait pourtant qu'il la voie.

Alex chercha Sorcier dans l'obscurité, mais le chat était parti.

III

Après les propos pour le moins inattendus de Francis Fellowes, Melrose, sous le coup de la stupeur, oublia sa condition de bibliothécaire sans le sou et offrit au peintre une cigarette dans son étui en argent massif.

— Que diable voulez-vous dire ? Que quelqu'un essaie d'éliminer un à un les membres de la famille Holdsworth ?

— Oh ! il n'y a pas de quoi s'étonner ! Bel étui, que vous avez là, dit Fellowes, son regard allant de l'objet à Melrose, le pauvre bibliothécaire au chômage.

Melrose referma l'étui et le fit disparaître dans sa poche.

— C'est ma tante qui me l'a offert, dit-il. Elle possède pas mal d'argent, mais je ne suis pas le favori dans la course à l'héritage.

— A propos de course, celle des Holdsworth, en dépit des apparences, n'est pas courue d'avance.

— Dites-moi, cette cuisinière, qui se serait suicidée, faisait-elle également partie de la famille ?

— Non, mais Adam l'aimait beaucoup, tout comme Graham. C'était un gentil garçon. Il avait trente-cinq ans à sa mort, mais il était resté un gamin. Après tout, Adam n'avait pas d'autre petit-fils, et ses fils n'ont jamais eu sa faveur. Crabbe et George sont deux idiots de genres différents. Quant à Geneviève... Oh ! Adam leur laissera quelque chose, comme il me laissera probablement assez pour mes tubes et mes pinceaux. Mais ce sont ceux qu'il aime vraiment qui décrocheront la timbale. Comme Jane, si elle avait vécu. Il avait beaucoup d'affection pour elle. Et c'est étrange que ce soient précisément ceux qu'il aime le plus qui disparaissent.

Fellowes marqua une pause.

— Comment avez-vous fait la connaissance de Madeline, m'avez-vous dit ?

La question avait été posée avec trop de détachement, pensa Melrose. Il avait le sentiment que Fellowes le soupçonnait d'être bien autre chose qu'un bibliothécaire.

— Oh ! elle est venue à Londres pour recevoir les personnes qui avaient répondu à l'annonce, affirma Melrose, espérant que Fellowes croirait qu'il faisait partie de ces personnes et qu'il n'irait pas vérifier auprès de Madeline.

— En tout cas, vous voilà parmi les rares personnes dans cette maison à gagner leur vie en travaillant.

— Nous sommes nombreux à le faire... dans le monde, répliqua Melrose tout en songeant qu'il ferait bien de commencer à rassembler des informations pour son ami Jury.

Peut-être rendrait-il visite à Adam Holdsworth, à Castle Howe. Il lui serait possible de téléphoner à Jury depuis là-bas, ce qui était plus prudent que de le faire depuis Tarn House. Par ailleurs, il détestait les cabines téléphoniques. Il considéra leurs verres vides.

— Un dernier ? proposa-t-il.

— Excellente idée. J'y vais, dit Fellowes.

Melrose ne lui laissa pas le temps de se lever.

— Non, laissez.

Comme il approchait du bar, il vit dans le miroir Rheumy qui le saluait en vidant son verre. Melrose fit signe à O. Bottemly de resservir Rheumy, dont le visage s'éclaira d'un grand sourire.

— Vous avez le téléphone ? demanda-t-il.

Rheumy le regarda avec étonnement en secouant la tête comme s'il avait depuis longtemps rompu tout lien avec les British Telecom.

— Il y a le bureau de poste, dit-il.

— Les lettres prennent trop de temps.

— Envoyez un fax.

IV

Le chat était apparu soudainement dans la cuisine, venu de ce nulle part que seuls les chats ont découvert. La porte était fermée, les fenêtres aussi.

Sorcier n'arrêtait pas de se mettre en travers de son chemin. Où que Millie allât, il était dans ses jambes, l'obligeant à des détours tandis qu'elle s'activait dans la cuisine. Millie avait toujours le plus grand mal à trouver le sommeil, et elle descendait souvent la nuit se faire du chocolat, laissant Sorcier endormi sur l'oreiller. Mais cette nuit il n'était pas venu dormir avec elle.

Et voilà qu'il était là, se livrant à un étrange manège. Bien entendu, elle aurait pu le repousser du pied, mais c'était là un geste qu'elle ne se serait jamais permis. Pas après l'apparition magique de ce chat, cinq ans plus tôt, alors qu'elle pleurait sur la berge de ce maudit lac.

— Qu'y a-t-il ?

Sorcier courut se poster à la porte de la cuisine, la queue battant nerveusement.

Comme elle continuait de remuer son chocolat, il revint vers elle, se frotta contre ses jambes, puis retourna à la porte, la regardant comme s'il attendait qu'elle le suive.

Millie alla jusqu'à la porte donnant sur la petite entrée où l'on rangeait parapluies et bottes en caoutchouc. Elle prit sur une étagère la torche électrique de Hawkes, l'alluma, et ne remarqua rien d'anormal, hormis Sorcier qui courut se poster devant la porte extérieure. Intriguée, Millie ouvrit, et le chat bondit dehors.

Millie décrocha une vieille veste du portemanteau, enfila une paire de bottes et suivit Sorcier, dont les yeux brillaient dans l'obscurité à travers les hautes herbes. Elle gardait le rayon de la torche baissé, car on ne savait jamais dans cette maison si quelqu'un n'était pas à vous épier. La chambre de Hawkes était allumée, et tant qu'il y aurait de la lumière, il ne pourrait voir ce qu'il y avait dehors.

Le sol était boueux. En approchant du bois, elle promena la torche le long de la lisière et vit Sorcier qui grimpait l'échelle vermoulue qui donnait accès à la cabane dans l'arbre.

Alex l'entendit monter et vit sa tête surgir au-dessus du plancher.

— C'est moi, Millie, dit-il.

Elle ouvrit la bouche mais aucun son n'en sortit. Millie, d'ordinaire peu démonstrative, n'en était pas moins stupéfaite. Elle alla s'asseoir dans un coin de la cabane, en face d'Alex, les bras autour de ses jambes repliées.

— La police te recherche, dit-elle enfin. Même

à moi, ils ont posé des questions. Je leur ai dit que tu souffrais d'amnésie, que tu devais errer dans Londres sans savoir où tu étais. Je leur ai dit que ça t'était déjà arrivé. L'amnésie.

Alex rit. Elle aimait le son de ce mot « amnésie », qu'elle avait entendu prononcer par quelqu'un, quand Alex avait disparu, et qu'elle avait retenu. Millie aimait les mots, certains mots. Quand il y en avait un qui frappait son oreille, elle aimait l'utiliser, quel que soit le contexte. « Débauche » était l'un de ses préférés. Quand elle avait réussi à parler de sa fugue après la mort de sa mère, elle avait dit qu'elle avait massacré les jonquilles dans un accès de débauche.

Alex avait envie de lui dire, au sujet de sa mère à lui : *Elle ne s'est pas suicidée.* Mais il n'osait le faire, car Annie Thale, elle, s'était donné la mort. Elle s'était jetée du haut de ce promontoire herbeux qui dominait la rive de Wast Water, le lac le plus profond d'Angleterre. « Un bleu traître », disait Millie.

Elle dit soudain :

— Je n'y crois pas.

Pas besoin de préciser de quoi elle parlait. Puis elle ajouta avec ce sérieux qui déconcertait :

— Tu peux pleurer si tu veux.

— C'est déjà fait. Tu sais, j'ai dormi toute une journée. Que s'est-il passé ici ? Qu'est-ce que les autres ont dit à la police au sujet de... m'man ?

— Qu'ils avaient du mal à réaliser, et qu'ils ne comprenaient pas, et qu'elle était... « névrosée ».

— Ils ont dû dire pire que ça, je parie. Comme quoi elle n'avait jamais été une bonne mère, jamais été capable de garder un emploi, etc. Qui c'était, les flics qui sont venus ?

— Oh ! le constable du village, et aussi un inspecteur de Londres. Cramir, quelque chose comme ça. Un étranger.

— Kamir ?

— C'est ça. Et ton grand-père aussi était là. (Elle voulait dire son arrière-grand-père, Adam.) Et lui il a dit aux policiers que c'était les autres, qui étaient fous, que ta mère était tout ce qu'il y a de plus normale, et puis pourquoi la police était là à poser des questions comme si c'était...

Elle se tut.

— Un suicide, tu veux dire. Et qu'est-ce qu'ils ont répondu ?

— Rien. Ils n'ont rien dit, sauf que cette mort leur paraissait « suspecte ». Puis tout le monde a dû dire où ils étaient et ce qu'ils avaient fait lundi soir. Est-ce que tu savais que ta tante Madeline et Elle (c'est-à-dire Geneviève, que Millie détestait) étaient à Londres et qu'elles ont bien été forcées de le reconnaître ? Elles y sont descendues dimanche.

Le sourire de Millie en disait long sur le plaisir que lui procurait la présence des deux femmes à Londres.

— Qu'est-ce qu'elles faisaient là-bas ? demanda Alex, moins oppressé.

— Ta tante devait voir des gens pour s'occuper des livres de Mr. Holdsworth. Quant à Elle, Elle y est allée comme d'habitude pour s'acheter des vêtements.

— Et les autres étaient ici ? Francis aussi ?

Millie haussa les épaules.

— Francis s'en va toujours après manger... quand il mange. Je ne l'ai pas vu. Il n'y avait que ton oncle George et Mr. Holdsworth à dîner. J'ai dû faire cuire des lapins. Beurk !

Alex soupira.

— Il va falloir que je me montre tôt ou tard. Je ne peux rien faire ni rien apprendre en restant ici perché dans cet arbre.

— Tu peux toujours réfléchir, dit-elle avec une grimace de dégoût.

— J'ai fait un rêve terrible, dit-il en baissant la tête.

Millie avait un don particulier pour interpréter les rêves. Elle l'avait stupéfié plus d'une fois avec cette capacité à ressentir des choses à côté desquelles la plupart des gens passaient et ce talent qu'elle avait pour deviner les sentiments.

— Le paquet de cartes, dit-il. Il me collait aux doigts. Je n'ai jamais cru qu'elle ait pu... Mais après ce rêve, je me pose des questions. Je jouais tout le temps aux cartes ou aux courses. Juste avant qu'elle meure, je me suis fait renvoyer de l'école pour avoir joué au poker.

— Non ! dit fermement Millie en levant la tête. Ta maman ne se serait jamais suicidée, et de toute façon ce n'était pas un jeu de cartes. Les choses ne sont jamais ce qu'elles paraissent dans les rêves.

— Mais elle s'est transformée en Reine de Cœur. C'est comme si elle avait été collée avec moi dans ce paquet de cartes...

— *Alice au pays des merveilles,* dit Millie en se balançant, les bras serrés autour de ses genoux.

Il y a cette Reine Rouge. Elle est sur un cheval mais elle ne va jamais nulle part. Où est-ce que t'as trouvé ça ? demanda Millie en sortant l'automatique du sac qu'elle était en train de fouiller.

— Pose ça, bon Dieu ! Tu pourrais te blesser !

Même Sorcier fit un bond.

— Parce que tu te trimballes avec un revolver chargé, maintenant ?

— Il n'est *pas* chargé. Tu crois que je suis fou ? Et puis il faut un chargeur, pour ça.

— Comment tu fais ?

Alex sortit le chargeur et, après s'être assuré que le cran de sûreté était mis, il l'engagea dans son logement à l'intérieur de la crosse. Le revolver dégageait une odeur d'huile.

Millie étudia l'arme dans la main d'Alex. Pensive, elle dit :

— C'est peut-être ça, le jeu de cartes dans ton rêve.

Alex posa le Webley sur le plancher de la cabane.

— Il y avait quelque chose qui manquait, dans la chambre de ma mère, dit-il, pensif. Mais je ne me rappelle pas quoi. Tu crois que ce serait prudent que j'aille parler au Dr. Viner ?

— Le mieux, c'est de ne parler à *personne,* dit Millie. Je vais te préparer quelque chose à manger, et Sorcier te l'apportera.

— Comment Sorcier pourrait-il m'apporter à manger ? Pose ça, Millie !

Avant qu'il puisse l'arrêter, elle avait pris le revolver et en avait sorti le chargeur.

— Ce n'est pas un jouet !

— Je ne joue pas, dit-elle en rangeant l'arme et le chargeur dans le sac à dos. Il y a un nouveau, ici.

— Qui ça ?

— Il s'appelle Mr. Plant. C'est lui que ta tante a engagé pour qu'il s'occupe de la bibliothèque. Du moins il dit qu'il est ici pour ça. Je ne le crois pas.

21

Les Dunster se querellaient de nouveau.

Leurs querelles ne se traduisaient pas en regards noirs, silences ou remarques au vitriol. Leurs disputes auraient-elles été de simples invectives, Mrs. Colin-Jackson serait aussitôt intervenue, indulgente et mielleuse, promettant un supplément de sucreries.

C'étaient justement des sucreries, l'objet de la bagarre, une grosse boîte d'un kilo de chocolats Cadbury offerts par leur nièce et que chacune des deux sœurs Dunster revendiquait comme sa propriété.

Malheureusement (pour Mrs. Colin-Jackson, sinon pour leurs fans) les Dunster réglaient leurs querelles avec canne et parapluie, se déplaçant d'un pied agile parmi les plantes vertes du solarium.

Une main à la taille, l'autre tenant son parapluie, coude fléchi, Juliette se fendit soudain et fit sauter le chapeau de velours d'Elizabeth. Applaudissements de l'assistance. Elizabeth riposta avec une égale célérité, mais ne put déloger la coiffe de Juliette.

Les Dunster avaient pratiqué l'escrime dans leur jeunesse et continuaient de mouliner et d'estoquer, pendant que d'autres se voûtaient devant leurs pianos, pour leur arracher des sons aussi discordants que les appels au calme que lançait présentement Mrs. Colin-Jackson. *Je vous en prie, mesdemoiselles, cessez sur-le-champ!* Appels qui déclenchaient moult protestations dans le public, sans parler des bruits de trompette que faisait Mr. Bannister, les mains en porte-voix, convaincu d'imiter le cri du mâle chez les canards sauvages.

Ce n'était pas non plus les menaces de privation de dessert qui allaient séparer les combattantes, et le succès de leur prestation était tel qu'elles attiraient plus de monde que le film *Vol au-dessus d'un nid de coucou,* qui passait dans la salle de projection.

Adam et lady Cray venaient d'en voir la moitié, et ils trouvaient que le spectacle des Dunster était comme un prolongement du film. Adam vit Mrs. Colin-Jackson quitter le solarium à la hâte.

— Kojak s'en va chercher Kingsley. Il faut toujours qu'elle gâche tout.

— Qui est-ce ? demanda lady Cray en allumant une cigarette, alors qu'Elizabeth manquait désarmer Juliette d'un habile coup de taille.

— Le psychiatre. Ils sont deux : Viner et Kingsley, bien que ce dernier n'en fasse pas autant qu'elle. Il y a aussi deux médecins généralistes, mais ils n'habitent pas Castle Howe. Ils viennent seulement quand quelqu'un s'est ramassé une pelle.

Lady Cray sourit, souffla un rond de fumée parfait dans cette pièce où il n'était pas permis de fumer, et demanda en voyant arriver une femme, souriante, l'air sûr d'elle :

— Qui est-ce ?

— Le Dr. Viner.

Helen Viner ne représentait certainement pas l'archétype de la psychiatre. Pour commencer, elle était fort jolie, avec un sourire chaleureux (*affecté, Adam, affecté,* dirait plus tard lady Cray à Adam) ; ensuite elle prenait toujours le parti des « hôtes » contre la direction ; enfin elle ne croyait pas à l'efficacité de la force mais plutôt à celle du compromis et de la diplomatie. Helen Viner était une habile négociatrice, dont les feintes et les parades valaient bien celles des sœurs Dunster.

— En garde, mesdemoiselles ! lança-t-elle avec l'autorité d'un arbitre.

Les deux sœurs lui sourirent en même temps qu'elles reprenaient position face à face, avec cette fois la tête relevée, le buste plus droit, le poignet plus souple. L'assaut allait se faire dans les règles.

L'instant d'après, la pointe du parapluie de Juliette butait dans le creux de l'épaule d'Elizabeth.

— *Touché*[1] *!* s'écria Juliette.

Il y eut des applaudissements, et les deux sœurs se saluèrent. Comme Alice Dimpleton s'apprêtait

1. En français dans le texte. *(N.d.T.)*

à remettre le prix à Juliette, le visage d'Elizabeth s'assombrit de nouveau, et Helen Viner prit la boîte de chocolats.

Adam ne put entendre ce qui se disait, mais apparemment le Dr. Viner avait réconcilié les sœurs ennemies en s'emparant de l'objet de leur querelle.

Comme les Dunster et le Dr. Viner passaient devant lady Cray et Adam, le Dr. Viner dit bonjour à ce dernier et, tendant sa main à lady Cray, dit en souriant :

— Je suis le Dr. Viner. Je suis désolée, nous ne nous sommes pas encore rencontrées.

Pour toute réponse, lady Cray, regardant la boîte de chocolats que la psychiatre tenait dans l'autre main, dit :

— Un assortiment de Cadbury. Excellent.

22

Songeant au Constable accroché derrière eux, Melrose avait du mal à écouter Crabbe Holdsworth vanter le tableau d'Ibbetson sur le mur devant eux.

— Beau, n'est-ce pas ? dit Crabbe à propos de cet Ibbetson dont Melrose n'avait jamais entendu parler et qu'il espérait bien ne plus jamais revoir après son « service commandé » à Tarn House. Probablement la vue la plus peinte des Lacs. Ce n'est qu'une copie, bien sûr, mais un bel exemple de cette école.

Melrose soupira. Il s'était toujours méfié des « écoles » et des « genres ».

Le tableau représentait des montagnes aussi dorées et chaudes que des pains sortis du four, qui se reflétaient dans un lac dont la surface miroitante semblait aussi peu réelle que les sommets arrondis. Au premier plan se tenaient deux jeunes femmes, un homme, un enfant et un chien, très près d'un groupe de vaches qui avaient décidé, semblait-il, de se joindre à eux. Cette scène idyllique était encadrée d'un côté par des saules pleureurs et, de l'autre, par un bateau aux voiles ferlées. Le ciel était une palette de pastels.

Que Crabbe Holdsworth pût apprécier cet exemple de ladite école restait un mystère pour Melrose. Il suffisait d'un coup d'œil au Constable pour voir combien cet Ibbetson était grotesque, combien sa peinture manquait de réalisme, de perspective. Les montagnes du Constable étaient de vraies montagnes... rudes, inaccessibles sous un ciel brumeux.

— Mon cousin Francis se prend aussi pour un peintre.

Comme Ibbetson, pensa Melrose.

— Mon fils, Graham, poursuivit Crabbe, était bien meilleur peintre que Francis. Il y a un petit tableau dans la maison de gardiens que Graham a fait de Rydal Mount. Vous pourriez peut-être me le rapporter à l'occasion. J'ai demandé cent fois à Francis de le faire, mais il n'y pense jamais.

Ce matin-là, ils avaient discuté — plus exactement, Crabbe avait monologué — de Robert Southey, et Melrose s'était demandé si Crabbe Holdsworth ne l'avait pas engagé uniquement pour qu'il lui prête une oreille attentive, maintenant qu'il devait avoir épuisé toutes celles de son entourage.

Bien que cette conversation dont Southey avait fait le sujet eût paru déplacée à quiconque averti de la mort de sa belle-fille et de la disparition de son petit-fils, Melrose pensait qu'il s'agissait peut-être d'un cas de « déplacement », comme disaient les psychiatres, un transfert du drame actuel — la disparition de son petit-fils, Alex — sur celui vécu par le poète Southey, à la mort de son jeune fils.

Finalement, songea Melrose, Crabbe Holdsworth préférait rêver d'une ancienne tragédie qui lui était étrangère, plutôt que d'affronter celle que sa propre famille vivait à cette heure.

— J'ai toujours pensé que Southey était un poète particulièrement sous-estimé. Pas vous ?

— Pas vraiment, avait répondu Melrose, notant le titre d'un volume sur l'une de ses fiches.

La plupart de ces fiches qu'il avait commencé d'établir comportaient des informations sur la famille Holdsworth, informations qu'il destinait à Jury. Il donnait ainsi l'impression de travailler au catalogue de la bibliothèque, alors qu'il notait ses observations sur les événements survenus à Tarn House et leurs protagonistes. Il prenait soin de garder ces fiches dans ses poches ou bien enfermées à clé dans son bureau. La seule question que n'avait pas encore résolue Melrose était de savoir comment il ferait son « rapport » à Jury. Par le fax de la poste du village ?

Conscient qu'il savait peu de choses sur le ménage Southey, Melrose avait décidé, dans le but d'impressionner Crabbe, de jouer les contradicteurs.

— Mr. Plant, Southey a tout de même été poète lauréat.

— Peut-être, mais seulement parce que Walter Scott avait décliné cet honneur.

Melrose tenait cette dernière information de Diane Demorney, qu'il était allé consulter, juste après que Jury lui eut suggéré de s'infiltrer chez les Holdsworth. Diane Demorney. Jamais Melrose n'aurait imaginé que Diane pût lui arracher un sourire. Celle-ci avait l'esprit aussi opaque qu'un paquet de coton mais elle l'avait rempli de dates et de faits, tout comme Agatha avait meublé son cottage avec tout ce qu'elle avait pu faucher dans la demeure de Plant. Diane était loin d'être une érudite mais, quel que fût le sujet abordé, elle était capable d'en dire deux ou trois mots. Son unique ambition était de bluffer son auditoire.

— Ça vous dit quelque chose, les poètes lakistes, Diane ? lui avait demandé Melrose au téléphone.

— Je me demande si je ne couve pas une grippe, lui avait répondu Diane. Passez donc à la maison prendre un Martini.

Melrose avait déjà goûté à ses Martini. Il n'avait pu mettre un pied dehors pendant deux jours.

— Je n'ai pas le temps. Dites-moi seulement ce que vous savez.

— Je ne sais rien de Wordsworth. Je ne m'intéresse qu'à ceux que personne ne connaît.

— Robert Southey, vous le connaissez ?

— Eh bien, je n'ai jamais rien lu de lui. Voyons, Robert Southey a été nommé poète lauréat en mille neuf cent et quelques, mais seulement après le refus de Walter Scott. Oh ! je sais *une* chose sur Wordsworth : il n'a pas été célèbre de son vivant. Il n'a commencé à être lu qu'après *Étrange Interlude,* et encore !

Melrose avait dû fermer les yeux.

— Diane, c'est une pièce d'Eugene O'Neill.

— Vraiment ?

Le ton de sa voix impliquait qu'elle s'en fichait éperdument.

— C'est du *Prélude* que vous vouliez parler.

— Connais pas. Alors, ce...

— « Vous arrivez, traînant des nuages de gloire derrière vous », cita Melrose.

— Oui, n'est-ce pas ? Alors, ce Martini, Plant ?

— Une autre fois, merci.

Bien que beaucoup plus belle, Diane Demorney était la version Long Piddleton du Magicien d'Oz. Toute en colliers de perles, perruques et bouffées de fumée rose.

Crabbe dut admettre que les honneurs de poète lauréat furent d'abord offerts à Scott, mais il ne s'en sentit pas moins obligé de prouver à Melrose que Southey avait été traité de la façon la plus injuste.

— Byron s'est montré particulièrement ironique.

— Byron était *toujours* ironique.

Mais Crabbe, déterminé à défendre la réputation de Southey, sortit d'une étagère un exemplaire de *Thalaba*.

Melrose, tout en se demandant si ses oreilles n'allaient pas lui en tomber d'ennui, hasarda de nouveau, histoire de tenir son rôle jusqu'au bout :

— Southey était bien meilleur prosateur que poète.

Geneviève Holdsworth accordait infiniment d'intérêt à la disparition d'Alex Holdsworth.

C'était l'heure du thé, et ils étaient réunis dans

le salon à l'arrière de la maison. Millie Thale avait apporté le plateau, suivie de Mrs. Callow poussant une petite table roulante chargée de pâtisseries qui auraient fait baver d'envie Agatha. Millie resta pour servir le thé et présenter la table à chacun.

Dédaignant thé et gâteaux, Geneviève s'était servi un whisky et fumait.

— J'ai appelé ce policier plus de dix fois. On pourrait tout de même s'attendre à ce qu'ils le retrouvent, au bout de trois jours.

— Pas s'il se cache, Geneviève, dit Madeline. Sa mère est morte, ma sœur, au cas où vous l'auriez oublié.

Elle semblait plus en colère que chagrinée.

— Bien *sûr,* que je n'ai pas oublié, mais je vous en prie, ne prenez pas cet air offensé...

Elle n'eut pas besoin de regarder Melrose pour se souvenir qu'il y avait un étranger parmi eux et elle pria Millie de resservir du thé. Puis, levant son verre vide, elle demanda à son mari un autre whisky.

— Désolée, dit-elle à Melrose, mais je suis tellement retournée que je ne sais plus ce que je dis.

Mais sa position sur le canapé disait tout le contraire ; elle savait parfaitement ce qu'elle disait, ou du moins ce qu'elle montrait : des jambes parfaites.

— Voulez-vous un biscuit-surprise ? demanda Millie à Melrose, le défiant du regard de refuser.

— Millie les fait elle-même, vous rendez-vous compte ? dit Crabbe. J'en prendrai volontiers un.

Melrose tendit la main et Millie tourna légèrement l'assiette. Il prit un biscuit et elle passa l'assiette à Crabbe.

— J'espère qu'il sera plus joyeux que le dernier, Millie. Oh ! prends-en un aussi, Geneviève, dit-il, tandis que sa femme déclinait l'offre d'un geste de la main.

Crabbe déplia le papier et lut à voix haute :

— « Alex sera bientôt ici. » Ma foi, voilà qui est encourageant. Merci, Millie, je suis sûr que tu as raison. Que dit le vôtre, Mr. Plant ?

Melrose sourit.

— « Vous n'êtes pas un poète », lut-il, promenant son sourire sur la petite assemblée. Il y a beaucoup de vrai là-dedans.

En fait, il y avait bien plus de vérité dans le message qu'avait écrit Millie d'une écriture minuscule que dans ce qu'il venait d'inventer. *Vous n'êtes pas ce que vous dites.*

— Ha ! s'exclama George. Je remporterai la course de Braitherwaite, si j'en crois ce que je lis.

Il agita le papier à l'intention de Millie.

— Millie, veille à ce que Hawkes prépare des pâtées plus consistantes. Et donne-leur toi-même, ma petite, je dormirai plus tranquille.

Le ton n'était pas autoritaire. Ils semblaient tous s'en remettre à Millie pour toutes sortes de tâches. A chacune de leurs requêtes, elle se contentait de les regarder dans les yeux et de hocher la tête.

Quand elle eut quitté la pièce, Melrose demanda :

— Cette fillette n'est pas du pays ? Elle n'a pas du tout l'accent d'ici.

— Non, sa famille est de Londres. Enfin, ce qu'il lui reste de famille, répondit Crabbe. Une tante, et, d'après ce que nous savons, quelqu'un de pas très bien.

Madeline eut un léger sourire.

— Millie l'appelle tante Tom.

— Thomasina, dit Geneviève d'un ton absent, manifestement plus intéressée par le bracelet d'or qu'elle portait au poignet.

— Pourquoi Millie ne vit-elle pas avec sa tante ?

Crabbe mordit dans son biscuit-surprise.

— Comme je vous l'ai dit, c'est une mauvaise femme.

— Millie nous a suppliés de la garder ici. Nous n'en avions nullement l'intention, expliqua Geneviève, mais Adam a insisté. Il trouve qu'elle a du génie, selon sa propre expression.

A en juger par son ton, il était clair qu'elle ne partageait pas cet avis.

— Cette femme aurait fait une vie d'enfer à Millie, car elle ne supportait pas qu'elle fût une enfant... illégitime, intervint Madeline.

— Millie disait qu'elle la battait, dit Crabbe. Nous l'avons envoyée à Londres, juste après que sa mère...

— Après qu'elle s'est suicidée, poursuivit Geneviève. Est-ce si difficile d'appeler les choses par leurs noms ?

— Il n'empêche, quand elle est revenue, Adam a décidé qu'elle resterait parmi nous. Elle portait... des marques sur le corps...

— Horrible, dit Madeline. Nous voulions appeler la police, mais Millie est devenue hystérique, elle a même pris la défense de cette femme, elle a prétendu qu'elle avait fait une chute. Aussi n'avons-nous rien fait. Quand on pense comment cette mégère a traité Millie, alors que sa mère venait juste de disparaître !

— Elle mérite bien le nom de « Tom », déclara George. Horreur victorienne du sexe. Refoulement. Une sœur jolie. Jalousie. Le Dr. Viner le sait bien. Une tartelette ?

Melrose refusa poliment. Il avait hâte de s'entretenir avec Millie.

23

Ce qu'il fit, après le thé, alors qu'elle nourrissait les chiens. Comme la cage du chenil se refermait avec un claquement métallique, les cris des affamés qu'il avait entendus en venant moururent ; les chiens engloutissaient leur pâtée.

Une brume vespérale avait envahi la cour, rampant sur les pavés humides. Millie alla ranger les seaux vides ; elle faisait autant attention à Melrose que s'il avait été invisible. Puis, avec une feinte surprise, elle dit : « Oh ! bonsoir », comme s'il avait surgi de la brume devant elle.

— Allons, tu savais que je viendrais te voir. Je suis curieux de savoir qui je suis, selon toi.

Elle le regarda, se mordant les joues, comme si, à présent qu'il était là, elle n'était plus aussi sûre d'elle.

— Oh ! je ne sais pas qui vous êtes. Je sais seulement que vous n'êtes pas bibliothécaire et que vous n'êtes pas ici pour travailler dans la bibliothèque de Mr. Holdsworth.

— Comment sais-tu ça ?

— Vous me l'avez dit, dit-elle en achevant de ranger les seaux.

— Comment cela ?

Elle se retourna vers lui et planta son regard dans le sien.

— Si vous étiez ce que vous dites, vous auriez été étonné et vous auriez lu mon message à tout le monde.

Elle haussa les épaules.

— Mais vous avez préféré inventer autre chose.

Il aurait supporté d'être deviné par Fellowes ou Madeline ou même par n'importe lequel d'entre eux. Mais par cette gamine de onze ans avec son chat digne d'un sabbat ! Sorcier venait de surgir de la brume.

— Alors tu n'en étais pas sûre jusqu'à ce moment-là. Et qu'aurais-tu dit si j'avais lu le vrai message ?

— J'aurais dit que c'était un dicton chinois. Vous voulez qu'on se promène un peu ? dit-elle en boutonnant un manteau trop court.

Melrose fit la grimace.

— Tu n'as pas peur en compagnie de quelqu'un qui n'est pas ce qu'il prétend ? Je pourrais être dangereux.

— Pas plus que n'importe qui ici. Je voudrais vous montrer quelque chose.

— Ils m'ont dit que c'était un accident, dit-elle.

Ils se tenaient au sommet d'une falaise dominant la rive de Wast Water. Il ne leur avait fallu qu'une dizaine de minutes pour arriver là tous les trois — Sorcier faisant le troisième.

— Venez, dit Millie, commençant de descendre parmi les rochers.

Melrose la suivit. Un épais tapis de mousse recouvrait la roche.

— Ils ont dit qu'elle avait glissé sur les rochers et qu'elle était tombée sur la berge. Vous voyez cette espèce de sentier ?

Ce n'était pas à proprement parler un sentier mais plutôt une gouttière courant le long des rochers et qu'encombraient des racines, des fougères, et des branches mortes des conifères qui couronnaient la falaise. Comment pourrait-on tomber de là-haut ? fit remarquer Millie. Il y avait trop de choses pour entraver la chute.

— De toute façon, j'ai essayé, dit-elle, s'asseyant, les genoux relevés contre elle. C'est impossible.

— Essayé ? Que veux-tu dire ?

— De tomber. On n'y arrive pas. Je m'en suis tirée avec quelques écorchures, mais cette souche que vous voyez là, plus bas, m'a arrêtée au bout de quelques mètres.

Elle leva les yeux vers lui.

— M'man était malheureuse. Elle s'est suicidée, voilà ce qui s'est passé. Et puis, il faut *marcher* dans le lac pour que ce soit assez profond.

Melrose alluma une cigarette.

— Je suis désolé, Millie.

Elle resta un instant silencieuse.

— C'est elle qui a trouvé le père d'Alex, on ne vous l'a pas dit ?

Melrose acquiesça d'un signe de tête.

— Est-ce que c'est ça qui la rendait si malheureuse ? demanda la fillette, le menton sur les genoux.

Melrose regrettait sincèrement de ne pas le savoir.

— Je ne sais pas, je ne connaissais pas ta mère. Mais de découvrir comme ça quelqu'un qu'on... aime bien, cela a peut-être suffi pour la désespérer.

— Mais la mère d'Alex, elle, ne s'est pas tuée. Elle ne l'aimait peut-être pas autant que la mienne.

Melrose tira sur sa cigarette dont le bout rougeoya dans le crépuscule bleuté. Il releva soudain la tête ; il lui semblait avoir entendu un craquement de branches mortes.

— Qu'est-ce que c'est ?

— Quoi ? Je n'ai rien entendu.

— C'était pourtant aussi sec qu'une détonation.

— Vous avez trop d'imagination. C'est parce que nous sommes restés assis trop longtemps dans ce brouillard.

Elle soupira.

— Alex sait que sa mère ne s'est pas tuée. Et il veut savoir qui l'a fait.

Melrose se tourna vers elle.

— Que veux-tu dire ? Pourquoi penserait-il une telle chose ? Et comment sais-tu, Millie, ce qu'il pense ?

Elle porta son regard en direction du Scafell,

dont la pente orientale se colorait de pourpre sous la lumière déclinante. Elle demanda :

— Est-ce que vous vivez avec votre maman ?

La question surprit Melrose. Dans l'esprit de Millie, si on avait une mère, on vivait naturellement avec elle, quel que fût votre âge.

— Non. Elle est morte.

— Vous étiez là quand c'est arrivé ? demanda-t-elle en posant sa main sur la tête du chat plus immobile que s'il avait été de pierre.

— Oui.

Melrose se souvenait du grand lit à baldaquin sur lequel elle reposait, le visage lumineux, l'œil vif, comme s'il ne s'agissait que d'un obstacle de plus à faire franchir à Isis, son cheval. La lettre qu'elle avait laissée à son cabinet d'avocats ne devait être remise à Melrose qu'au jour de ses trente ans. Il lui avait fallu du temps pour se pénétrer de son contenu.

Millie le regardait, le front plissé du désir d'entendre quelqu'un raconter la mort de sa mère, quelqu'un qui avait été là, auprès d'elle. Il lui parla de la chambre, et de sa mère, lui rapporta les paroles qu'ils avaient échangées. Melrose inventa ce dialogue ; ils ne s'étaient rien dit. Après son attaque, sa mère avait perdu l'usage de la parole, mais elle avait su communiquer intensément avec ses yeux vert pâle. Il avait eu beau chercher, il n'avait rien trouvé à lui dire.

Le récit de Melrose parut réconforter Millie. Ils rirent même à un moment, quand Melrose lui décrivit la poursuite des deux chats à travers le lit de la mourante. Millie voulut savoir de quelle couleur ils étaient. Noirs, lui répondit-il, en regardant Sorcier.

Ni lui ni elle ne mentionnèrent l'existence d'un père.

Dans le silence et la nuit qui commençait de s'épaissir, Melrose demanda :

— Est-ce qu'Alex était aimé de son père ?

Elle hocha la tête.

Melrose demeura pensif un instant.

— Est-ce que son père et sa mère se disputaient ?

— Mrs. Callow a dit que oui. Mr. Hawkes aussi. Il a dit qu'il les entendait quand il passait près de la maison des gardiens, où ils habitaient. C'est Mr. Fellowes qui l'occupe, aujourd'hui. Mais il ne faut pas trop croire Mr. Hawkes, parce qu'il est toujours soûl.

— Où habitait Mr. Fellowes à ce moment-là ?

— Au village, je pense. Je ne m'en souviens pas. Il faut dire que la maman d'Alex partait souvent à Londres, ou ailleurs.

— Et Alex ? Il restait à Tarn House ?

Elle baissa les yeux, tira sur une touffe d'herbe.

— Des fois. Si je n'avais pas été là, il se serait enfui. Il les détestait.

— Même son père ?

— Non, il l'aimait bien, mais pas autant que sa mère. Vous avez vu sa photo ? Il était beau. Comme Alex. Vous savez, ils disaient qu'elle allait retrouver quelqu'un d'autre.

Dans l'obscurité, Melrose distinguait mal les traits de Millie. Jane Holdsworth avait-elle eu un amant, ainsi que la fillette le laissait entendre ?

— C'est Hawkes et la cuisinière qui en parlaient ?

Millie secoua la tête.

— Non, c'est Elle.

Elle, comprit Melrose, désignait Geneviève Holdsworth. Y avait-il du vrai dans cette assertion ou bien n'était-ce que médisance ? Jane Holdsworth aurait-elle sacrifié une telle fortune pour un amant ?

— Il est temps d'y aller ! s'écria Millie, se levant brusquement.

— D'aller où ?

Sans prendre la peine de répondre, elle entreprit de remonter par les rochers, et Melrose se résigna à la suivre. Pris par leur conversation, il ne s'était même pas aperçu que la nuit était tombée.

— Je dois préparer le dîner. Il est déjà six heures passées. Vous, vous irez par là, dit-elle, désignant un bosquet d'arbres non loin de la falaise. Au revoir.

— Attends une minute ! Pourquoi prendrais-je cette direction ?

— Vous voyez ce grand arbre là-bas ? Sorcier vous conduira.

Sorcier, assis dans l'herbe, dardait sur Melrose le feu de ses yeux verts.

— Allez, vas-y, vas-y !

Le chat se retourna et se dirigea vers le bosquet, et Melrose, partagé entre l'amusement et la perplexité, le suivit.

Il faisait sombre ; les nuages obscurcissaient la lune. Les arbres semblaient prendre des formes humaines, dessinant des bras distordus au bout desquels des mains squelettiques griffaient la nuit.

Une voix dans son dos ordonna dans un murmure :

— Arrêtez-vous !

— Qu... quoi ?

Melrose se retourna lentement et se retrouva face à un garçon, armé d'un revolver.

— Tu dois être Alex.

24

— Non, je ne tiendrai pas une réunion dans un arbre.

Alex avait déjà grimpé la moitié de l'échelle et, d'un signe de tête, il encouragea Melrose à le suivre. Sorcier fila telle une flèche noire vers la cabane, ses pattes touchant à peine les barreaux.

De l'autre côté du grand pré, Melrose pouvait voir de la lumière dans la cuisine ainsi qu'au premier étage, où une silhouette s'inscrivit un bref instant devant la fenêtre. La chambre de Madeline, se dit-il. Il leva les yeux au-dessus de lui. Alex, penché à la porte de la cabane, lui murmura :

— Venez. Oncle George est peut-être dehors.

Melrose se résigna à monter les échelons, persuadé qu'ils céderaient sous son poids.

— Qu'est-ce que George pourrait bien faire dehors à cette heure-ci ? demanda-t-il. Et que fais-tu avec un revolver ?

— Il pose peut-être des lacets.

Pas de réponse au sujet de l'arme. Melrose se glissa par l'étroite ouverture. Il se sentait ridicule. Toutefois, comme il promenait son regard sur le toit de tôle ondulée, le matelas, les livres et les quelques objets qui rendaient les lieux habitables, il lui vint une bouffée de nostalgie.

— Et puis, dit Alex, allumant une cigarette à la flamme d'une allumette, nous pouvons fumer, ici.

Il lança le paquet à Melrose.

— Formidable ! Est-ce que nous pouvons aussi dire des gros mots et regarder des photos de femmes à poil ?

Alex sourit.

— Désolé, mais je n'en ai pas. Alors, c'est vous le bibliothécaire ? dit-il en regardant Melrose avec l'air de penser que son grand-père aurait pu trouver mieux.

Il tira une bouffée, exhala lentement la fumée, sans quitter Melrose des yeux.

— Tu dois savoir que je ne le suis pas si tu as parlé avec Millie, répliqua Melrose, sortant son étui à cigarettes.

— Exhibez ce machin à la maison, et ils sauront tous que vous n'êtes pas ce qu'ils croient.

Allait-il se laisser donner des leçons par un *gamin* ?

— Je ne l'« exhibe » pas.

Puis il se rappela que le garçon avait découvert sa mère morte il y avait à peine quelques jours. Une découverte à vous briser le cœur et à vous faire perdre la tête. Il alluma une cigarette et observa Alex. Beau, en effet. Des yeux si noirs qu'il ne pouvait en distinguer l'iris ; de longs cheveux bruns qui bouclaient sur le col de son chandail.

— Dites-moi ce qui se passe à la maison. Millie m'a dit ce qu'elle savait, mais elle n'a pas la liberté de rester parmi les autres comme vous pouvez le faire. Comment prennent-ils la chose ?

Il avait levé le menton quand ses yeux s'étaient mis à briller, comme s'il avait voulu empêcher les larmes de couler.

— Je dirais qu'ils sont plus en colère que chagrinés.

— C'est bien ce que je pensais. Même Madeline ? Même sa propre sœur ?

— Non, Madeline semble éprouvée. Mais je ne saurais dire si c'est seulement par la disparition de sa sœur. Je l'ai trouvée... agitée. Dis-moi si mon information est bonne : ta tante ne devait-elle pas à une époque épouser ton père ?

Melrose considéra le bout incandescent de sa cigarette. Comment un enfant pouvait-il supporter de voir son père et sa mère se donner la mort ? Il semblait pourtant affronter le choc avec une solidité et un courage surprenants pour son âge. Il vit Alex déglutir péniblement, puis hocher la tête.

— Je trouve étrange que ta tante ait pu vivre dans cette maison, après que sa sœur lui a pris son fiancé.

— Pas son fiancé, son amant, corrigea Alex. Elle est restée pour l'argent.

— Mais elle n'est pas de la famille.

— Je ne pense pas que ça fasse une différence pour grand-père.

— Alex, pourquoi te caches-tu comme un fugitif ?

— Parce que j'ai déjà parlé avec les policiers,

et ils sont sur la mauvaise piste. Ma mère ne s'est pas suicidée.

— Ils se demandent aussi si elle n'a pas été assassinée, Alex. Par un policier. Un ami à moi. Il a été suspendu de ses fonctions, jusqu'à complément d'enquête, comme ils disent.

Alex fronça les sourcils.

— R. Jury. C.O.M. ?

— Le commissaire Jury. Comment le sais-tu ?

— Le carnet d'adresses de ma mère. Celui que la police n'a pas emporté.

Il le sortit de son sac et l'ouvrit.

— Elle l'a noté il y a peu de temps. Je le sais à cause de la couleur de l'encre. Elle ne le connaissait pas depuis longtemps, hein ? Sinon elle m'en aurait parlé.

— Depuis deux semaines, peut-être, répondit Melrose, se penchant pour gratter le chat derrière l'oreille.

— Ce que je pense, dit Alex, c'est qu'on a versé le Seconal des gélules dans une boisson. Plusieurs verres. M'man aimait bien le whisky. Personne ne peut vous forcer à avaler des gélules.

— Mais elle *aurait pu* le faire elle-même.

— Elle ne l'a pas fait. J'ai toujours tenu un compte exact de ses prises de médicaments. Les quantités, les dates. Ça m'inquiétait de la voir prendre ces saletés. Elle n'a jamais su que je la surveillais. Nous étions ici à Noël dernier. Elle a perdu un flacon entier de gélules. Elle a eu beau chercher partout, elle n'a jamais pu le retrouver. La quinzaine de gélules qu'il contenait correspond à la dose qui lui a été fatale.

— Alex, il *faut* que tu ailles raconter ça à la police. C'est exactement le type d'information dont ils ont besoin. Je peux comprendre ce que tu ressens mais...

— Oh, vraiment ?

Le garçon haussa les sourcils. Le ton était légèrement sarcastique. Il était étrangement maître de lui. Son effort pour maintenir à distance ses sentiments — et Melrose ne doutait pas qu'ils fussent très forts et profondément enfouis — et conserver ainsi son objectivité était remarquable.

— Ma mère est morte quand j'avais ton âge.

— Mais pas comme ça.

— Non, pas comme ça.

— Et vous étiez là ?

— Oui, j'étais là.

— Et il n'y avait rien que vous puissiez faire.

— Mais toi non...

— Moi, j'aurais peut-être pu...

— Quand une personne décide de se donner la mort...

— Je croyais qu'on avait réglé ça. Ma mère ne s'est pas suicidée.

— Tu aurais pu difficilement empêcher un meurtre décidé il y a trois mois, si tu as raison au sujet de ce flacon de gélules.

— Vous ne pensez pas que les gens puissent se sauver les uns les autres ?

— Il nous est déjà difficile de nous sauver nous-mêmes.

— Alors pourquoi êtes-vous ici ?

— C'est différent.

Le garçon eut un pâle sourire.

— Pour l'amour du Ciel ! dit Melrose, pourquoi endosses-tu toute la responsabilité ? Tu oublies celui ou celle qui a tué ta mère !

— Vous marquez un point.

— Oui, et merci de le reconnaître.

Melrose se sentit soulagé, et il espéra que le garçon saurait tirer un bénéfice de leur conversation. Ils restèrent tous deux silencieux pendant un moment, se posant les mêmes questions : *Qui ? Pourquoi ?*

— Je ne vois que deux mobiles au meurtre : l'amour et l'argent, dit Melrose.

Alex secoua la tête.

— Vous oubliez la vengeance.

— Ma foi, si c'est à Madeline Galloway que tu penses, elle représenterait le mobile « amour », si je puis dire.

— Et le silence ?

— Que veux-tu dire ? demanda Melrose, perplexe.

— Faire taire quelqu'un. A jamais.

— Pour cacher quoi ?

— Je l'ignore. Mais ce peut être un mobile, non ? Des ennemis : non, pas que je sache. L'argent : dans cette famille, pas de risque de se tromper. Et puis, bien sûr, il y a moi.

— Toi ?

— Oui. Mes grands-parents ont tout fait pour que je vive avec eux. Ils n'y sont pas parvenus. Geneviève a toujours détesté m'man.

— Je dirais qu'elle entre dans la catégorie « ennemis » ; mais ce n'est pas en tuant ta mère qu'elle aurait pu te forcer à vivre ici.

— Elle savait qu'en dehors de Tarn House je n'avais nulle part où aller.

— J'ai le sentiment que ta grand-mère...

— Geneviève n'est pas ma vraie grand-mère. C'était Virginia. Elle est morte d'une chute.

Ses yeux étincelèrent.

— Ça fait beaucoup d'accidents, vous ne trouvez pas ?

— Oui, trop. Et ton oncle ?

— Oh ! je l'écarte, lui. Il n'est pas méchant, seulement mortellement ennuyeux.

— Francis Fellowes ? J'ai eu l'occasion de lui parler à deux ou trois reprises.

— Francis Fellowes ne s'intéresse qu'à une chose : sa peinture.

Alex n'avait pas une seule fois fait mention de son père, et Melrose n'avait tout simplement pas le cœur de l'interroger à ce sujet, du moins pour le moment.

— Fellowes semble croire que les membres de ta famille sont assassinés les uns après les autres.

— Oh ! il faut toujours qu'il exagère !

— Mais tu as dit la même chose : beaucoup d'accidents.

— C'est vrai, ça fait beaucoup.

Alex ne regardait pas Melrose. Celui-ci savait qu'il pensait à son père. Puis le garçon changea de sujet.

— Il y a quelque chose qui manquait, à la maison, mais je n'arrive pas à savoir quoi.

— Ton inconscient te donnera peut-être la réponse. Millie m'a dit que tu fais le même rêve chaque nuit.

Alex lui raconta le rêve.

— Je sais pourquoi le paysage était si vide, si... (Il se tut un instant, cherchant un autre mot.)... plus que vide.

— Dévasté ?

— Pardon ?

— Un paysage dévasté.

— Millie aimerait ce mot, dit Alex avec un sourire.

Le premier sourire spontané qu'il lui voyait, pensa Melrose.

— Millie aime les mots, reprit le garçon.

— Oui, comme « exerciser ». Elle m'a emmené à cette falaise qui domine Wast Water Pour y « exerciser » les fantômes, m'a-t-elle dit.

Alex rit.

— C'est bien d'elle, ça. Elle pensait que la Reine de Cœur avait quelque chose à voir avec *Alice au pays des merveilles.* Mais la Reine Rouge n'est d'aucune aide à Alice. Elle est même plutôt mauvaise. Pas comme m'man.

— C'est certainement plus complexe que ça.

Alex écarta une mèche de son front.

— Millie pense que *c'est le revolver.*

Il le fourra dans son sac à dos.

— Comme dans *La Maison du Dr. Edwards.* Tu l'as vu ?

— Avec Ingrid Bergman. Elle joue le rôle d'une psychiatre, c'est ça ? Il y a aussi une histoire de revolver, non ?

— Dans le film, le héros rêve d'une roue que tient le tueur. Une roue qui roule dans la neige.

Ingrid le sauve en analysant ce rêve. Est-ce que tu as pensé à parler du tien à un psychiatre ?

— Il faut d'abord que je voie grand-père Adam. Après, je ferai ce que vous m'avez dit : j'irai à la police.

Melrose sentit son dos craquer quand il se leva.

— Je suis trop vieux pour habiter dans les arbres. Bien que ce ne serait pas une mauvaise idée, pour échapper à ma tante.

Alex rit et commença à descendre l'échelle. Melrose suivit, puis le chat. Quand ils arrivèrent en bas, Melrose se brossa les manches.

— Le chat va rester ici ou bien rentrer à la maison ?

— Sorcier est toujours là où se passe l'action.

— Quand tu auras vu ton arrière-grand-père, Mr. Adam Holdsworth, fais-moi signe.

Il tendit la main à Alex.

— Je suis très heureux d'avoir fait ta connaissance.

— Je suis désolé pour votre ami. Le commissaire.

Alex marqua une pause, le regard tourné en direction du lac.

— Il était... très lié à ma mère ?

Melrose hésita, ne sachant, dans les circonstances présentes, s'il devait révéler au garçon qu'il avait eu en la personne de Jury un sérieux rival.

— Oui, très lié. Il l'aurait certainement épousée.

— Bon Dieu ! murmura Alex, l'air aussi stupéfait que son oncle George quand l'un de ses chiens perdait une trace. Et la police n'a rien trouvé de mieux à faire que de le soupçonner d'être l'assassin de m'man ?

Melrose le considéra en pensant que Jane Holdsworth avait eu de la chance d'avoir un fils comme lui... intelligent, créatif, courageux, affectueux — ce souci de surveiller sa consommation de médicaments —, et compatissant envers quelqu'un qu'il ne connaissait pas. Avait-il lui-même été comme ça, étant jeune ? se demanda Melrose. Peut-être, mais il en doutait.

— Je ne suis pas trop inquiet pour lui. Ces soupçons ne tiennent pas debout. Il est innocent.

— Le fait d'être innocent n'apporte rien de bon, dit Alex. Bonne nuit.

Melrose le salua et s'en fut à travers le pré en direction de la maison.

Derrière lui, les herbes semblaient se fendre comme par magie. Sorcier avait choisi de le suivre.

25

— Ils pensent que je devrais consulter un psychiatre, dit lady Cray, qui tenait compagnie à Adam dans sa chambre. Très peu pour moi ! ajouta-t-elle, exhalant un fin ruban de fumée. Faut-il vraiment que le petit déjeuner soit servi à huit heures du matin ?

Tout en elle, depuis ses cheveux à ses vêtements, en passant par sa façon de tenir sa cigarette, parlait d'élégance et de raffinement. Adam soupira et enfourna une poignée d'amandes salées. Il ne quittait plus son dentier, maintenant.

— Un psychiatre ? Faites-le. Ça vous fera du changement, une récréation.

— Je ne sais pas, mais je peux vous dire qu'il ne s'agissait pas seulement d'un conseil. J'ai eu l'impression que, malgré toute son onctuosité, Mrs. Colin-Jackson était prête à me jeter dehors si je n'obéissais pas.

— Kojak ne dirige pas plus cet établissement que la reine d'Angleterre commande au pays. C'est Helen Viner, le Premier ministre, ici. Allez la voir ; c'est une femme intéressante.

— C'est *moi* qui suis supposée être « intéressante », en l'occurrence. Je l'ai vue lors de mon arrivée ici. « Interrogatoire de routine », comme on dit chez ces messieurs de la police.

— Elle accueille toujours les pensionnaires.

— Je me demande encore si Castle Howe est une maison de retraite ou bien une institution psychiatrique.

— C'est tout ce que vous voulez si vous avez l'argent pour y vivre. Écoutez...

Adam se pencha vers elle et baissa la voix.

— Pourquoi ne ferions-nous pas une petite escapade, tous les deux ? J'ai une fameuse combine pour s'évader d'ici.

— J'ai entendu parler de vos... escapades, dit-elle avec un sourire. Mais comme nous pouvons sortir par la grande porte quand nous le voulons, vous ne trouvez pas qu'il y a redondance à parler de combine et d'évasion ?

Adam fit la grimace. Il aurait pensé qu'elle apprécierait un peu de romanesque.

— Ma foi, Kojak — ou plutôt le Dr. Viner — n'aurait pas parlé de consultation psychiatrique s'il n'y avait pas eu cette histoire d'argenterie, bon sang !

— Je l'ai remise là où je l'avais prise. C'est Miss Rupert qui m'a balancée.

— Vous vous êtes laissé surprendre par Rhubarbe... Vous vouliez qu'on vous prenne la main dans le sac, qu'on vous guérisse de cet incorrigible vice...

— Ah ! taisez-vous donc ! Vous avez encore lu *Psychologie pour tous* ! Un peu de café ?

Elle leva la cafetière en argent qu'elle avait prise sur la desserte de la salle à manger.

— On m'a vivement déconseillé d'en boire, aussi j'en reprendrai volontiers une tasse. Merci. Helen vous a vue regarder cette boîte de bonbons avec concupiscence.

— Oh ! elle connaît déjà mon « incorrigible vice ». *Ils* lui ont tout dit de mon passé.

— Votre fille et votre gendre, hein ? Ah, la famille ! Normal, après tout, qu'ils lui aient parlé de vous. Alors vous allez prendre rendez-vous avec Helen ?

— Non, Mrs. Colin-Jackson m'a conseillé de consulter le Dr. Kingsley.

— Maurice ?

Il fronça les sourcils.

— Bizarre, ça. Je pensais qu'elle tenait Kingsley pour un incapable. C'est un alcoolique. Alors elle ne doit pas vous considérer comme un cas très sérieux. Notez que c'est un brave type, mais plus play-boy que médecin. Et un fanatique des médicaments. Attendez de voir le placard rempli de pilules qu'il a dans son cabinet.

Adam regarda l'heure au réveil sur sa table de chevet.

— Diable ! en parlant du loup, il sera là pour son tour de surveillance dans cinq minutes.

— Tour de surveillance ?

— Oui, ils font ça tous les jours avec certains des pensionnaires. Histoire de voir s'ils sont toujours là ou bien s'ils se sont fait la paire.

Il eut un rire proche de l'éternuement.

— Je l'ai déjà fait, et je peux le refaire.

Elle regarda la chambre, située au rez-de-chaussée, avec ses hautes fenêtres donnant sur la pelouse et le labyrinthe.

— Le rebord des fenêtres est bas, mais vous aurez besoin de votre fauteuil.

— Tâtez-moi un peu ce biceps. J'ai beaucoup de force dans les bras.

Lady Cray jeta un regard au bras qu'il avait replié et elle eut une moue de dégoût.

— Non, merci.

— C'est un fauteuil pliant. Est-ce que Rhubarbe vous a raconté la fois où ils m'ont cherché pendant des heures ? J'étais dans le labyrinthe.

Il manqua s'étouffer avec ses amandes.

— Je suis le seul à...

Lady Cray, qui regardait par la fenêtre, se redressa soudain.

— Adam, il y a quelqu'un dehors, dit-elle, certaine d'avoir entendu un bruit de pas sous la fenêtre.

Avec la présence de cette étrangère dans la chambre de son grand-père, Alex ne savait que faire. Elle l'avait vu, ou entendu, avant qu'il l'ait vue. Il s'aplatit contre le mur à droite de la fenêtre au moment où une voix de femme demanda avec une tranquille fermeté :

— Qui est là ?

Il ne répondit rien. Et puis la tête de son grand-père apparut, jurant et grognant, et Alex se détacha du mur. « Bon, si c'est une amie d'Adam, elle doit être chouette. »

— Alex ! s'exclama Adam Holdsworth, les yeux humides de larmes, tandis qu'il embrassait son arrière-petit-fils. Pour l'amour du Ciel ! tu peux passer par la porte d'entrée, mais je suis content que tu ne l'aies pas fait. Je te présente mon amie, lady Cray.

Elle tendit la main. Alex la trouva vraiment... élégante. *Élégante* était le mot. Et ses yeux gris avaient cet éclat vif et métallique qu'il avait souvent remarqué dans ceux de son grand-père. Et on voyait bien qu'elle était riche.

— Ne pleure pas, grand-père, dit Alex, le serrant dans ses bras.

— Oh ! c'est ce qu'il fait tout le temps, jeune homme. C'est une vraie fontaine.

— Ce n'est pas vrai ! s'écria Adam. Bon Dieu ! Alex, tu avais disparu ! Tout le monde te cherche.

Il semblait se rapetisser à vue d'œil.

— Grand-père ?

Adam le regarda tristement.

— Ta mère. Que puis-je dire ? Que puis-je dire ou faire ?

Alex détourna les yeux.

Lady Cray leva légèrement le menton.

— Rien. Il n'y a rien que vous puissiez dire ou faire. Je doute qu'il soit venu pour pleurer sur votre épaule. Ça n'a pas l'air d'être son genre. Il est comme Andrew.

Alex ne savait pas qui était Andrew, mais il appréciait les manières de cette femme. D'une certaine façon, elle le soulageait de ce picotement dans les yeux. Elle dit encore qu'elle était très heureuse d'avoir fait la connaissance d'Alex et elle quitta rapidement la pièce.

— Je la trouve rudement bien, dit Alex. Qui est-ce ?

— Oh ! juste une amie, répondit Adam en balayant l'air de la main. Maintenant, dis-moi ce qui s'est passé.

A mesure qu'il contait à son arrière-grand-père les événements de ces derniers jours, il lui semblait voir le visage du vieil homme se flétrir et se rider un peu plus, comme sous l'effet de ces maquillages savants que l'on voit au cinéma. Alex savait qu'il pensait aussi à son père, qui avait compté parmi les préférés d'Adam. Deux suicides.

— C'est impensable, dit Adam, comme s'il lisait dans les pensées d'Alex. Jane n'aurait jamais fait une chose pareille. Ni à elle ni à toi.

Alex se détendit, prit une cigarette du paquet que lady Cray avait laissé. Quand il eut tiré une profonde bouffée, il parla du nouveau venu à Tarn House.

— Ce bibliothécaire qu'a engagé le vieux Crabbe ?

Le « vieux Crabbe ». L'expression arracha un sourire à Alex.

— Sauf qu'il n'est pas bibliothécaire.

Il lui raconta la conversation qu'il avait eue avec le personnage.

— Aussi je ferais mieux d'aller trouver la police, tu ne crois pas ? Je suis le seul, hormis l'assassin, à savoir, au sujet de ces pilules.

Avant qu'Adam pût répondre, la porte s'ouvrit, et Maurice Kingsley entra, souriant.

— Content de vous trouver dans votre chambre, Adam. Je ne sais qui est votre jeune compagnon, mais je suppose qu'il est entré par la fenêtre. Il vous ressemble, toutefois, et j'en déduis qu'il est un Holdsworth. On n'utilise donc jamais les portes, dans votre famille ?

Il tendit sa main à Alex.

Qui la prit, de façon automatique.

C'était l'homme qui était assis sur le banc en face de leur maison à Lewisham.

26

— Je l'appelle le Cottage de la Faille, dit Fellowes, quand ils entrèrent dans la vieille maison de gardiens. Vous êtes allé voir les Failles ? On dirait des orgues taillées dans la pierre.

— Non, je n'y suis pas allé. Vous savez, je viens juste d'arriver, et je n'ai pas eu le temps de faire du tourisme, répondit Melrose, songeant qu'il n'en ferait sûrement pas, de toute façon, à moins qu'on l'y contraigne de la pointe d'une baïonnette.

Les toiles sur leurs châssis étaient entassées le long des quatre murs de la pièce, et Francis les soulevait les unes après les autres en poussant des grognements de mécontentement à la vue de sa propre peinture.

— Je ne sais plus où j'ai rangé cette foutue toile, grommela-t-il.

Crabbe avait épargné à Melrose ce matin-là ses pénibles digressions sur Southey et Rydal Mount pour l'envoyer chercher le tableau qu'avait fait Graham Holdsworth de cette fameuse demeure où avaient vécu Wordsworth et Southey. Melrose savait qu'il devrait la visiter un de ces jours.

— En voilà une qui n'est pas mal.

— De Graham ? demanda Melrose.

— Non, de moi. Ce qu'a fait Graham est mauvais.

C'était encore une vue de Wast Water, et elle n'était « pas mal », en vérité.

— Cela va vous paraître pompeux, mais je vous trouve particulièrement habile à rendre les lumières et les ombres.

— J'accepte volontiers toutes les critiques susceptibles de m'encourager.

Melrose désigna un grand tableau représentant une scène lacustre.

— De qui est-ce ? Ni Ibbetson ni Graham Holdsworth, n'est-ce pas ?

— Ça ? Un Thompson. Il est très bon. Les couleurs sont tellement épaisses qu'on croirait de l'huile. Pourtant c'est une aquarelle. Regardez cette lumière. Ce vert.

— Comme les yeux de Sorcier.

Fellowes s'était remis à sa fouille.

— Ah ! Voici un Ibbetson. Voyez.

Une vue de Greta Hall aussi peu imaginative que ce qu'il avait déjà vu du peintre sur le mur de la bibliothèque.

— Je me suis amusé à imiter son style. Je destinais le tableau à Crabbe.

Fellowes poussa un soupir de tristesse.

— Mais je n'ai pas eu le cœur de poursuivre. Pas après ce qui s'est passé.

— Que s'est-il passé ?

— C'est le jour où Virginia est morte. Je vous l'ai dit, elle est tombée alors qu'elle escaladait le mont Scafell. Elle s'est écrasée sur les rochers au bas de la pente. Elle aimait beaucoup le Scafell. Elle voulait grimper depuis Borrowdale, parce qu'on y a une vue magnifique, mais je lui ai dit que je n'avais pas envie de me rompre le cou et que je préférais passer par Brown Tongue...

Francis s'assit sur le seul siège capitonné de la pièce pour bourrer sa pipe.

— Attendez, dit Melrose. Vous étiez donc avec elle ?

Francis leva les yeux vers lui en exhalant de petits nuages de fumée.

— Oui, et c'est pourquoi la police m'a longuement interrogé.

Il haussa les épaules.

— Mais il faut un mobile pour assassiner quelqu'un, et je n'en avais vraiment aucun. J'aimais beaucoup Ginny, mais de là à imaginer que j'étais jaloux... Absurde.

— Où est situé ce lieu ?

— Lequel ? Celui où Virginia est tombée ?

— Non, celui où vous avez peint le tableau.

— Sur le flanc du Scafell, juste au-dessous des roches que franchissait Virginia.

Melrose se passa une main dans les cheveux. Il pensait à Alex la veille au soir, à la manière dont il s'était fait invisible et silencieux dans le sous-bois, surgissant sans bruit derrière lui.

— Pourquoi avez-vous été soupçonné ? demanda-t-il.

— Tout simplement parce que j'étais là, répondit Fellowes en riant.

— Mais c'est ridicule. On aurait pu vous surprendre. Vous n'étiez certainement pas les seuls dans le coin, je suppose.

— Justement, il n'y avait personne, sinon je l'aurais vu, d'où j'étais.

Melrose fronça les sourcils.

— Comment cela ? Vous peigniez cette vue de Wasdale Head, n'est-ce pas ? Vous aviez donc le dos tourné à la montagne.

— J'ai oublié de vous dire comment peignait Ibbetson.

Francis se leva pour aller fouiller parmi les feuilles de dessin et les pots remplis de brosses qui encombraient un vieux bureau. Il se retourna et lança un objet à Melrose.

— Un miroir.

Melrose sortit d'un petit étui en cuir un miroir convexe qui tenait dans la main. Il leva un regard interrogateur vers Fellowes.

— Il y a une certaine perversion à « voir » les choses de cette façon. Ça me rappelle ces touristes qui prennent des photos des lieux qu'ils visitent, et qu'ils ne découvrent réellement qu'en rentrant chez eux, une fois les photos développées.

— Mais qu'est-ce que cela a à voir avec ça ?

— Ce miroir était très utilisé par les peintres de l'école « paysagiste ». Vous peignez ce qu'il y a derrière vous, non ce que vous avez devant. C'est ce que vous renvoie le miroir qui sera sur la toile, d'une façon à la fois artificielle et exacte. Ibbetson, lui, ajoutait des gens et des animaux plus sinistres que les habitués du Old Contemptibles. Vous vous êtes souvent assis dans l'herbe en compagnie d'une vache ?

Melrose essaya de ne pas penser à Agatha.

— Ainsi donc vous tenez ce miroir dans une main et vous peignez de l'autre ce qui est derrière vous ?

— Oui, et Wordsworth en serait mort s'il avait vu une chose pareille, lui qui croyait que la perception était création.

Il tapota sa pipe sur le rebord d'un pot en grès.

— Jamais lu Thomas West ?

— Si, je l'ai lu, répondit Melrose, qui n'en avait pas encore achevé la lecture.

— Alors vous savez qu'il pensait que le tourisme devait être un parcours précis de divers sites parfaits et qu'un bon guide touristique se devait d'être directif. C'est pourquoi les gens visitent systématiquement Dove Cottage, Grasmere, Hawkshead Church, Coniston Water, la maison de Ruskin, etc. Cette école adorait aussi le gothique. Châteaux en ruine, arbres aux silhouettes tordues. Vous savez, l'un de mes auteurs préférés est Jane Austen, et l'un de ses personnages les plus attachants est Edward Ferrers, qui est à l'opposé d'un héros romantique. « Je n'aime ni les arbres torturés ni les cottages en ruine et croulant sous le lierre », cita Fellowes en riant.

Melrose réfléchit un instant.

— Si je voulais me rendre à l'endroit où vous avez peint ce tableau, quel chemin devrais-je prendre ? demanda-t-il en réprimant un frisson à l'idée de grimper plus haut que les escaliers d'Ardry End.

— Vous ? Pardonnez-moi, mais je ne vous imagine pas en train d'escalader le Scafell.

— Moi non plus. Mais dites toujours.

— Le plus simple est de partir de Wasdale Head, de l'autre côté de Wast Water. Vous pouvez démarrer du Wasdale Hotel...

Melrose aimerait autant *s'arrêter* là.

Ah, Wordsworth ! Ah, les auberges !

27

I

Le Dr. Maurice Kingsley ne semblait pas l'avoir reconnu.

Alex s'interrogeait. La seule lumière qu'il y avait cette nuit-là était celle provenant de la porte ouverte de leur maison et la flamme de l'allumette qu'avait craquée Kingsley. Et le docteur avait été assez soûl non seulement pour oublier le visage de William Smythe mais encore toute la soirée. Rond comme une barrique.

Ou l'avait-il reconnu ?

— Je suis désolé, pour votre mère, Alex, dit-il, l'air indubitablement sincère. Je l'aimais beaucoup. N'hésitez pas à venir me voir si vous avez envie qu'on en parle. Cela aide, de parler...

— Vous êtes bien placé pour le savoir, l'interrompit Adam. C'est ce que vous faites tout le temps.

Adam enleva son dentier et le laissa choir dans un gobelet sur sa table de nuit.

Kingsley rit.

— Allez, Adam, sortez donc ces cigares que vous continuez de fumer malgré l'interdiction.

Adam, prenant une petite voix aiguë, imita l'infirmière Lisgrove.

— « Oh ! docteur, il a encore empesté sa chambre avec ses horribles cigares ! » Bon Dieu ! encore une qui a le béguin pour vous. Vous me direz qu'elles l'ont toutes, sauf Helen Viner. En voilà une qui sait garder la tête froide.

Adam fit le tour de son lit, se pencha et en sortit une boîte de havanes.

— Vous avez tout à fait raison, répliqua Kingsley. Merci, Adam, ajouta-t-il en prenant un cigare dans la boîte que celui-ci lui présentait.

Pendant tout le temps que dura cet échange, le docteur observa Alex. Celui-ci trouvait que Kingsley avait bien l'air d'un homme à femmes, mais aussi que d'ici dix ans il serait gras. L'alcool, probablement. Sa mère avait-elle été attirée par cet homme ? Un baratineur de première, certainement. Futé, avec ça, pensait Alex.

Malgré l'apparente sincérité de sa compassion, Alex se demandait si le bon docteur n'avait pas feint d'être soûl, ce soir-là. L'ennui, c'est qu'il avait du mal à lire sur les visages, hormis ceux de son arrière-grand-père et de Millie, et aussi de Mr. Plant. Il ne doutait pas une seconde de la sincérité de ce dernier, et il éprouvait un certain réconfort à le savoir dans les parages.

— Que vous est-il arrivé, Alex ? Votre famille est aux cent coups...

Kingsley se tut abruptement en voyant l'expression de marbre que le mot « famille » avait fait naître sur le visage du garçon. Kingsley devait avoir appris par son grand-père ou par le Dr. Viner qu'Alex savait à quoi s'en tenir quant à ladite famille.

— J'étais à Londres. Dans une chambre d'hôtel. J'avais besoin qu'on me fiche la paix. Qu'est-ce qu'ils vous ont dit quand ils vous ont interrogé ?

Kingsley n'avait pas encore allumé son cigare.

— Qui ça, « ils » ?

— Les flics.

Adam gardait le silence, mais Alex savait qu'il était tout ouïe.

Kingsley fronça les sourcils.

— Les flics ? Ma foi, rien. Ils voulaient seulement savoir si je connaissais Mrs. Holdsworth. Pourquoi cette question ?

« Mrs. Holdsworth ». Pas « Jane ». Ça, pensa Alex, c'était habile de la part du docteur, s'il tenait à lui faire entendre que ce n'était pas sa mère qu'il attendait en tenue de soirée sur ce banc de jardin. Alex réfléchissait âprement, entendant à peine le Dr. Kingsley dire que la police posait toujours des questions...

— ... à plus forte raison lors de... mort violente. Helen Viner pourrait vous en dire plus. Elle connaissait mieux votre mère que moi.

Il se tut, regarda l'un après l'autre les visages impénétrables d'Adam et d'Alex.

— Insinueriez-vous que la police soupçonne autre chose ?

— La police, non. Moi, oui, répondit Alex avec une calme assurance.

Il y eut un bref silence avant que le Dr. Kingsley fasse remarquer :

— Un choc comme celui que vous avez éprouvé provoque parfois d'étranges pensées. Comprenez-moi bien, Alex, je ne prétends pas que vous faites fausse route. J'aimerais que vous veniez me voir à mon cabinet et que nous discutions.

C'est un pari, pensa Alex, comme aux courses, comme aux cartes. S'il se souvient de moi ou me soupçonne d'être William Smythe, il réagira.

Laissons-le faire.

— Eh bien, je vous laisse, dit le Dr. Kingsley. J'ai un rendez-vous.

— Pas nous, dit Adam avec un sourire édenté. Feriez bien de regagner votre cabinet avant que lady Cray vous le vide.

Kingsley adressa à Alex un sourire qui disait : *J'ai l'habitude*, et il sortit, son cigare à la main.

— Tu pourrais m'expliquer ce qui se passe ? demanda Adam, prenant un cigare dans la boîte et s'efforçant d'en couper le bout entre ses gencives.

— Il était là, grand-père. Devant la maison la nuit où... Il était assis sur un banc dans le petit jardin public, soûl comme un cochon. Il m'a demandé une clope.

— Mais que faisais-tu là ?

— Je te raconterai plus tard.

— Tu veux dire qu'il se trouvait là *après* l'arrivée de la police ?

Alex hocha la tête.

— Tu ne vas pas me dire qu'il s'agit d'une coïncidence ?

— Non, et si tu veux suivre mon conseil, dis tout ça à la police. Ta tante et Geneviève étaient également à Londres cette nuit-là. Ça fait trois, dit Adam, rejetant un épais nuage de fumée. Trois que nous connaissons.

II

Il avait dit à son arrière-grand-père qu'il rentrerait directement à Tarn House, mais Alex s'attarda dans le parc de Castle Howe.

Il ne se comprenait plus lui-même. Après ce qu'il avait découvert au sujet du Dr. Maurice Kingsley, il aurait dû courir en faire part à Melrose Plant ou téléphoner à l'inspecteur Kamir, parce qu'ils tenaient maintenant quelqu'un qui s'était trouvé sur les lieux, le soir même de la mort de sa mère. Que la police doutât qu'il pût s'agir d'un crime ne faisait aucune différence. Lui en avait la certitude.

Et pourtant voilà qu'il s'attardait à Castle Howe, traversait les jardins. Il contempla la petite maison de pierre qui abritait le cabinet du Dr. Viner, observa deux vieilles dames — pendentifs en diamants aux oreilles — se promener bras dessus, bras dessous, en bavardant et riant, apparemment insouciantes.

Insouciantes. Il se répéta le mot deux ou trois fois, et il lui parut creux et faux, un mot dénué de sens. Il suivit l'allée bordée de primevères, balayant du regard les parterres de jonquilles et pensant à Millie. Le sentiment de désolation qu'il éprouvait n'avait-il donc pas de fin ?

Il arriva à l'entrée du labyrinthe — lieu de prédilection de son grand-père — et regarda à l'intérieur. Pourrait-il en sortir, s'il entrait ? Mais après tout, quelle différence ? Alex leva les yeux vers le ciel de plomb. Les sentiments qu'il ressentait lui étaient totalement étrangers, et même la mort de sa mère ne pouvait expliquer ce malaise qui allait au-delà de la dépression. Il se sentait vidé de sa substance, aussi épuisé que les plus faibles des pensionnaires de Castle Howe. Et pourtant la plupart d'entre eux semblaient avoir plus d'énergie que lui dans leur folie, si toutefois on pouvait parler de folie. Certains aimaient pénétrer dans le labyrinthe, pour s'y perdre et crier à l'aide. Kojak se plaignait toujours, menaçant de raser la chose, mais son grand-père s'y opposait formellement. Et il était l'un des plus gros donateurs de Castle Howe.

De toute façon, on pouvait voir l'intérieur du labyrinthe depuis le dernier étage de la bâtisse, et ainsi suivre les mouvements des imprudents qui s'aventuraient dans ce dédale de haies de buis plus épaisses que des murs. Il n'y avait aucun danger qu'un « hôte » y mourût d'épuisement.

Alex repensa à l'arbre du collège de Severn, aux jumelles, au champ de courses. Mais comme cela lui paraissait loin, à présent.

Il entra dans l'enclos, suivit la première allée et s'assit sur l'un des bancs de fer forgé disposés dans des niches taillées dans les haies.

Les chevaux, les parties de cartes, les paris. Tout ça appartenait déjà au passé.

Il avait changé ; il avait peur.

— Alex !

Il bondit sur ses pieds quand il la vit, s'étonnant d'avoir encore assez d'énergie pour se lever ainsi et esquisser un sourire. Mais il y avait toujours eu un je-ne-sais-quoi chez le Dr. Viner qui accélérait les battements de son pouls.

Elle vint vers lui entre les deux haies touffues. Il se surprit à rougir et oublia de la saluer.

— Alex.

Elle posa ses mains sur ses épaules, ne fit aucun mouvement pour l'attirer contre elle. Ses yeux, cependant, fouillaient son visage, à la recherche des signes de tension, des signes de lutte.

Et lui, le joueur de poker au regard impavide, parvenait tout juste à contrôler son expression. Comme si, sous la peau, les os craquaient, les muscles se relâchaient. Il devait ressembler aux pensionnaires de Castle Howe. Il parvint toutefois à soutenir son regard sans broncher. Avec ses cheveux couleur de sable et ses yeux dorés, elle lui rappelait tellement sa mère ! Surtout, elle avait cette même expression de sympathie et de bienveillance. Pas étonnant qu'elles aient été amies ; pas étonnant que le Dr. Viner soit un si bon psychiatre.

Elle prit place sur le banc, et il se retrouva assis à côté d'elle sans qu'il l'eût voulu. Il avait l'impression qu'une force magnétique l'attirait vers elle. Il faillit lui dire au sujet de Kingsley, mais il se rappela à temps que c'était là une information réservée à la police, et à elle seule.

— Tu ne crois pas que ta mère se soit suicidée, n'est-ce pas ?

Elle était si directe, le regard tranquillement posé sur lui, la parole crue.

— Moi aussi, je me pose la question. Malgré ses ennuis, malgré sa dépression, la pression exercée par la famille, il est difficile de penser qu'elle en soit arrivée à cette extrémité. Elle t'aimait trop pour ça.

Ce qu'il s'était dit, ce qu'il avait su dès le début lui était cependant doux à entendre venant de quelqu'un d'autre.

— La police a dit que c'était une overdose, et ils m'ont demandé comment on pouvait administrer une dose mortelle de Seconal, sans que la victime s'en aperçoive, dit-elle avec une expression de mépris. Comme si leur médecin légiste n'avait pu répondre à cette question ! Je leur ai dit que de toute évidence il suffisait de vider les gélules dans un liquide qui pourrait en masquer le goût, comme le whisky, par exemple. Et *a fortiori* dans plusieurs verres de whisky. Ils m'ont remerciée et s'en sont allés. Enfin, après avoir interrogé Maurice Kingsley. Il est... (Elle poussa un soupir.)... dans leur collimateur, si je puis dire.

Alex lui décocha un regard.

— Maurice était à Londres cette nuit-là. Mais tu viens de le rencontrer, n'est-ce pas ? Il connaissait ta mère. Je dois cependant avouer que j'ignore ce qu'en pense cet inspecteur de Londres. J'étais beaucoup plus proche de ta mère que ne l'était Maurice, mais c'est un homme. Alors, la jalousie, peut-être... Quant à moi, je ne pense pas qu'ils aient trouvé un mobile...

— *Vous* ? s'écria Alex. Vous êtes la *dernière* personne...

Elle sourit.

— Il faut toujours se méfier de la *dernière* personne. Vois-tu, n'importe quel médecin peut se procurer des médicaments.

Elle secoua la tête, la baissa.

— Comme tout cela est désolant, Alex ! Tellement désolant !

Elle cacha son visage dans ses mains.

— Mon Dieu, c'est moi le docteur, et voilà que je pleure sur *ton* épaule.

Du coup, il se sentit mieux, de la voir pleurer, comme c'était souvent arrivé avec sa mère. Il éprouva le besoin de lui retourner la confiance qu'elle lui manifestait. Il lui raconta le rêve. Le paquet de cartes, le paysage désolé, la Reine, l'interprétation de Millie. Il ne lui parla pas du revolver.

— Marchons un peu, proposa-t-elle. Je réfléchis mieux en marchant.

— On pourrait se perdre, dit-il avec un sourire en désignant le sentier du labyrinthe.

— Nous sommes déjà perdus, répondit-elle en enfonçant les mains dans les poches de son manteau blanc.

— Un paysage désolé avec un horizon flamboyant : le Ciel et l'Enfer, peut-être, fut son commentaire du paysage du rêve.

— C'est le paquet de cartes que je ne comprends pas.

— Je me suis laissé dire que tu es un joueur redoutable, lui dit-elle, souriante.

— Ne me comparez pas avec le vicaire ou Mrs. Bradshaw. Je pourrais les battre avec un bandeau sur les yeux.

— Mais c'est ce que tu as fait.

— Oh ! ils ne comptent pas. Mais les cartes dans le rêve...

— Signifient plus que ce qu'il y paraît, je sais.

Ralentissant le pas, le Dr. Viner observa un silence.

— Et ton interprétation, quelle est-elle ?

— Je n'en ai pas trouvé.

— Oh ! mais ce n'est pas possible, ça. Tu dois nécessairement penser à quelque chose. Regarde la chose d'un autre point de vue. Le mot « carte », par exemple, peut se référer à une personne. Un « paquet de cartes » pourrait être alors un groupe de gens, quels qu'ils soient. Mais ce n'est là qu'une suggestion de ma part.

— Si on prend ma famille, m'man en était les fondations. Vous l'enlevez, et tout s'écroule.

— Et alors ? Est-ce que cela correspond à ton rêve ?

— Non.

Elle s'arrêta soudain. Ils étaient près d'un autre banc, ou peut-être était-ce le même. Qui pouvait le dire ?

— Tu penses que ce rêve est important ? demanda-t-elle.

— Oui.

— Pourquoi ?

Ils venaient d'entrer dans une nouvelle allée, au bout de laquelle se dressait le vert sombre d'un mur de buis.

— Il y a quelque chose qui manque.

— Que veux-tu dire ?

— Dans la chambre de m'man... quelque chose manquait. Je ne sais pas quoi, mais j'ai dans l'idée que cette chose s'est matérialisée dans le jeu de cartes de mon rêve. Quelqu'un m'a dit que ça lui rappelait ce film, *La Maison du Dr. Edwards.* La roue qui tourne dans le rêve que fait le héros est en réalité un revolver.

Elle sourit.

— Je l'ai vu. Ingrid Bergman résout l'énigme. Je regrette de ne pas être Ingrid Bergman.

Alex arracha un rameau à la haie.

— Mais vous êtes très bien comme vous êtes, docteur Viner.

— Merci. A qui d'autre as-tu parlé de ce rêve ?

— A qui d'autre ?

— Oui, tu viens de me dire que quelqu'un avait pensé à ce film.

— Millie. Elle adore le cinéma.

Il pensa qu'il valait mieux ne pas parler de ce bibliothécaire qui n'en était pas un.

— En tout cas, je refais le même rêve chaque nuit.

Ils étaient parvenus à une nouvelle croisée des allées.

— A droite ou à gauche ? demanda-t-il.

— A gauche. Je connais ce labyrinthe. Il le faut bien, car les sœurs Dunster y jouent à cache-cache, dit-elle alors qu'ils approchaient de l'allée ouvrant sur l'entrée du labyrinthe. C'est un tour de passe-passe que tu fais dans ce rêve, non ?

— Sauf que le paquet de cartes est entouré de ruban adhésif. Et ma mère a quelque chose à voir là-dedans. Et puis le paquet se disperse dans le vent.

Un vent frais les accueillit à la sortie du dédale, et elle boutonna son manteau.

— Je dois te laisser, maintenant. Je te verrai ce soir. Ton arrière-grand-père m'a invitée à dîner, avec lady Cray. Est-ce qu'ils s'échapperont dans le camion du livreur ou passeront-ils simplement par la grande porte ? demanda-t-elle en riant avant de s'en aller d'un pas vif en direction du manoir.

Il la regarda s'éloigner en revoyant le paquet de cartes réduit à une poignée de confettis que le vent emportait.

L'expression s'imposa à lui : *Paquet de mensonges.*

28

Lady Cray jeta un regard aigu à la pilule que lui tendait le Dr. Kingsley.

— Prenez-la si vous sentez que vous en avez besoin, dit-elle, moqueuse.

— Très drôle.

— Et vous vous attendez à ce que j'avale ça ?

Il hocha la tête.

— Et pour quoi faire ?

— Pour vous calmer les nerfs.

— Mes nerfs ? De ce côté-là, ce serait plutôt le calme plat.

Elle sortit son étui à cigarettes.

— Fumer me fera plus de bien. Je vous en prie, cessez de me mettre cette pilule sous le nez.

— Prenez-la, et vous pourrez fumer.

— Qu'est-ce que c'est ? Sérum de vérité ? Traitement de choc à l'insuline ?

Kingsley soupira.

— Pour l'amour du Ciel, lady Cray, c'est un léger tranquillisant !

Il prit sur une étagère derrière lui le tube dans lequel il avait pris la pilule et le lui montra.

— Oh ! très bien.

Dans le coin du bureau aux murs tapissés de livres — conforme au style « psy », avait-elle pensé en entrant (ils veulent tous nous prouver qu'ils savent lire) — il y avait un distributeur d'eau fraîche.

— Donnez-moi donc un peu d'*eau*.

— Oh ! excusez-moi, je les avale toujours sans eau.

Elle fit passer la pilule sous sa langue ; elle ne la prendrait ni sans ni avec. Elle but le gobelet qu'il lui présentait et le lui rendit avec l'air d'avoir avalé de la ciguë.

— Pouvez-vous m'en redonner ?

Pendant qu'il retournait remplir le gobelet, elle sortit la pilule de sa bouche et la jeta dans la corbeille à papier.

— J'adore voir les bulles monter, pas vous ? dit-elle en désignant le réservoir du distributeur dans lequel l'eau faisait des bulles.

Probablement un behavioriste, pensa-t-elle. Bel homme, mais pas assez futé pour Freud, ou Jung. Elle lui fit un grand sourire quand il lui tendit son deuxième gobelet.

— Alors, que faites-vous de vos journées ? demanda lady Cray en jetant un regard autour d'elle.

Une baie vitrée donnait sur le jardin dont les pensionnaires arpentaient les allées, appuyés sur des cannes ou accompagnés des infirmières Rhubarbe et Lisgrove. Elle aperçut le vicaire — elle ignorait à quelle Église il appartenait, mais ce devait être une riche paroisse — qui se déplaçait lentement le long d'une haie de buis qu'il battait de sa canne. Et au loin Wast Water offrait au ciel le miroir de ses eaux profondes.

— A quoi pensez-vous ? demanda-t-il.

— A Wast Water.

— Pourquoi ?

— Devinez.

— J'ai le sentiment que vous ne voulez pas coopérer, dit-il avec un sourire en sortant de sa poche le cigare que lui avait offert Adam. Je savais qu'il les cachait sous son lit.

— Je l'ignorais, je n'ai jamais regardé sous son lit.

Elle prit son étui en or dans son sac de cuir fauve pour en extraire une Black Russian. Le Dr. Kingsley sortit de sous les papiers qui encombraient son bureau un briquet Porsche, noir, élégant. Il lui donna du feu et alluma son cigare.

— Vous devez bien gagner votre vie, ici. Voici un bien beau briquet. J'ai le même, dit-elle, fouillant dans son sac. Vous, les psychiatres, vous avez vraiment le don de voir les choses. Vous pourriez distinguer un cigare du sommet de la colonne Nelson.

En vérité, c'était elle qui en était capable. Elle avait toujours eu une vue perçante, et elle en tirait une grande fierté. Elle adorait voir les plus jeunes chausser leurs lunettes pour regarder la Tour de Londres, alors qu'elle pouvait y distinguer un corbeau à plus de cinq cents mètres. Bon, elle exagérait un *peu*. Et voilà qu'il se mettait à lui parler de l'argenterie. Peut-être n'était-il pas un behavioriste, après tout. Il parlait plutôt comme un étudiant de Freud.

— ... le besoin de compenser un sentiment de perte venu de l'enfance...

Elle grimaça. Le seul mot d'« enfance » lui donnait envie de déchirer tous les livres des étagères, cet affichage d'une connaissance qu'il ne possédait certainement pas. Sur une table en bois précieux, à côté d'une des armoires-classeurs, il y avait un chauffe-plat et un service à thé en argent.

— Maman m'avait offert un adorable service à thé, un service de poupée. Avec des petites cuillers et tout. Mon frère l'a brisé en mille morceaux. J'y pense encore.

« Maman » jouait les mécènes auprès d'artistes et de comédiens au chômage, et elle buvait son gin pur.

Maurice Kingsley, souriant, tira sur son cigare.

— Vous pourriez trouver mieux que ça, lady Cray.

— Et pourquoi donc ?

— Parce que vous n'avez pas de frère.

— J'aurais juré...

Elle haussa les épaules.

— Je me suis peut-être trompée. Ce devait être l'un des jeunes beaux dont Maman s'entourait. Elle en avait des douzaines. Elle m'interdisait l'accès du salon quand elle recevait...

Le Dr. Kingsley secoua doucement la tête, lui faisant entendre clairement qu'il n'en croyait pas un mot. Elle lui demanda abruptement :

— Vous lisez ?

Le visage impassible d'un joueur de poker, il lui répondit :

— Non. Ce sont de faux livres. Ils n'ont que le dos.

Elle esquissa un sourire.

— Au moins vous avez le sens de l'humour, dit-elle, balayant d'un regard perçant la rangée de reliures. Enfin, plus ou moins.

— Écoutez, lady Cray, nous savons parfaitement que vous n'êtes pas une voleuse compulsive, même si votre famille semble le penser.

— Ma *famille* ? Auraient-ils le toupet de se présenter comme ma *famille* ? Mon requin de gendre et ma pleurnicheuse de fille ?

Maurice Kingsley se radossa à son fauteuil.

— Nous sommes arrivés à formuler certaines vérités.

Que disait-il ? Pourquoi prenait-il des notes ?

— Vous n'avez pas rencontré mon petit-fils, Andrew.

Elle s'anima soudain.

— Il est le seul de la famille, comme vous dites, qui vaille quelque chose. Vous savez, il doit avoir deux fois l'âge d'Alex Holdsworth, mais ces deux-là s'entendraient à merveille.

Il avait arrêté de prendre des notes. Il la regarda sous ses sourcils broussailleux.

— Vous connaissez bien Adam, n'est-ce pas ?

— C'est dans sa chambre que je planque mes larcins.

Silence. Avait-elle touché un point sensible ?

— Vous avez voulu venir à Castle Howe parce que vous ne supportez pas de vivre avec votre fille. Mais pourquoi viviez-vous avec elle ? Vous êtes une femme indépendante, riche, soie sauvage et vrai cachemire, dit-il, désignant de la tête l'ensemble qu'elle portait.

— Je n'ai jamais entendu parler de faux cachemire, mais je suis contente que vous appréciiez ma tenue. Ma fille et son mari donnent l'impression que *je* vis avec *eux*. En fait, c'est le contraire. C'est *ma* maison, et j'y ai mes propres appartements, avec une entrée personnelle.

Elle soupira.

— C'était bien du temps où Andrew habitait avec eux. Mais il est parti, et il a emporté avec lui toute la joie qui pouvait régner dans la maison. Un ami m'a passé une brochure, plusieurs en vérité, de maisons de retraite, de repos, de cliniques psychiatriques.

Elle tira une bouffée de sa cigarette et sourit.

— On peut dire que vous réunissez les trois genres, ici.

Il posa son cigare dans le cendrier et tourna une autre page du dossier de lady Cray.

— Vous avez été arrêtée, voyons...

— Je peux vous le dire : trois fois. Quelles autres informations passionnantes le Dr. Viner a-t-elle mentionnées après son petit interrogatoire ?

— Mrs. Bannister a dit que vous lui aviez pris son chandelier, à sa table dans la salle à manger, dit-il, ignorant l'allusion désobligeante envers sa consœur.

— Oh ! mon Dieu ! Va-t-on m'accuser chaque fois qu'un objet aura disparu dans cette maison ?

Pourquoi me donnerais-je la peine de prendre un chandelier, je vous le demande !

— Et des couverts en argent ? répliqua-t-il, feignant l'étonnement.

— Pour commencer, Mrs. Bannister ne devrait pas avoir de bougie à sa table. Si j'en crois Adam, elle a mis le feu à ses cheveux. On aurait dit le Buisson ardent, m'a-t-il dit.

— Lady Cray, nous ne pouvons tolérer que nos hôtes aient à souffrir chaque jour de menus larcins.

— Vos *hôtes* ? La plupart d'entre eux sont complètement dingues. Jetez donc un coup d'œil par la fenêtre. Le vicaire est en train de massacrer les rosiers.

Kingsley secoua la tête, se leva et s'approcha de la baie vitrée pour voir le vieil ecclésiastique en action. Lady Cray en profita pour se saisir prestement du briquet et le glisser dans son sac. Kingsley se détourna de la fenêtre.

— Je vous l'accorde, certains d'entre eux sont très âgés et n'ont plus toutes leurs facultés.

— Ils sont totalement gâteux, vous voulez dire.

— Pas tous.

— D'accord, pas tous. Certains sont même civilisés et relativement sains. Pourquoi avez-vous de faux livres ? demanda-t-elle, désignant de la tête les étagères de gauche.

— Rien ne vous échappe, n'est-ce pas ?

Kingsley prit l'un des ouvrages reliés de cuir et en sortit une flasque de whisky.

— Formidable ! Votre bar secret ! J'en prendrais volontiers un verre.

— Non.

— Comme c'est triste ! Vous êtes pire que la police. Jamais pendant le service.

Il sembla à lady Cray que le mot « police » avait allumé une lueur d'inquiétude dans le regard du docteur. Mais celui-ci garda le silence, tandis qu'il feuilletait son carnet de rendez-vous.

— Est-ce que dix heures demain matin vous convient ?

— Cela dépend. Pour quoi faire ?

— Pour vous entretenir avec moi. Cela risque d'être dur, vu votre réticence à coopérer, mais je suis bon praticien, vous savez. Je pourrais vous aider. Malheureusement, je pense que vous vous complaisez par trop dans votre petit problème.

Il l'observait, les doigts croisés sous le menton, le visage souriant.

Elle lui rendit son sourire mais, intérieurement, elle frissonna. Il se trompait. Du moins en ce qui concernait les objets qu'elle se sentait poussée à dérober. Les chocolats et les rubans. Les rubans rouges, surtout. Pour éviter ses yeux, elle parcourut de nouveau les étagères.

Ce livre, là, derrière lui. Trois étagères au-dessus du faux ouvrage contenant le whisky qu'il venait de remettre en place. Le Dr. Kingsley n'avait pas une très bonne vue, et elle savait qu'il était assez coquet pour ne pas chausser ses lunettes, qui traînaient sur le bureau. Le livre en question avait un dos relié semblable aux autres, avec un signet, un de ces rubans qui ornent les vieux volumes. Elle le voyait parfaitement. Couleur de sang.

— Vous savez, docteur Kingsley, je crois qu'il vaudrait encore mieux que je vous revoie aujourd'hui même.

Il la regarda avec une stupeur non feinte.

— Bien entendu, si vous avez un moment de libre. Disons, cet après-midi, à trois heures ? quatre ?

Elle espéra que le sourire radieux qu'elle lui adressait toucherait au but.

— Je suis stupéfait... mais, oui, à trois heures, si vous voulez.

— Parfait.

Elle le vit qui portait son cigare éteint à ses lèvres et cherchait son briquet noir.

— Oh ! permettez-moi, dit-elle. J'ai retrouvé le mien.

Elle sortit le briquet de son sac, lui donna du feu, et il la remercia.

29

Alex prit une voix empreinte de gravité et, quand Hawkes répondit, il lui demanda s'il pouvait parler à Mr. Melrose Plant.

— C'est votre notaire, Mr. Plant, annonça Hawkes, le regard fuyant, depuis le pas de la porte de la bibliothèque.

Melrose, assis à son bureau, penché sur ses fiches, leva les yeux par-dessus le bord de ses lunettes à monture dorée.

— Mon notaire ? Il doit y avoir une erreur.

Les bibliothécaires fauchés avaient-ils des notaires ?

— Vous pouvez prendre la communication dans la cuisine, ajouta Hawkes, mesquin.

Pourquoi, se demanda Melrose, Simon Ledbetter l'appellerait-il *ici* ? Tandis qu'il se dirigeait vers la cuisine, il pensa soudain : Agatha. Elle avait réussi à contacter Ledbetter au sujet de son testament.

Mais la voix à l'autre bout du fil n'était pas celle de Ledbetter.

— Écoutez, dit Alex, et ne dites rien.

Mrs. Callow et Hawkes avaient beau feindre une complète indifférence, ils étaient tout ouïe.

— Mr. Ledbetter ? Cela fait des années que nous ne nous sommes parlé. Il est vrai que nous n'avions guère de sujet de conversation, vu que je n'ai plus un sou, dit Melrose avec un gloussement.

— Vous n'êtes pas seul ? demanda Alex.

— Non. C'est la raison pour laquelle je me retrouve dans une position difficile.

— Alors contentez-vous d'écouter. L'homme sur le banc, dans le petit jardin public, en face de la maison de ma mère, c'était le Dr. Kingsley. Maurice Kingsley. Vous ne l'avez pas encore rencontré...

Melrose ne savait que penser de la nouvelle, hormis qu'ils tenaient enfin un suspect, un vrai, qui s'était trouvé sur les lieux du crime, Alex pouvait le prouver.

— Vous m'appelez depuis votre étude, Mr. Ledbetter ? demanda Melrose.

C'était stupide. D'où un notaire pouvait-il appeler à cette heure-ci, sinon de son bureau ? Hawkes fixait sur lui un regard méfiant.

— De la chambre de mon grand-père, à Castle Howe. Vous le rencontrerez ce soir, répondit Alex, et il raccrocha.

Rencontrer qui ? Kingsley ? Adam ?

— Les travaux sont donc terminés ? Parfait... Non, vraiment, je ne peux vous aider au sujet de ces papiers... Oui, je suis désolé.

Melrose raccrocha.

Il ne pouvait, en présence de Callow et de Hawkes, passer un coup de fil à Londres, même s'il usait des métaphores les plus judicieuses pour dire ce qu'il venait d'apprendre. Et il ne pouvait appeler depuis Tarn House sans perdre de vue Mrs. Callow qui, selon Millie, décrochait l'appareil de la cuisine sitôt qu'elle voyait l'un des voyants rouges clignoter.

Il consignerait cette dernière information dans le rapport dactylographié qu'il comptait envoyer par le fax de la poste.

Madeline, qui examinait l'aquarelle à la lumière de la fenêtre, sursauta quand Melrose revint dans la bibliothèque, où des tas d'ouvrages s'empilaient au pied des étagères dégarnies, pour bien montrer qu'il ne chômait pas.

— Oh ! je ne vous avais pas entendu, dit-elle, reposant l'aquarelle sur le bureau.

— C'est Francis qui me l'a remise, si jamais vous vous demandez d'où elle vient.

— Oh ! je ne me demande rien. Je suis seulement étonnée qu'il l'ait eue en sa possession ; il déteste ce style-là.

— C'est pourtant lui qui l'a faite.

— Francis ?

— Oui, le jour où Mrs. Holdsworth a fait cette chute mortelle, sur le Scafell.

Melrose avait contourné sa chaise devant le bureau, et il se tenait maintenant à côté d'elle. Madeline était tendue, les mains dans le dos, les yeux baissés sur l'aquarelle représentant Wasdale Head et Wast Water vus depuis le Scafell. Il se retint de lui rapporter ce que lui avait dit Francis Fellowes, de peur de passer pour le confident de ce dernier alors que cela ne faisait pas une semaine qu'il était arrivé.

Il lui paraissait étrange que la proximité de Madeline — le frôlement de son épaule, celui, presque imperceptible, de sa hanche — n'éveillât pas en lui la moindre émotion. Elle était pourtant séduisante, avec ses grands yeux et cette chevelure soyeuse qui ruisselait sur son visage quand elle penchait la tête.

— Il m'a raconté qu'il était avec Virginia, ce jour-là ; qu'ils étaient montés ensemble au mont Scafell.

— Oui, et à la manière dont la police a interrogé Francis, on aurait cru qu'il était responsable de sa mort. Mais je suppose que c'est en raison de sa présence sur les lieux.

Sans l'arrivée de sa sœur, Madeline aurait pu épouser Graham Holdsworth. Cependant elle était restée, songeait Melrose, alors qu'aucune femme n'aurait supporté une telle humiliation.

— Vous y êtes allée, sur le Scafell ?

Le visage de Madeline se colora, en même temps que les ailes de son nez se pinçaient sous l'effet de la... colère ? Oui, de la colère, disaient ses yeux. Contre qui ? Contre lui ? Contre sa sœur décédée ?

Elle ne répondit pas à sa question. Mais elle dit :

— Alex est revenu.

Contre Alex.

— Alex est revenu.

Dans une espèce de surperposition de visages comme on en voit parfois au cinéma, Geneviève, porteuse de la même nouvelle, venait de succéder à Madeline dans la bibliothèque.

Mauvaise nouvelle. Ses efforts pour afficher un visage serein étaient contredits par le bref sourire qu'elle grimaça avant de s'emparer d'un magazine de mode posé sur une desserte Chippendale, d'en feuilleter nerveusement les pages, puis d'aller se poster devant la fenêtre. Melrose pensa qu'elle se moquait de l'impression qu'elle pouvait lui donner. Ses ongles au vernis rose reposaient sur les manches de son chemisier de soie, et elle tapait du pied en regardant le parc.

— Voilà une bonne nouvelle, hasarda Melrose, se levant de sa chaise.

— Crabbe est à Keswick, et George ne le sait pas encore. Il est sorti avec ses chiens.

Au ton de sa voix, on aurait pu penser que si George avait été informé du retour de l'enfant prodigue, il aurait lancé ses chiens à ses trousses.

— Bien entendu, Alex s'est d'abord rendu à Castle Howe, et c'est Adam qu'il a vu en premier.

Il crut qu'elle allait mettre en pièces le catalogue de Harrods, et il réprima un sourire.

— Adam et deux ou trois autres personnes seront là pour dîner, dit-elle, la tête penchée sur les pages glacées. Les cocktails seront servis à sept heures, et le dîner, à huit.

Finalement, elle jeta le magazine qui glissa de la desserte mais elle ne fit aucun mouvement pour le ramasser. Certains étaient payés pour ça. Elle se dirigea d'un pas nerveux vers la porte et, avant de sortir, tourna la tête vers Melrose pour annoncer :

— En l'honneur d'Alex.

Melrose regarda la porte se refermer derrière elle.

Alex. Toujours Alex. Inutile de tuer Adam ; il était âgé. Mais pour atteindre les millions d'Adam, il fallait franchir l'obstacle que représentait l'arrière-petit-fils.

Melrose porta les yeux sur l'aquarelle. Se défaire d'Alex serait plus difficile que de monter pieds nus par le versant abrupt du mont Scafell.

30

— Je ne vois pas pourquoi Hawkes doit passer nous prendre, répéta Adam pour la centième fois d'une voix geignarde, en s'efforçant sans succès de nouer sa cravate noire.

— Cessez donc de vous plaindre !

Lady Cray était assise dans le fauteuil près de la fenêtre. Elle portait une robe d'un bleu gris qui faisait songer au cristal de Waterford. Le vêtement était coupé droit des bretelles à l'ourlet, et le seul bijou qu'elle portait — un diamant carré de la même teinte que la robe — en relevait la simplicité élégante. L'ensemble donnait de l'éclat à ses grands yeux gris. Impatiente, elle tambourinait des doigts sur la bourse assortie à la robe.

— Je ne me plains pas. Le camion du livreur est ici en ce moment même, dit Adam, vérifiant l'heure au réveil sur la table de nuit, et en rentrant à Boone il passe par Tarn House. Nous pourrions y monter pendant que le bonhomme est dans les cuisines. Et avec mon fauteuil électrique, ça serait un jeu de grimper la rampe de chargement.

— Et comment feriez-vous pour qu'il s'arrête devant la maison ?

Assis dans son fauteuil roulant face à la glace, il tiraillait sur sa cravate.

— Mais du boucan ! Quoi d'autre ?

— Du boucan, hein ? En jetant des laitues ou des choux contre la cabine ? Et si c'est un semi-remorque ?

— Oh ! taisez-vous donc et aidez-moi plutôt à mettre cette fichue cravate.

— Je préfère me faire conduire en Daimler par un chauffeur.

— Poule mouillée.

— Adam, faire du boucan, comme vous dites, manque singulièrement de classe. J'ai entendu parler de votre escapade dans le fourgon de la blanchisserie. C'est ce qu'on appelle se mettre dans de sales draps.

Il pivota avec son fauteuil en gloussant.

— Il m'a quand même emmené à Boone, non ? J'ai bu un verre au Old Contemptibles.

Toujours aux prises avec sa cravate, il se tourna de nouveau vers la glace.

— Vous n'êtes pas en prison, ici, que je sache. Pourquoi vous donner tant de peine alors que vous pouvez sortir par la porte ?

— Qui a envie de sortir par la porte ? Pourquoi laisserais-je cette grosse dondon de Maltings voir où je vais ? Avec sa robe noire et son tricot, elle me rappelle ces petites femmes qui gardent la porte dans *Cœur des ténèbres*[1]. Voilà une aven-

1. Recueil de nouvelles de Joseph Conrad, 1902.

ture pour vous ! Ça vous plairait de descendre l'Amazone en pirogue et de combattre les cannibales ?

— Non, me rendre au Swan pour y prendre le thé et affronter les hordes de touristes me suffit.

— J'aurais pourtant juré que vous aimiez vivre dangereusement. Est-ce que ma cravate est droite ?

Elle était de travers, mais elle s'en moquait. Elle lui sourit dans le miroir.

— Mais je vis dangereusement, répliqua-t-elle.

Elle sortit de son sac à main un paquet de lettres retenues par une pince métallique et les déposa sur les genoux d'Adam.

— Mais... qu'est-ce que c'est ?

— Des lettres, comme vous le voyez.

— Des lettres...

— Décidément, vous êtes un homme brillant.

Il oublia sa cravate et, faisant de nouveau pivoter son fauteuil, leva vers elle un regard stupéfait.

— Elles sont adressées à Jane ! Où diable avez-vous trouvé ces lettres ?

Elle alluma une Black Russian avec le briquet nouvellement acquis.

— Sur une étagère, dans le cabinet du Dr. Kingsley. A l'intérieur d'un faux livre, pour être exacte. Il en possède plusieurs de ce genre ; il y cache ses flasques de whisky.

Le regard d'Adam allait de lady Cray au tas de lettres posé sur ses genoux. Il secoua la tête et bredouilla :

— Euh... et alors ? Vous les avez lues ?

Elle ouvrit de grands yeux.

— Certainement pas. Je suis peut-être une voleuse, mais pas indiscrète.

Elle referma son sac à main.

— Je n'ai jamais eu pour habitude de fourrer mon nez dans les affaires des autres.

Elle haussa les sourcils.

— Et je suis fort aise que vous ayez mis votre dentier, parce que vous avez la bouche ouverte comme un poisson. Cela ne vous dérangerait pas de la fermer ?

— Co... comment avez-vous pu fouiller comme ça dans les affaires de Kingsley ?

Elle soupira, agacée.

— Adam, je ne fouille pas non plus dans les affaires des gens. Vous vous rappelez que j'avais rendez-vous avec lui ce matin ? Oui, eh bien... j'ai repéré quelque chose... et quand il m'a proposé de revenir demain, je lui ai suggéré qu'on se revoie aujourd'hui même, dans l'après-midi. C'est au cours de ma deuxième... consultation, disons... que je me suis arrangée pour avoir accès à ce faux livre. Oh ! je vous en prie, ne prenez pas cet air ébahi ! Ce n'était pas plus intelligent de ma part que votre fugue dans le fourgon du blanchisseur.

Elle consulta l'heure à sa montre-bracelet.

— La Daimler ne saurait tarder.

— Comment saviez-vous que ce faux livre contenait des lettres ? Ne me dites pas que vous pouvez voir à travers une reliure de cuir !

Un bruit de pas résonna dans le couloir.

— Ce doit être Mrs. Colin-Jackson qui...

— Oubliez Kojak. Comment ?

— Les lettres étaient attachées.

Adam attendait la suite.

— Oh ! bon ! Vous avez les lettres, mais moi... (Elle rouvrit son sac.)... je garde ça !

C'était un ruban rouge, froissé à l'endroit où l'on avait fait un nœud.

Adam était de nouveau bouche bée, les yeux fixés sur le ruban qu'elle avait enroulé autour de son index. On frappa à la porte.

— Cachez ces lettres, dit lady Cray. Dans un tiroir, n'importe où...

— Ah ça, non ! Je ne vais pas les laisser ici.

Il lui tendit le paquet.

— Dans votre sac. Vite !

Il se racla la gorge.

— Entrez !

Mrs. Colin-Jackson ouvrit et passa son visage légèrement congestionné par la porte, leur adressant un sourire barbouillé de rouge à lèvres.

— La voiture vous attend !

Les lettres tombèrent dans le sac, le fauteuil se mit en branle, et Adam Holdsworth et lady Cray suivirent Mrs. Colin-Jackson dans le couloir luxueusement tapissé de Castle Howe.

31

I

Alex était à l'honneur.

Chacun lui témoignait sa sympathie et rivalisait d'égards envers lui, y compris ceux pour qui son retour n'était pas celui de l'enfant prodigue. Ces derniers faisaient tout simplement contre mauvaise fortune bon cœur.

Ils avaient pris les cocktails dans la bibliothèque, et Crabbe Holdsworth en avait profité pour discourir de plus belle au sujet de Southey et compagnie. Le chantier livresque, avec ses piles de livres se dressant au bas des étagères dégarnies, semblait exciter son appétit pour les poètes lakistes.

Hawkes avait fait passer des assiettes de canapés aux huîtres, qui étaient un pur délice. Apparemment, Crabbe Holdsworth était grand amateur d'huîtres. Melrose se souvenait en avoir goûté dans la remarquable tourte au mouton qui lui avait été servie le soir de son arrivée. Millie serait un jour chef de cuisine au Dorchester ou au Ritz, si elle continuait de la sorte.

Melrose se demanda qui avait choisi le vin, et il n'aurait pas été surpris d'apprendre que la tâche en incombait également à Millie. Mais, apparemment, c'était Hawkes qui avait la clé de la cave, et il choisissait lui-même ou suivait les instructions de Geneviève. Il y avait trois verres, un pour le blanc, le deuxième pour le rouge, le troisième pour le vin de dessert, et les plats qu'ils accompagnaient étaient tous de grande qualité. Ils avaient commencé par de grosses crevettes à l'armoricaine, suivies d'une mousse de gibier qui semblait s'évaporer dans la bouche tant elle était légère. George Holdsworth leur avait assuré que le perdreau avait faisandé deux semaines, que le canard avait été tiré la veille, et que la pintade avait été étranglée le matin même. Le chablis qu'ils burent avec la mousse était d'une grande année.

Ils dégustaient à présent un civet de lièvre, et devaient en même temps avaler l'histoire de chasse que George leur contait. Melrose n'y prêtait qu'une oreille distraite, tout occupé qu'il était par le cru servi avec le plat. Un château-lafite de 1955. De quoi attester largement de la fortune que recelait la cave des Holdsworth. Une attention polie accueillait le bavardage de George, dont la voix faisait un contrepoint plaisant aux bruits de couverts. Kingsley et Fellowes étaient à moitié ivres à leur arrivée ; Kingsley l'était à présent un peu plus, et Fellowes un peu moins.

Madeline était assise, tendue et lisse, à côté de Melrose. Elle se joignit sans excès d'enthousiasme à la conversation quand celle-ci porta sur le grand œuvre littéraire entrepris par Crabbe.

Le fait qu'il y eût plus d'hommes que de femmes avait obligé Geneviève à choisir un peu arbitrairement la place des convives. Elle avait au moins eu le bon sens de faire asseoir Alex à côté de son arrière-grand-père, dont le fauteuil avait été placé stratégiquement à sa droite. Mais elle ne rencontrait guère de succès dans ses tentatives de faire entrer Alex ou Adam dans la conversation, et elle échouait tout autant auprès de l'amie d'Adam, lady Cray, qui semblait vouloir, avec raison, tenir sa langue et écouter les autres.

L'amie d'Adam Holdsworth fascinait Melrose. Il trouvait cette femme singulière et secrète. Elle était d'une grande élégance et d'une remarquable intelligence, à en juger par son silence attentif et la formidable présence qu'elle dégageait. Il distinguait confusément l'iris argenté de ses yeux à la lueur des chandelles, mais il avait l'impression que la tache noire de la pupille le traversait à chaque fois qu'elle portait son regard sur lui, pour le détourner aussitôt, ce qu'elle faisait souvent, remarqua-t-il. Il lui paraissait évident qu'elle avait (tout comme Millie) découvert qu'il n'était pas ce qu'il prétendait.

Melrose avait été surpris de se voir attribuer la chaise à côté de Geneviève, lui, le bibliothécaire à besicles. Mais, comme ils se délectaient de la mousse de gibier, il s'aperçut qu'il exerçait sur elle sinon de l'attirance, du moins l'attrait de la nouveauté. Il se dit quelques instants plus tard, la surprenant à évaluer d'un regard aussi discret que connaisseur son costume de mohair, qu'elle non plus n'était peut-être pas dupe. On pouvait enlever la griffe d'Armani, mais pas la coupe ni la qualité du tissu, et Melrose ne doutait pas un seul instant de la culture de Geneviève en matière de mode. La robe du soir en soie grège qui enveloppait son corps parfait criait la haute couture. Pourquoi avait-il pensé qu'en se rendant dans le Nord il ne rencontrerait que des femmes vêtues de laine vierge, d'imperméables, et chaussées de bottes de caoutchouc, et qu'un costume à la coupe ample et destructurée passerait pour un vieux costard de type dans la dèche ? Décidément, du rôle de taupe qu'il avait voulu jouer, il n'avait eu que la vue basse.

Et s'il regrettait d'être assis aux côtés de la maîtresse de maison, c'était parce que Helen Viner se tenait à l'autre bout de la table, en compagnie de Crabbe Holdsworth. Ils venaient d'avoir une intéressante conversation sur le processus de la création, à laquelle Melrose n'avait prêté qu'une attention partielle, occupé qu'il était à se demander pourquoi Helen Viner l'attirait autant. Geneviève était de loin plus sulfureuse, Madeline de loin plus jolie. Mais le Dr. Viner était de ces personnes qui vous procurent immédiatement un sentiment de familiarité et qui, au premier regard, à la première poignée de main, vous donnent l'impression de revoir une vieille connaissance.

Elle l'était d'une certaine façon, depuis qu'Alex lui avait raconté la conversation qu'il avait eue avec elle dans le labyrinthe. Le garçon lui avait confié avoir éprouvé un sentiment de malaise en la regardant s'éloigner. L'idée qu'elle mentait lui avait-elle traversé l'esprit ? Non. Mais elle aurait pu le faire, n'est-ce pas ? De quoi avaient-ils parlé ? De l'éventualité — absurde, selon Alex — qu'elle pût faire une suspecte et de ce rêve récurrent. Elle avait un alibi, avait dit Melrose à Alex. Elle était même la seule à en avoir un.

Melrose comprenait l'attirance qu'exerçait Helen Viner sur le garçon. Lui-même n'y échappait pas. Elle était plus que réceptive, elle était un récepteur, un réceptacle dans lequel on pouvait déposer ses pensées sans crainte de les voir jugées. « Mère idéale. » A peine ces mots lui vinrent-ils à l'esprit qu'il en éprouva un véritable choc. Elle lui rappelait sa propre mère, et il en eut honte. Mais quand il croisa le regard d'Alex, le sentiment se dissipa en même temps que sa rougeur. Et puis il pensa à Millie, et il se prit de colère à la pensée que quelqu'un ait pu leur enlever leurs mères, à tous deux.

Le verre de cristal se rompit dans sa main.

Il ne s'était pas aperçu qu'il le serrait au point que le pied se brisa, lui tailladant deux doigts. Il ne lui était jamais rien arrivé de pareil ; il rit et, enveloppant sa main dans sa serviette, répondit au brouhaha de voix inquiètes que c'était une coupure de rien du tout. On envoya Hawkes chercher un pansement, tandis que ce bon vieux George beuglait que pas une goutte de vin n'avait été renversée, et que, ah ! c'était là l'essentiel.

Qui d'autre que Melrose remarqua la soudaine

pâleur de lady Cray ? Comme par compassion, elle agrippa un instant la nappe comme si elle avait voulu la tirer à elle. Quelques secondes plus tard, elle avait recouvré son calme, et ses joues leur couleur, mais la main pressée sur sa poitrine témoignait encore de son étrange émoi.

Melrose remarqua que Helen Viner le regardait, et même à cette distance il put lire son expression : *Ne vous inquiétez pas, cela arrive à tout le monde.*

En dépit de la présence de deux médecins, Geneviève se fit un plaisir manifeste de panser elle-même la main de Melrose. Les coupures étaient trop superficielles pour qu'il saignât beaucoup. L'instant d'après, les doigts serrés dans du sparadrap, il sourit à la ronde, l'incident fut oublié et la conversation reprit, tandis que Hawkes servait un soufflé au citron et du sauternes.

Mais la table avait beau être animée, il traînait dans l'air comme une odeur de mort, que le délicat parfum des six ou sept bouteilles de grands vins qu'ils avaient bues n'avait pu dissiper.

Melrose voyait bien que tout le monde observait tout le monde. Seuls Crabbe et George se trouvaient plus intéressants que les autres. Que Kingsley, Geneviève, Madeline, Helen Viner, Fellowes, et surtout Adam et Alex, hasardent une remarque, la plus anodine fût-elle, et Melrose sentait de petits *frissons*[1] d'inquiétude, comme si l'éclatement d'une braise dans la cheminée avait mis le feu au tapis et que chacun attendît qu'une

1. En français dans le texte. *(N.d.T.)*

nouvelle anecdote de George ou de Crabbe vînt l'éteindre.

Naturellement, la conversation avait épousé la banalité par conformisme ; elle lui restait fidèle par prudence. Ils étaient onze à table ; ils auraient dû être douze ; il manquait Jane.

Comme le regard de Melrose allait d'Alex à Adam puis à lady Cray, il fut frappé de la secrète connivence qu'il y avait entre ces trois-là.

Dehors, si les fantômes d'Annie Thale, de Virginia, de Graham et de Jane Holdsworth rôdaient, Melrose se dit que Sorcier devait se frotter contre leurs jambes.

II

Il n'eut pas besoin de la détourner de sa tasse de café, du porto et des noix qu'ils prenaient dans le salon après le dîner. Avec la pensée qu'il avait bien de la chance, Melrose vit Helen Viner s'approcher de lui.

Elle le fit adroitement, passant lentement de Francis Fellowes au vieil Adam, pour atterrir comme fortuitement à côté de Melrose. Cependant, malgré toute son habileté, son mouvement n'échappa pas au regard aigu de lady Cray. Celle-ci paraissait plongée dans une conversation avec Madeline, mais elle les observait tout en allumant une cigarette avec un briquet noir.

— Mr. Plant, pourrions-nous parler un moment ? demanda Helen Viner avec un sourire charmant.

Comme il acquiesçait d'un signe de tête, elle lui proposa de faire quelques pas dehors.

— Il fait frais, dit-il. Vous ne voulez pas prendre un manteau ?

— Inutile.

Il se demanda si elle s'exprimait toujours de cette façon elliptique. Peut-être cette économie de paroles était-elle due à sa pratique médicale, à cette écoute qu'elle devait à ses patients.

Il n'y avait pas de cour pavée, seulement quelques marches qui descendaient des portes-fenêtres à l'herbe humide de la pelouse nimbée de brume nocturne.

— C'est au sujet d'Alex, dit-elle, tandis qu'ils se dirigeaient vers le chenil.

— Quelle tragédie que le suicide de sa mère ! Mais apparemment il tient remarquablement le coup.

— Oui, trop bien, peut-être. Il n'a que seize ans, et je suis sûre qu'il est convaincu que sa mère a été assassinée.

Melrose feignit la stupeur.

— Vous savez certainement que la police est venue ici, poursuivit-elle, et qu'elle aussi semble avoir des soupçons. Quoi qu'il en soit, c'est d'autant plus terrible pour Alex que son père aussi s'est donné la mort. Mais vous le saviez, n'est-ce pas ? ajouta-t-elle, comme Melrose hochait la tête.

— Oui, Francis Fellowes me l'a dit.

Elle resserra son chandail sur sa poitrine.

— Celui-là, il est encore plus bavard que les habitués du Old Contemptibles.

Melrose rit.

— Ma foi, il en fait partie. Mais c'est la vérité, que Graham Holdsworth s'est pendu.

En les entendant approcher, les chiens avaient un instant donné de la voix, puis le silence était retombé.

— Vous savez, je ne comprends pas pourquoi vous voulez me parler. Je n'ai fait la connaissance d'Alex qu'aujourd'hui, et je le vois mal me confier ses peines.

— Non, c'est faux, dit-elle d'un ton neutre, comme s'ils n'étaient pas d'accord sur le temps qu'il faisait.

— Je vous demande pardon ?

Si Alex avait tout dit à Helen Viner, Melrose aurait aimé le savoir. Il frissonna et releva le col de son veston.

— Quand je l'ai vu ce matin à Castle Howe, il m'a dit que sa première visite avait été pour Adam, puis il m'a parlé d'un nouveau bibliothécaire à Tarn House, dit-elle en souriant. J'en déduis donc qu'il vous avait peut-être rencontré avant d'aller voir Adam.

— Vous avez des talents de détective.

— J'espère avoir ceux de psychiatre. Il y a des similitudes. Enfin, Alex m'a raconté ce rêve qu'il fait souvent.

Resserrant de nouveau son chandail, elle se rapprocha de lui.

— Il m'a dit qu'il en avait parlé à un « ami », et comme les seuls amis qu'il a ici sont Adam et Millie, j'en ai alors déduit que ce devait être vous.

Melrose ne vit pas de raison de la contredire. Il enleva son veston et lui en enveloppa les épaules.

Elle parut s'étonner de son attention et de sa galanterie, comme si ces marques lui étaient depuis longtemps étrangères.

— Continuez, lui dit-il.

— Mais vous allez prendre froid...

— Nullement, parlez-moi d'Alex.

La voyant refermer les manches du vêtement sur elle, il regretta que ses bras ne soient pas à l'intérieur.

— Ce rêve m'a glacée. Il y a quelque chose de lugubre dans son symbolisme. Cette Reine de Cœur... celle à laquelle il semble collé. Il est difficile d'interpréter un rêve, mais celui-ci...

Elle se tut.

— Vous ne voulez pas dire qu'Alex pourrait tenter de se suicider ?

— Je l'ignore, mais ce que je sais, c'est qu'il a besoin d'un soutien thérapeutique.

— De votre part ?

— Non ! Pas moi. Alex ne l'accepterait pas, de toute façon. L'important...

Elle tourna la tête vers Melrose, et il lut de la gravité dans son regard.

— C'est qu'il ait un ami. Je ne sais pas exactement pourquoi vous êtes ici, et cela ne me regarde pas... mais il n'a personne en dehors d'Adam, et ce dernier ne peut pas grand-chose pour lui. Alex a besoin de quelqu'un qui ne soit pas lié à la famille Holdsworth, quelqu'un qui ne s'intéresse pas à l'héritage. Il y a déjà eu trop d'« accidents » dans cette famille...

— Vous ne croyez pas à ces « accidents ».

— Il ne fait pas de doute que Graham se soit suicidé. Il a laissé une lettre...

Elle marqua une pause.

— Pourrais-je avoir une cigarette ? J'ai arrêté de fumer il y a deux mois, mais ma volonté a ses limites.

Comme il lui donnait du feu avec un vieux briquet en aluminium trouvé dans un tiroir du bureau, Melrose vit les larmes qui mouillaient ses yeux scintiller à la lueur de la flamme.

— Merci, dit-elle, détournant la tête.

Elle respira profondément et, quand elle le regarda de nouveau, elle avait recouvré son sang-froid.

— Il a été mon patient pendant un temps. Ce n'est un secret pour personne. Il vivait très mal son divorce.

— Et vous vous en voulez ?

— J'aurais dû prévoir le coup. Il n'en était pas à sa première tentative de suicide. Des années plus tôt, il avait essayé de se couper les veines. Il n'empêche, j'aurais dû faire quelque chose. Mais je puis vous assurer que ce n'est pas Jane qui a brisé sa liaison avec Madeline. J'en ai assez d'entendre dire ça. Je suppose que Madeline le pense aussi.

— Inutile de vous demander quelle était la véritable raison ?

Elle secoua la tête.

— Vous savez, reprit Melrose, vous détenez peut-être des informations qui pourraient aider la police.

Elle secoua à nouveau la tête.

Melrose soupira.

— Je ne voudrais pas me montrer impertinent mais...

— J'ai l'habitude de l'impertinence, dit-elle en riant. De bien pire que ça.

— Vous disiez qu'il y avait eu trop d'accidents dans cette famille. En dehors de la première Mrs. Holdsworth...

— Virginia ? La police a conclu à l'accident. A moins que Francis ne l'ait poussée.

Elle eut un petit sourire.

— Mais la violence pour lui se borne à courir d'une toile à l'autre.

— Annie Thale.

Helen le regarda à travers la fumée de sa cigarette.

— Annie Thale ne faisait pas partie de la famille.

Melrose resta silencieux un instant.

— Millie en ferait-elle partie ?

Son regard le coupa aussi sûrement que le verre de cristal.

— Insinueriez-vous que Graham était l'amant d'Annie et le père de Millie ? Et qu'elle était tellement désespérée par son suicide qu'elle a préféré se donner la mort ?

— Manifestement, l'idée vous en est venue, à vous aussi.

— Non, mais à la police, oui. Ce n'est pas vrai.

— Comment pouvez-vous en être certaine ?

Elle jeta sa cigarette dans la brume.

— C'est juste après avoir découvert le cadavre de Graham qu'Annie a fait une chute mortelle, et on est naturellement porté à penser — c'est ce qu'a fait la police — que cette chute n'a rien d'accidentel, que c'est le chagrin qui l'a poussée à se jeter du haut de cette falaise. Mais je suivais Graham, et s'ils avaient été amants, il me l'aurait dit dans le secret de nos entretiens. Certes, il me parlait souvent d'elle, mais c'était elle qui était attirée par lui. Graham était un homme malheureux, mais il était aussi très séduisant. C'était un doux, qui supportait très mal la perspective de son divorce. Graham appréciait Annie, mais il n'était pas son amant. Encore une fois, il me l'aurait dit si ça avait été le cas. J'étais son psychiatre, et à son écoute. J'ai bâti ma carrière sur la qualité de mon écoute.

— Vous n'avez pas à vous justifier, en tout cas pas à moi.

Son visage s'éclaira ; elle écarta une mèche de cheveux de son front.

— Merci.

— Avez-vous confiance en Kingsley ?

La question parut la prendre au dépourvu.

— Pourquoi n'aurais-je pas confiance en lui ?

Melrose sourit et haussa les épaules. Savait-elle que Maurice Kingsley se trouvait à Londres la nuit où Jane avait été retrouvée morte ?

— C'était un ami de Jane Holdsworth, n'est-ce pas ?

— Oui, pourquoi ? demanda Helen, perplexe.

— Pour rien, juste pour savoir.

Sur la défensive, elle dit :

— Maurice boit trop. Mais il est vraiment un excellent médecin. Rentrons, voulez-vous ? Et merci de m'avoir évité une bronchite, ajouta-t-elle en lui rendant son veston.

Ils marchèrent en silence pendant un moment, puis Melrose demanda :

— Pensez-vous qu'Alex ait raison ?

— Au sujet de la mort de sa mère ?

Ils avaient atteint les marches au pied de la porte-fenêtre. Melrose vit que Hawkes remettait leurs manteaux aux invités.

— Oui, dit-il. Qu'il s'agit d'un meurtre.

— C'est fort possible, en effet, dit-elle en passant devant lui.

La stupeur cloua Melrose sur place.

III

— Je n'ai pas eu le loisir d'échanger quelques mots avec vous, Mr. Plant, dit lady Cray. Vous êtes un jeune homme très populaire.

— Ni jeune, ni populaire, mais merci quand même. J'ai surpris à plusieurs reprises votre regard sur mon humble personne. Vous rappellerais-je quelqu'un ?

Les invités avaient enfilé leurs manteaux mais ils s'attardaient encore, poursuivant la conversation comme pour témoigner à leur hôte tout le plaisir qu'ils avaient pris à cette soirée. Lady Cray s'était approchée de lui dans une cape assortie à sa robe, décidée à ne pas partir sans avoir échangé « quelques mots » avec lui. Elle glissa son bras sous le sien et l'entraîna vers la cheminée, ornée d'une grande glace.

— Non, vous ne me rappelez personne mais j'ai quelque chose à vous demander.

Elle se mit à tousser, ouvrit son sac, fouilla à l'intérieur.

— Je ne trouve pas mon mouchoir. Pourriez-vous me prêter le vôtre ? demanda-t-elle tout en jetant des regards furtifs dans la glace au-dessus de la cheminée.

— Quoi ? Mais certainement, répondit Plant.

— Merci.

Elle déplia le mouchoir, plongea avec dans son sac où elle saisit rapidement quelques papiers, et porta le mouchoir à sa bouche. Melrose ouvrait de grands yeux.

Elle lui sourit.

— Je vous en prie, ne faites pas cette tête-là, Mr. Plant. Prenez un air détendu et naturel. Le Dr. Kingsley et Madeline nous observent.

— Co... comment ?

Et il réalisa qu'il tournait le dos à la glace.

— Oui, ils peuvent nous voir mais pas nous entendre. Et remettez ce mouchoir dans votre poche. Très beau costume. Armani, n'est-ce pas ?

Il eut un soupir de dépit.

— Je fais un piètre espion.

— Mais non, vous vous en sortez très bien. Je n'aurais pas deviné si Alex et Adam ne m'avaient parlé de vous. Voilà, c'est parfait, gardez cette expression sereine.

— Je suis bien ?

— Très bien. Vous pouvez sourire, mais n'en faites pas trop, quand même. J'ai glissé cinq lettres dans le mouchoir. Elles sont adressées à

Jane Holdsworth. Je vous en prie, pas de question. Je vous expliquerai une autre fois. Pour le moment, sachez seulement qu'elles étaient cachées dans le cabinet du Dr. Kingsley.

— Vous me stupéfiez, lady Cray.

— Je n'en doute pas, mais ne le montrez pas.

Elle jeta de nouveau un regard dans la glace.

— Nous ne les avons pas lues.

— Nous ?

— Adam et moi. Nous pensons qu'elles intéressent exclusivement la police.

— Et c'est à moi de les...

— Oui, de les remettre. N'ayez pas l'air de tomber des nues, et ne me posez pas de questions auxquelles je n'ai pas le temps de répondre. Bonne nuit, Mr. Plant.

Elle lui tendit la main avec un grand sourire ; sourire qu'il lui rendit, bien qu'il eût du mal à remuer les lèvres.

— Folle rencontre, lady Cray.

— Folle, c'est exactement ce que pense ma famille.

Il l'observa remercier Geneviève de son accueil, prendre congé avec grâce et élégance, puis passer la porte dans le froufrou de sa cape.

TROISIÈME PARTIE

À MORT LES AVOCATS

32

Pete Apted, avocat de la Couronne, assis les pieds sur son bureau, terminait son hot-dog tout en consultant un dossier posé sur ses genoux, quand Jury entra.

Pete Apted était l'avocat le plus cher de la Cité. Ses clients ne s'en plaignaient pas. Pete n'avait jamais perdu un procès.

Jury se demandait pourquoi on avait choisi cet homme pour le représenter, lui, Jury, modeste commissaire du Yard. C'était un dénommé Burley, le jeune assistant du célèbre avocat, qui était venu l'interroger deux jours plus tôt et l'avait invité à passer au cabinet à sept heures du matin, autrement dit aux aurores. Ce qui avait étonné Jury, c'était la rapidité avec laquelle Burley avait recueilli les déclarations de témoins présumés. Deux jours plus tôt, un certain Mr. Burley avait téléphoné à Jury pour lui annoncer sa visite. Une demi-heure plus tard, il sonnait à son appartement d'Islington.

— *Je ne comprends pas, je n'ai pas engagé d'avocat. Que venez-vous faire ici ?*

— *Mon travail,* s'était-il entendu répondre.

Et il avait interrogé Jury et couvert de notes son calepin pendant près de trois heures. Mr. Burley était mince, avait des yeux d'oiseau de nuit, une coupe en brosse et une économie de paroles qui frisait l'avarice.

Carole-Anne, elle, avait été interrogée par l'assistante d'Apted, une femme que les ambitions artistiques de Carole-Anne avaient apparemment laissée froide (selon l'intéressée).

Et quand Melrose lui avait fait parvenir son deuxième rapport, Jury avait aussitôt relayé à Mr. Burley l'information concernant Maurice Kingsley. C'était la première piste sérieuse qu'ils détenaient, avait commenté Jury. L'assistant s'était contenté de le remercier et il avait raccroché sans autre commentaire.

Pete Apted froissa en boule le papier gras de son sandwich et le lança en direction de la corbeille.

— Asseyez-vous, bon Dieu ! dit-il en frottant une pomme contre sa chemise.

Jury prit place dans l'un des deux fauteuils en cuir devant le bureau et regarda l'avocat mordre dans sa pomme et feuilleter avec une égale férocité les pages du dossier étalé en travers de ses jambes. L'homme devait être plus âgé qu'il ne le paraissait, mais il faisait cependant trop jeune dans cette pièce sombre à l'unique fenêtre étroite voilée d'un rideau épais par laquelle filtrait difficilement la lumière matinale. De lourds ouvrages de droit étaient casés tant bien que mal sur des étagères, des dossiers empilés dans tous les coins de la pièce, et au mur étaient accrochés des portraits d'hommes de robe aux regards d'inquisiteurs, debout ou assis avec solennité sur de lourdes chaises médiévales.

Au bout d'un long silence parasité par le bruit que faisait Apted en croquant sa pomme, Jury demanda :

— Qui vous paie, sir Peter ? Vous ne vous êtes pas chargé de cette affaire par amour pour Scotland Yard ?

Apted grimaça comme s'il avait avalé un pépin de travers.

— Pas de « sir », s'il vous plaît, et je ne m'appelle pas Peter, mais Pete. En vérité, c'est P-I-E-T, un prénom hollandais, mais j'ai fini par abandonner tout espoir qu'on l'écrive correctement. Et pour répondre à votre question, c'est non, je ne le fais pas par amour pour le Yard. Je n'ai jamais rien fait dans ma vie par amour, une règle que vous feriez bien vous-même d'appliquer, pour vous éviter tout ennui à l'avenir. Quant à l'identité de la personne qui me paie, celle-ci désire rester anonyme.

Jury était abasourdi. Ce ne pouvait être Plant : il ne se serait pas embarrassé d'anonymat.

Qui alors ? Vivian Rivington ?

Vivian était riche, et si la nouvelle n'avait pas paru dans les journaux, lady Ardry s'était certainement fait un plaisir de la transmettre à travers toute l'Europe.

Le geste était vain et un peu stupide, mais Jury ne put y résister :

— Je préférerais vous payer moi-même.

— Et avec quoi ? Je ne travaille jamais au rabais. Cessez donc de vous apitoyer sur vous-même et bénissez plutôt le Ciel de m'avoir pour défenseur. Ce paquet d'âneries pourrait bien vous mener en cour de justice, dit-il, brandissant le dossier dont il venait d'achever la lecture pour le jeter sur son bureau, que dominaient un buste de bronze et une photo encadrée que Jury ne pouvait voir.

Jury avait du mal à croire que des yeux couleur de thé puissent briller avec une telle intensité. Apted était un homme sec et noueux, le genre d'avocat à bondir comme un ressort de sa chaise pour s'en aller croiser le fer avec les témoins ou le procureur général.

— Attendez un peu, dit Jury. Que voulez-vous dire par « pourrait » ? Ce tas d'âneries, comme vous dites, m'y *conduira* tout droit.

Apted secoua la tête, non pour dire à son client qu'il se trompait, mais plutôt pour lui signifier qu'il était obtus.

— Mr. Jury, il n'y a qu'une seule chose à laquelle je crois.

Le trognon de pomme alla rejoindre le papier gras dans la poubelle, et Apted sourit d'avoir réussi son tir.

Le silence qui suivit incita Jury à définir lui-même cette chose à laquelle l'avocat déclarait croire :

— La vérité.

Apted lui jeta un regard incrédule.

— Non, la victoire. Hélas ! il arrive souvent que justement la vérité mette des bâtons dans les roues de la victoire. C'est pourquoi je dois connaître la vérité avant de décider de défendre une affaire. Si vous me disiez que vous êtes coupable, je ne pourrais vous défendre. Mais vous ne l'êtes pas, donc vous ne me direz pas une chose pareille, donc je vous défendrai.

— Alors vous savez que je n'ai rien à voir avec la mort de Jane Holdsworth.

— Non, je ne sais pas que vous n'avez rien à voir avec la mort de Jane Holdsworth, dit-il d'une voix qui frôlait l'imitation. Je sais seulement que vous ne l'avez pas tuée. Je suis fort étonné que cet inspecteur... (il feuilleta de nouveau le dossier)... Kamir puisse douter de votre innocence. Voulez-vous que nous attaquions le Yard pour vous avoir suspendu sans preuve ? Bien sûr, je devrais augmenter mes honoraires.

Pete Apted eut un sourire éclair ; il frappa, puis disparut aussitôt.

L'assurance (légendaire) de l'avocat emplit Jury de soulagement.

— Vous avez lu le rapport de Mr. Burley sur Maurice Kingsley ?

Apted hocha la tête.

Jury attendit. Apted ne dit rien.

— Pensez-vous qu'il puisse être coupable ? Il se trouvait sur les lieux.

— Pour tout vous dire, ce n'est pas mon problème. Mais je répondrais que non, je ne le pense pas. Il assassinerait cette femme, irait ensuite dormir sur un banc en face de chez elle, bavarderait avec un garçon qu'il pourrait avoir ou pas reconnu comme étant le fils de sa victime et qui, de toute façon, pourrait témoigner contre lui ? Non, ça ne tient pas debout.

Jury reconnut intérieurement qu'une telle conduite était en effet inconcevable, mais il hasarda tout de même :

— Il pourrait y avoir des raisons à ce comportement.

Pete Apted parut réfléchir intensément.

— Oui. Le bonhomme pourrait être un parfait crétin. Mais encore une fois, je ne défends pas ce Dr. Kingsley. Cependant, j'aimerais bien poursuivre le Yard en justice.

De nouveau ce sourire éclair. Il s'assit alors, un pied sur le bord de son bureau, jouant à enrouler et dérouler sa cravate autour de son index.

— Pas question d'attaquer le Yard, et Kamir n'est pas un imbécile. Et expliquez-moi donc la différence entre « n'avoir rien à voir avec sa mort » et « ne pas l'avoir tuée ». J'ai peut-être l'esprit un peu lent.

Apted lui décocha un autre de ces regards qui semblaient dire, *sans doute,* et Jury se rappela alors que c'était là une des mimiques favorites de l'avocat, une de ses armes : il pouvait regarder ainsi un adversaire qui venait d'exposer un argument parfaitement judicieux, et si son expression ne parvenait pas à faire passer ledit argument pour une bêtise, du moins en émoussait-elle sérieusement le tranchant.

— Excusez-moi, mais j'ai dit une idiotie ?

— Oh ! ne vous excusez pas. Je suis persuadé que votre vivacité d'esprit, d'ordinaire très grande (nulle trace de sarcasme dans sa voix), a été singulièrement réduite par votre liaison avec cette femme.

Pete Apted ne se leva pas comme un ressort, ainsi que Jury se l'était imaginé, mais avec une lenteur qui le faisait ressembler à Atlas supportant le poids du monde. Il alla à la fenêtre à travers laquelle filtrait le jour. Sans ses lunettes et de profil dans la lumière diffuse, il paraissait dix ans de moins.

Il ferma à demi les yeux comme si les rayons d'un soleil pâle interféraient avec la lumière de ses propres pensées.

— Inutile de parler de ce qui est évident, dit-il, laconique.

— Qu'est-ce que vous jugez évident ?

— Les mêmes choses que vous, dit-il.

Il revint à son bureau, se laissa choir dans son fauteuil et remit ses lunettes.

— Sinon, elles ne seraient pas évidentes, n'est-ce pas ?

— Vous n'avez pas répondu à ma question au sujet de sa mort. Quelle est la différence ?

— Vous ne l'avez pas tuée. Cela ne veut pas dire que vous ne l'ayez pas, disons, incitée à se donner la mort.

Jury le considéra avec stupeur.

— Pour l'amour du Ciel, ne me regardez pas comme ça ! Je ne dis pas que vous l'avez fait. J'ai simplement voulu vous montrer comment les mots peuvent induire des erreurs de jugement.

— Je vous en prie, Mr. Apted, épargnez-moi les discours. Si je n'ai pas...

— Savez-vous que, durant tous vos entretiens

avec l'inspecteur Kamir, l'interrompit l'avocat, et Dieu sait que vous lui avez exposé par le menu votre emploi du temps pendant les deux semaines qui ont précédé la mort de cette femme, savez-vous que vous n'avez pas une seule fois mentionné le calendrier ?

— Le calendrier ?

— Commissaire, dit Apted avec un soupir, je parle du calendrier sur lequel elle a inscrit votre nom ou vos initiales, à côté des dates de vos rendez-vous. Pour dîner, pour aller au lit, etc.

Apted se pencha soudain en avant, les bras croisés sur l'épais dossier.

— Si vous avez été assez fou pour lui acheter une bague, vous deviez penser que vos sentiments étaient payés de retour. Présentons les choses différemment : si j'avais une maîtresse, je ne m'attendrais certainement pas à ce qu'elle inscrive sur son calendrier nos futures parties de jambes en l'air. Dites-moi, quelle raison aurait-elle de mentionner mon nom, alors que nous nous verrions tous les jours ou presque ?

Se taisant, il se déplaça de nouveau vers la fenêtre.

Pour Jury, ce fut comme un coup de poing.

— J'y ai pensé, murmura-t-il.

Il avait bien essayé de repousser le doute. Mais il n'avait pu s'empêcher de s'interroger, après avoir acheté cette bague, discuté avec Jenny.

— Mais pourquoi ? demanda-t-il, malgré lui.

De la fenêtre, Pete Apted lui répondit :

— Elle avait besoin d'un flic.

— Quoi ?

— D'un policier. De quelqu'un dont le métier est d'enquêter sur les crimes. C'est pourquoi elle vous a choisi. Et en mentionnant votre nom sur son calendrier, elle s'assurait que vous seriez mêlé à l'enquête, sinon *chargé* de l'enquête.

— Mais elle ne me connaissait pas ! Elle n'a appris que j'étais policier que la deuxième fois que nous nous sommes vus.

— Non, elle le savait déjà, rétorqua Apted en retournant à son bureau. Vous avez vraiment chassé de votre esprit certaines évidences, n'est-ce pas, Mr. Jury ? Prenons, par exemple, l'interview de Miss Palutski. La première fois, elle s'est révélée un témoin parfaitement récalcitrant. « Non, je ne vois pas de quoi vous parlez... Comment ? Quoi ? Qui était ce jour-là Camden Passage ? Jamais vu cette femme », etc.

— Mais c'est la vérité. Elle a peut-être remarqué sur le moment Jane Holdsworth, mais n'en a pas gardé le souvenir. Elle était bien trop occupée avec ce diadème.

— J'ai envoyé Kath, ma jeune assistante. Kath réussirait à faire parler un muet. Elle fume trop, boit trop, vit comme... (Apted haussa les épaules.) Impossible à décrire. Mais qu'est-ce qu'elle est futée ! Au bout de cinq minutes, elle avait réussi à mettre Carole-Anne Palutski dans sa poche... pourtant elle-même sacrément séductrice, selon Kath. Elle m'a dit que Carole-Anne voulait lui faire son horoscope, lui prédire son avenir, lire dans ses pensées, et tout le bataclan. Kath a obtenu de Carole-Anne qu'elle lui *rejoue* la scène de Camden Passage, ce qu'elle a fait, et avec un véritable talent d'actrice.

— C'est son ambition... jouer au cinéma.

— Eh bien, elle a en tout cas la mémoire d'une comédienne. Elle a rejoué tout ce qui s'était passé ce matin-là parmi les camelots et les brocanteurs de Camden.

Apted lut un extrait du rapport :

— « Alors je lui ai dit, au marchand : "Et n'essayez pas de me rouler. Ce monsieur est policier." Oui, à un moment, parce que le brocanteur appelait Jury "mec", je lui ai dit : "Commissaire, pour les gens de votre espèce." »

Apted regarda Jury.

— Et tout cela de sa voix claire et haut perchée, que tout le monde l'entende bien. Croyez-vous encore que Jane Holdsworth se soit trouvée « accidentellement » à l'étal voisin ?

— Elle savait donc que quelqu'un cherchait à la tuer, et que le crime serait maquillé en suicide, dit Jury, la tête bourdonnante.

— Elle vous a piégé.

— Ne me dites pas qu'elle voulait me faire porter le chapeau. Ça n'aurait aucun sens.

— Je n'ai pas dit ça.

— Celui ou celle qui venait la voir ce soir-là...

— Le mystérieux visiteur ? Si c'est Kingsley, soit il sera reparti avant qu'elle trépasse, soit il aura en vain sonné à sa porte...

— Qui alors aurait pu...

— Pourquoi ne pas s'en tenir à l'explication la plus vraisemblable ? l'interrompit Pete Apted en plantant son regard dans celui de Jury.

— Qui serait ?

— Qu'elle s'est suicidée.

Jury regarda fixement Pete Apted, qui venait d'attirer vers lui un autre dossier.

— Pourquoi une femme qui serait passionnément heureuse se donnerait-elle la mort ? demanda Jury.

Apted ôta ses lunettes et, prenant un air patient, considéra le commissaire.

— Mr. Jury, s'il se dandine comme un canard, cancane comme un canard, concluons que *c'est* un canard.

Jury sortit le plus faible des arguments.

— Elle s'était habillée pour sortir ; elle attendait quelqu'un.

Apted roula les yeux au plafond.

— C'est ce qu'elle vous a dit. Et intentionnellement, sans doute.

Ses yeux marron clair brillaient d'un éclat vif tandis qu'il se penchait vers Jury.

— Et vis-à-vis de ce fils qu'elle adorait, un meurtre, aussi horrible cela soit-il, n'était-il pas moins douloureux à admettre qu'un suicide ? Vous l'avez vue « passionnément heureuse », mais franchement... (Il remit ses lunettes, s'empara de son stylo.)... je ne pense pas que vous en soyez persuadé.

Jury s'agita sur son fauteuil. Bien sûr, qu'il n'y croyait pas.

— Et comme ça, elle m'aurait impliqué, fait de moi un suspect...

Apted, qui avait commencé de feuilleter les pages du nouveau dossier, leva les yeux vers lui.

— Oui, mais ce n'était pas son intention ; elle devait certainement penser que l'accusation ne tiendrait pas. Vous étiez amants, après tout.

Jury resta silencieux un instant, observant Apted prendre des notes. Puis il dit :

— Mais pourquoi ?

— Pourquoi ? répéta Apted, reposant de nouveau son stylo. Mr. Jury, mon travail consiste à vous défendre. Et faites-vous à l'idée que vous vous êtes fait piéger.

Jury se leva lentement.

— Rien d'autre ?

— Non, répondit Pete Apted en lui souriant. Mais je pense que vous pouvez vous considérer comme réintégré dans le service. Personne n'a l'intention de vous poursuivre. On vous aime bien. Apparemment.

Jury sourit. Il ne pouvait imaginer Apted lui déclarer avec solennité que c'était fini, qu'il était lavé de tout soupçon, qu'il pouvait retourner à son travail, la tête haute, et autres banalités de ce genre.

— Vous êtes très fort, lui dit Jury.

Pete Apted, qui s'était replongé dans sa lecture, ne leva même pas les yeux.

— Où puis-je vous joindre, si jamais j'avais besoin de vous de nouveau ?

— Ici même.

33

Le visage tapissé de petits carrés de papier, Fiona tressaillit à l'entrée de Jury.

— Vous !

— Moi. Bonjour.

Fiona s'essaya aussitôt à une pose nonchalante, exercice difficile quand on se trouvait en face d'un homme pour lequel on avait plus que de la sympathie et qu'on avait la figure placardée de morceaux de papier à l'aspect gluant.

On ne pouvait effectivement qu'essayer. Fiona ôta avec précaution les deux carrés les plus proches des yeux, les réduisit en boulettes comme l'avait fait Apted de l'emballage de son sandwich et les lança dans la corbeille avec le même succès que l'avocat.

Cyril, fasciné par ces petits emplâtres, sauta du bureau pour se poster près de la poubelle, dans l'espoir que d'autres boulettes suivraient.

Il se trompait. Fiona sortit une cigarette de son paquet, demanda du feu à Jury, recroisa les jambes et passa un bras par-dessus le dossier de sa chaise, mouvement qui eut pour effet de tendre son chemisier noir sur ses seins.

— Je savais que vous seriez de retour avant la fin de la semaine, dit-elle. Al disait hier que ce n'était plus qu'une question d'heures.

Fiona était la seule personne à appeler le sergent Wiggins « Al ».

Cyril continuait de faire le guet devant la corbeille à papier.

Jury avait le plus grand mal à garder son sérieux.

— Que faites-vous là, au juste ? demanda-t-il.

La bouilloire siffla.

— Comment ça, qu'est-ce que je fais ? dit-elle en se levant pour préparer le thé. Oh, ça ? C'est tout nouveau. Mais je suppose que vous ne suivez pas les recettes de beauté de Fergie et de Di, hein ?

Jury secoua solennellement la tête. Fiona pourrait être à l'agonie, elle serait encore forte et courageuse. Fiona, pensa soudain Jury, aurait inspiré de l'espoir à un mourant.

— C'est un traitement au collagène, reprit-elle. Un miracle pour la peau. Thé ? demanda-t-elle, souriante et détendue, tandis que les morceaux de papier semblaient animés d'une vie propre.

— Volontiers. Où est notre chef ?

Il sirota le thé au lait en observant Cyril qui, lassé d'attendre de nouvelles arrivées dans la corbeille, s'en allait d'un pas nonchalant mais décidé vers le bureau dudit « chef ».

— Vous l'avez vu une seule fois arriver avant neuf heures ? répondit Fiona, s'efforçant de boire son thé sans avaler en même temps les papiers qui encadraient sa bouche. Pas depuis cette dactylo rousse.

Jury s'en souvenait fort bien. La pauvre fille avait duré une semaine, qu'elle avait passée à essayer d'échapper à Racer. Fiona sortit ses munitions : miroir et trousse à maquillage. Les choses sérieuses allaient commencer. Elle ouvrit la trousse, en aligna le contenu devant elle comme le faisait Wiggins avec ses fioles et ses produits naturels. Mais avec Fiona, la Nature pouvait aller se faire voir; sa confiance allait à l'Artifice. Elle s'adossa à sa chaise et tira sur sa cigarette; elle n'allait pas ôter le masque de papier devant Jury.

— Je vais parler un peu avec Cyril, dit Jury. Ça fait longtemps qu'on ne s'est pas vus, tous les deux.

Comme Jury passait dans le bureau voisin, Fiona lui cria :

— Ne le laissez pas mettre la pagaille là-dedans !

Jury ne voyait du chat Cyril que ses oreilles et ses yeux émergeant au-dessus du bureau du commissaire principal Racer, bureau où on ne pouvait imaginer que quelqu'un y accomplît un travail quelconque. Pas de papiers ni de dossiers en désordre, une plume sans tache dans un porte-plume flambant neuf, un sous-main immaculé, sous lequel était glissée une brochure de voyage. Bien entendu, Racer expliquait cet agencement parfait de son espace de travail par le sens de l'organisation. Selon Racer, l'organisation était une chose que ne pouvait comprendre Jury. Un homme organisé devait avoir l'air de n'avoir rien à faire. Ce qui dans le cas de Racer était la pure vérité.

Cyril regarda Jury, cligna paresseusement les paupières et retourna à sa tâche matinale qui consistait à vider le tiroir du milieu de son contenu. Il ne lui avait pas fallu longtemps, à Cyril, pour apprendre à passer la patte dans la poignée de bronze et tirer. Cela fait, il avait de quoi s'occuper.

— Comment ça va, Cyril ?

Jury entendit le cliquetis des trombones et des pinces métalliques qu'à petits coups de patte Cyril délogeait. Entendant son nom, le chat leva de nouveau les yeux vers Jury, cligna des paupières en signe de camaraderie et replongea la tête dans le tiroir.

Chutèrent en ordre sur le tapis un rouleau de ruban adhésif, des crayons, des stylos à bille, une gomme, une petite agrafeuse, d'autres trombones. Puis il y eut un froissement de papiers, et plusieurs enveloppes s'en vinrent rejoindre le contenu éparpillé à terre.

Cyril avait apparemment terminé, car il releva la tête, bâilla comme après une corvée, sauta du tiroir, adressa à Jury un nouveau clignement et s'assit, attendant qu'on inspecte le travail accompli.

Jury, un sourire aux coins des lèvres, fit le tour du bureau, se pencha. Tout ce qu'avait contenu le tiroir en avait été extrait, à l'exception de la souricière que Racer avait appâtée avec une sardine à l'huile.

— Beau boulot, Cyril. Sent bon, cette sardine, hein ?

Au bruit de pas dans le bureau de Fiona, Cyril dressa les oreilles et s'en fut hâtivement se cacher derrière l'urne servant de porte-parapluies, d'où il pouvait voir sans être vu. Dans le bureau voisin, Racer s'était arrêté, le temps de dire à Fiona ce qu'il pensait du thé en sachet.

Il entra dans son bureau, jeta un coup d'œil à Jury et lui dit :

— Vous êtes dans un état !

Racer, chemise de soie, complet veston fait sur mesure, chaussures brillantes comme un miroir, ôta son pardessus et l'accrocha avec des précautions maniaques à la patère. Il faisait le tour de son bureau quand il marcha sur l'agrafeuse. A la vue du désastre, il enfonça le bouton de l'interphone.

— Miss Clingmore ! Venez immédiatement réparer ce carnage, et si jamais votre greffier me refait ce coup-là, ce n'est pas seulement sa peau que j'aurai, mais aussi la vôtre !

Il jeta un regard courroucé à Jury et, sortant la souricière avec sa sardine, la posa sur le buvard du sous-main.

— Cette saleté de bête a tout vidé sauf le piège. Et j'imagine que vous êtes resté là, les bras croisés, à jubiler de le voir faire. Je vous jure qu'un de ces jours je ferai venir un exorciste ici même, afin d'en finir une bonne fois pour toutes avec ce diable de chat. Où est-il, à propos, où est-il, que je l'écorche vif !

Un savant maquillage avait remplacé les tampons au collagène, et ce fut une Fiona transformée qui fit son entrée dans le bureau, tandis que Racer, très secoué, se servait un verre de cognac Remy, son remontant préféré.

— Ce chat est une calamité. Je ne comprendrai jamais pourquoi Noé a pu laissé monter un sale chat dans son arche.

— Je crois que je suis réintégré dans mes fonctions, dit Jury.

— Ce satané sir Peter Apted a appelé le préfet de police, dit Racer en continuant de chercher des yeux Cyril, immobile et invisible derrière le porte-parapluies. Alors, Miss Clingmore, vous n'avez pas encore fini de ramasser tout ça ?

Fiona se releva et, passant devant Jury, lui fit un clin d'œil.

— Pete, pas Peter, corrigea Jury.

— Alors, je suppose que vous avez envie de fourrer le nez dans cette affaire, maintenant que vous revoilà ?

Racer avait beau, comme à l'accoutumée, montrer les crocs, il ne semblait pas mécontent du retour de Jury. Ce dernier décelait même du soulagement chez son irascible supérieur.

— Ma foi, cette affaire *me* concerne, et si Kamir n'y voit pas d'inconvénient, oui, j'aimerais bien voir cette famille Holdsworth, déclara Jury en se levant.

Racer lui fit signe de se rasseoir.

— Vous devriez apprendre à être un peu plus patient, Jury. Le monde ne marche pas à votre cadence. Sans vous, toute cette histoire ne me serait pas retombée dessus.

— Désolé. Mais ne diriez-vous pas que c'est d'abord sur *moi* qu'elle est tombée ?

Bon Dieu ! Racer n'allait certainement pas dire une chose pareille.

— Vous ne voyez pas d'inconvénient à ce que j'emmène Wiggins avec moi ?

— Aucun, dit Racer avec un mauvais sourire. Le climat du Nord lui éclaircira les idées.

Le sergent Wiggins, malgré tout le plaisir qu'il éprouvait à revoir Jury, ne fut pas de cet avis. Ce serait pire que le Yorkshire. La pluie. Wiggins fit une sélection de pilules et de cachets, en avala plusieurs rien qu'en pensant aux tourbières, à la mousse, à l'humidité, tandis que Jury fourrait les rapports de Melrose Plant et ses propres notes dans une serviette, tout en parlant à Wiggins de Wordsworth, de ses merveilleuses promenades dans les merveilleuses montagnes, des jonquilles et des lacs bleus, allant jusqu'à réciter : *Je me promenais, solitaire comme un nuage.*

— Ai-je l'air d'un nuage, monsieur ? demanda Wiggins, en enfournant dans un sac une douzaine de fioles et de tubes.

34

C'était la vérité, Thomasina Thale habitait une belle demeure — une remarquable bâtisse en brique donnant sur l'un des plus beaux jardins d'Earls Court. Mais elle n'en était pas propriétaire. Elle ne possédait même pas le petit appartement qu'elle y occupait, au premier étage.

Ce n'était pas le seul détail du rapport de Plant qui divergeait de la vérité. « Tante Tom » n'était pas une vieille fille « victorienne ». Elle avait une trentaine d'années, et un joli visage vierge de maquillage, de très beaux cheveux châtains et (ainsi que Jury le remarqua quand elle les précéda dans le petit couloir) une jambe dans un appareil orthopédique.

Les gens l'appelaient « Tommy ». Comme elle invitait Jury et Wiggins à s'asseoir dans le living qui donnait sur le parc, elle rit du sobriquet que sa nièce avait choisi.

Ce ne fut pas là la seule chose qui déclencha son rire. Quand Jury, quelque peu confondu, lui fit part de la description qu'avait faite d'elle son ami Plant — le tableau d'une matrone au regard sévère et à la main leste —, Tommy Thale partit à rire de plus belle. C'était un beau rire franc, généreux, merveilleux à entendre chez cette femme qui devait affronter une vie d'injustice et de privations. Pourtant, alors que Jury embrassait la pièce du regard, les abat-jour de perles, les coussins brodés, les couleurs gaies des tissus recouvrant les chaises et le divan, les bibelots disposés avec goût, tout lui donna l'impression que Tommy Thale était de celles que l'adversité ne décourageait pas, de celles qui voyaient le verre à moitié plein plutôt qu'à moitié vide, de celles qui étaient heureuses simplement de ne pas mourir de soif.

Elle essuya ses larmes de la paume de ses mains.

— Ma foi, je suppose que Millie n'a pu faire autrement. Ils l'auraient sûrement expédiée à Londres, pour vivre avec moi. Elle a inventé cette histoire pour le vieil Adam. Millie est sa préférée, après Alex. Il ne *les* laisserait jamais lever la main sur elle.

— Vous les avez rencontrés ?

Elle rit de nouveau, la main appuyée sur sa canne.

— Comment aurais-je pu ? En tout cas, pas sans mes bottes aux pieds et mon fouet à la main. Ça fait un peu S.M., vous ne trouvez pas ?

— Je vous demande pardon, Miss ? dit Wiggins, perplexe.

— Sado-masochiste, sergent.

— Ah ! oui. Vous savez, à la Criminelle, on ne fréquente pas trop ce genre-là.

— J'espère bien que non.

Jury sourit à la voir s'efforcer de ne pas éclater de rire de nouveau. C'était la première fois depuis des jours, pensa-t-il, que le sourire lui venait spontanément. Le refus de cette femme de s'apitoyer sur son sort diminuait son propre sentiment de perte.

— Mais je les connais tous par les lettres de Millie, poursuivit-elle. Elle aime écrire, vous savez. Et puis Annie aussi m'en avait parlé. Quand elle était encore de ce monde.

A l'évocation de sa sœur, le visage de Tommy exprimait une grande tristesse, comme s'il y avait des destins bien pires que le sien.

— Mais pourquoi Millie n'a-t-elle pas voulu vivre avec vous ? demanda Jury. Pourquoi a-t-elle préféré rester dans une famille pour laquelle elle n'a pas la moindre affection et où elle accomplit par ailleurs la plupart des besognes, si j'en crois ce qu'on m'en rapporte ? Certes, il y a ce vieil homme, Adam, qu'elle aime beaucoup, et puis le fils de Jane Holdsworth. Alex, n'est-ce pas ?

— C'est Jane Holdsworth, la raison de votre visite ? J'ai lu l'histoire dans les journaux. Pardonnez-moi, mais n'étiez-vous pas liés ?

— Si, répondit Jury sèchement.

Wiggins releva brusquement la tête, puis se replongea dans ses notes.

Tommy Thale regarda pensivement Jury.

— Excusez-moi, c'est vous qui devriez poser les questions, pas moi. Et pour vous répondre au sujet de Millie, c'est à cause de sa mère qu'elle est restée là-haut. Annie, ma sœur. Vous savez ce qui lui est arrivé ?

Jury hocha la tête.

— Personne n'en pensait un mot, y compris la police, mais on a dit à Millie que c'était un accident. Pauvre petite, dit-elle en portant son regard vers une photo encadrée sur une petite table recouverte d'un napperon de dentelle. Elle erre comme un fantôme dans ce lieu de souffrance... Si elle est toujours là-bas, c'est parce qu'elle veut savoir ce qui est réellement arrivé à sa mère.

— Vous pensez à un suicide ?

Elle resta un long moment pensive, puis dit d'une voix douce :

— C'est difficile à croire.

— Votre sœur, avait-elle le même caractère que vous ?

— Oui.

— Dans ce cas, c'est effectivement difficile à croire.

Tommy lui sourit.

— C'est un compliment ?

— Tout à fait. Mais ça ne laisse d'autre hypothèse que le meurtre, Miss Thale.

— Tommy. Oui, je suppose que oui. Et *si* quelqu'un a fait ça, et *si* Millie le découvre, je puis vous garantir que le coupable a intérêt à se méfier. Millie a l'air tranquille, raisonnable. Elle n'est pas calme, elle est bandée comme un ressort. Toujours prête à affronter le pire.

Tommy retrouva son sourire.

— Et c'est un cordon-bleu, comme sa mère... Oh ! J'ai complètement oublié de vous offrir du thé. En voulez-vous une tasse ?

Elle entreprit de se lever du canapé.

— Ne vous dérangez pas. Mon sergent fait le thé comme personne. Et je sais qu'il en prendrait très volontiers une tasse. Pas vrai, Wiggins ?

Wiggins était déjà debout.

— La cuisine est à votre droite, dit Tommy. Et vous trouverez tout sur le comptoir : la boîte de thé, le sucrier, et la théière.

Elle avait à peine terminé sa phrase que le sergent s'affairait déjà dans la cuisine. Après ses potions et ses pilules, le thé était aussi nécessaire à Wiggins que l'eau aux poissons.

— Que sait Millie de son père ?

Tommy secoua la tête.

— Rien, si ce n'est qu'elle n'en a pas. Et je ne sais rien non plus à son sujet, pour tout vous avouer.

— N'avez-vous jamais pensé qu'il ait pu s'agir de quelqu'un de la famille, là-haut ?

— L'idée m'en est venue, mais j'en doute. A Londres, Annie est sortie avec un homme ou deux.

Elle se pencha en avant, les mains jointes sur la poignée de sa canne.

— Mais je peux vous dire que ce n'est pas Graham Holdsworth. Annie était folle de rage quand cette rumeur a commencé de circuler. Voyez-vous, je crois qu'elle était amoureuse de lui, mais lui ne l'était pas d'elle. Toutefois, il avait beaucoup d'amitié pour elle. Ils se parlaient souvent, se promenaient ensemble dans la propriété, et c'est ça qui a donné des idées aux gens.

— Vous en êtes sûre ? demanda Jury. Peut-être a-t-elle voulu le protéger.

— Si ça avait été le cas, elle n'aurait pas été jusqu'à me confier qu'il était homosexuel.

Jury se laissa aller contre le dossier de sa chaise. Pourquoi Jane ne lui avait-elle rien dit ? Que lui avait-elle encore caché ?

— Graham Holdsworth était homosexuel ?

— Oui. Annie n'arrivait pas à y croire. Elle disait qu'elle ne l'avait jamais deviné, n'y avait jamais même songé... qu'il n'était pas possible qu'elle ne l'ait pas senti. Car ça doit se sentir, ce genre de choses, non ?

— Quelquefois oui, quelquefois non. Mais continuez.

— Il lui a dit que c'était ça, la cause de son divorce. Il avait commencé de suivre une psychothérapie. Il a dit aussi à Annie que c'était la raison pour laquelle il n'avait pas épousé Madeline Galloway. Pour je ne sais quelle raison, il se sentait plus à l'aise avec Jane...

Elle haussa les épaules.

— C'est compliqué. Bien sûr, je ne fais que répéter ce que ma sœur m'a dit, mais, croyez-moi, Annie ne m'a jamais menti. Elle pensait qu'il avait honte de ses penchants et que c'est ça qui l'a poussé au suicide.

— L'homosexualité est depuis longtemps entrée dans les mœurs, si je puis dire.

— Pas pour des Graham Holdsworth. Et il avait déjà tenté de se suicider, vous savez, quand il avait vingt ans. Il y a des gens qui penchent davantage du côté de la mort que de la vie, pas vrai ? Il avait toujours eu un mal fou à s'accepter lui-même, pensait Annie. Elle disait qu'il était assez faible ; après tout, il n'avait jamais eu à se battre ni à travailler dans sa vie, et dans la famille il passait pour l'artiste, le « poète ».

Elle haussa de nouveau les épaules.

— Mais d'après Annie, c'était un homme doux, très gentil.

Elle eut un sourire plein de nostalgie tandis qu'elle tournait les yeux vers la fenêtre et les frondaisons du parc.

— Il l'a emmenée une fois en barque, sur le lac de Windermere. C'est ce que devrait faire Millie, d'après son docteur, aller sur un lac, pour qu'elle se débarrasse de cette obsession. Pas sur Wast Water, bien sûr, ajouta-t-elle avec un faible sourire.

— Le médecin que Graham voyait ? demanda Jury, repensant au rapport de Plant. Une femme, le Dr. Viner, n'est-ce pas ?

— Oui, je pense. Après le suicide de Graham, elle m'a écrit une longue lettre, la seule qu'elle m'ait jamais envoyée. J'ai eu le sentiment qu'elle se sentait très coupable de n'avoir pas su prévoir le geste de Graham, et elle semblait inquiète pour Millie.

— C'est curieux qu'elle vous ait écrit, alors que le portrait que Millie dressait de vous était celui d'une mégère.

— Oh ! je doute qu'elle ait cru ce que racontait Millie. De toute façon, je n'ai plus jamais eu de ses nouvelles.

Wiggins, de retour avec le thé, posait tasses et

soucoupes, jouant à la maman. Tommy en prit une gorgée.

— Délicieux, dit-elle.

Wiggins lui rendit son sourire en rougissant et reprit précipitamment son calepin. Jury remarqua que la tasse qu'il s'était choisie était plus grande que les deux autres.

— Est-ce que vous voyez Millie de temps à autre ? demanda-t-il.

— Je la voyais assez souvent... avant ça.

Elle tapota son appareil avec sa canne.

— Ça fait deux ans que je ne l'ai pas vue.

— C'est étonnant, cela, si elle est aussi fidèle dans ses affections que vous le dites.

— C'est qu'elle ne le sait pas, vous comprenez ? dit Tommy, s'efforçant de cacher son émoi. Je ne lui ai jamais dit ce qui m'était arrivé. Et à chaque fois qu'elle a voulu venir, j'ai trouvé un prétexte pour la convaincre de n'en rien faire. Elle croit que j'ai toujours mon ancien appartement, qui était bien plus grand, mon ancien travail, qui était mieux payé, mon ancien fiancé, qui était beau, et qui n'est plus qu'un souvenir.

Pour la première fois, son sourire était faux.

Jury resta silencieux pendant un moment, se retenant de poser une question dont la réponse, il le savait, allait être pénible.

— Que lui est-il arrivé ?

— Ça.

De nouveau, elle tapota l'appareil.

— Nous avons eu un accident. Que voulez-vous, il fallait bien qu'il fasse du cent quatre-vingts avec sa nouvelle Alfa Romeo, n'est-ce pas ? Il s'en est tiré sans une égratignure. Pas moi.

Elle haussa les épaules.

— Après ça, je ne l'ai plus revu. Il s'appelait Ronnie.

Il y eut un long silence, et Jury se maudit de l'avoir posée, cette question.

Wiggins regarda Tommy.

— Sincèrement, Miss, je pourrais le tuer, ce Ronnie.

Puis, honteux de s'être laissé ainsi emporter, il baissa les yeux.

— Si jamais Millie l'apprenait, je vous garantis qu'elle le ferait, sergent.

Et elle éclata d'un rire franc et sonore.

35

Wast Water était nettement moins long que le lac de Windermere, et pourtant, à suivre sa rive depuis un kilomètre et demi, tandis que de l'autre côté se dressaient de gigantesques éboulis de roches rouges, Melrose se demandait comment un lac pouvait être aussi long, ou comment des montagnes pouvaient paraître si proches et cependant être si lointaines. Great Gable devait se situer à trois bons kilomètres au-delà des aiguilles du Scafell, et pourtant il semblait coincé entre elles. Sa sortie aurait-elle été purement touristique, il aurait reconnu une indéniable grandeur au paysage, brut, désolé, sévère et même lugubre. Le lac n'était pas du bleu accueillant de Windermere, mais d'un gris sombre et glacé, que Francis Fellowes avait remarquablement saisi sur sa toile.

Melrose gara sa voiture sur une aire de stationnement, à côté d'une grosse américaine — une Cadillac ? non, une Buick — et sortit pour se dégourdir les jambes dans le vent froid et consulter le plan que lui avait dessiné Fellowes. Dieu, que ces montagnes semblaient inaccessibles ! Et pourtant elles étaient ouvertes aussi bien aux grimpeurs qu'aux marcheurs. Aux premiers, surtout.

Un couple se promenait la main dans la main sur le rivage, tandis qu'arrivait dans sa direction un homme âgé, qui s'appuyait sur un bâton de marche. Comme il s'approchait, Melrose le classa parmi les gens du cru. Il avait un visage si buriné qu'on l'eût cru masqué de cuir.

Il ne sourit pas (ils ne le faisaient que lorsque leurs verres étaient vides) mais il porta poliment la main à sa casquette.

— Ça va ?

— Ça va bien, merci. Je me balade.

— Sale temps, dit l'homme, levant les yeux vers le ciel nuageux. Va pleuvoir.

Il tourna la tête vers le lac.

— Z'allez pas marcher de l'autre côté, dans les éboulis, hein ? Ça a l'air facile, eh bien, ça l'est pas, je peux vous le dire.

— Non, je suis en voiture.

— C'est plus sûr.

— Je vais à Broad Stand par la route du Scafell.

L'homme repoussa sa casquette en arrière.

— Savez ce que ça veut dire, Scafell ? *Sca,* c'est « raide » et *fell,* c'est la « pente ». Pente raide.

Melrose n'était pas d'humeur à recevoir une leçon d'étymologie. Il mit sous le nez du bonhomme le croquis de Fellowes.

— Est-ce que ce plan vous paraît bon ?

Le vieil homme l'étudia et hocha la tête.

— Oui, je ne vois pas d'autre route que celle-là pour aller où vous voulez aller, dit-il.

— Merci, dit Melrose.

L'homme porta de nouveau la main à sa casquette. Puis il monta dans la Buick, en fit vrombir les huit cylindres, et démarra dans un crissement de pneus.

Cela faisait plus d'une heure qu'il s'était mis en marche depuis le hameau de Wasdale Head. Il consulta de nouveau sa carte de randonnée, celle sur laquelle étaient indiqués les postes et les trousses de secours... les trousses ? Était-ce à dire qu'il fallait se poser soi-même une attelle en cas de fracture d'une jambe ?

Melrose avait acheté une paire de chaussures de marche et un sac à dos (qui ne lui serviraient probablement plus jamais), dans lequel il avait glissé la petite toile de Fellowes, les sandwiches que lui avait préparés Millie, une boussole, des jumelles, et un appareil Polaroïd.

Il n'avait pas fait cinq cents mètres sur l'étroit sentier taillant à travers la montagne qu'il s'arrêta pour enlever ses chaussures et vérifier qu'il n'avait pas encore d'ampoules. Il s'assit pour cela près d'une croix qui marquait la chute fatale survenue à quatre randonneurs au début du siècle. Il pensa à cette autre histoire qu'on lui avait racontée au sujet de ce marcheur qui était tombé — où était-ce, déjà... à Red quelque chose — d'un à-pic et que son chien fidèle avait veillé pendant des jours. S'il chutait, se dit-il, il n'aurait point de chien mais de fidèles charognards pour le veiller.

Le sentier qu'il prit ensuite lui coûta une autre heure de marche, dont la moitié à quatre pattes, en raison de l'obstination que mettaient les pierres à lui glisser sous les pieds.

Ce qui l'ennuyait le plus dans cette randonnée absurde n'était pas que son objet — voir de ses yeux Broad Stand — se révélât pour finir parfaitement inutile, mais qu'elle impliquât une telle dépense *physique.* La seule consolation qu'il pouvait en espérer était qu'à son retour au Old Contemptibles, il pourrait se vanter d'avoir planté les couleurs de la Reine au sommet d'une des aiguilles du mont Scafell. Bon Dieu, quand il songeait que Wordsworth allait pique-niquer là-haut, et que Coleridge, grimpeur intrépide, s'y précipitait pour y écrire une lettre !

La pluie tombait maintenant à verse, et il regrettait amèrement de ne pas s'être muni d'un ciré. Il était trempé jusqu'aux os. Il pataugea dans un goulet nommé le Toboggan du Seigneur et ne ressentit aucun soulagement à la vue de deux promeneurs qui redescendaient d'un pas alerte, bien protégés sous des capes en plastique. Ils le saluèrent gaiement en clamant un « Sublime ! ». Ah ! qu'il aurait aimé en cet instant être un amoureux de la nature plutôt qu'un homme qui trouve son bonheur dans un bon fauteuil, un bon feu de bois, un bon porto, et un bon chien ronflant à ses pieds.

Finalement il parvint à l'extrémité de la faille menant à Mickledore. Elle était là, devant lui, la pente d'où avait dégringolé Virginia Holdsworth.

Vu de près, Broad Stand ne lui paraissait pas une voie très difficile pour qui voulait aborder les aiguilles du Scafell, qui se dressaient au-dessus, mais il n'avait certes pas l'intention de le vérifier. Il se tourna en direction de l'est et fit quelques pas jusqu'à ce qu'il trouve la faille appelée « Fat Man's Agony[1] ». Elle était profonde et laissait facilement passer quelqu'un de sa taille. Agatha risquerait fort en s'y aventurant de connaître le même sort funeste que ce « Gros ».

Il ressortit de l'anfractuosité et imagina Francis Fellowes assis là sur son pliant devant sa toile. Il sortit le petit tableau du sac. Heureusement la pluie avait cessé aussi brusquement qu'elle était tombée, et il pouvait discerner clairement le jeu d'ombre et de lumière sur la toile et les comparer avec celles du moment présent. Quand Fellowes s'était trouvé là, la luminosité avait été plus forte, les contrastes entre le clair et l'obscur plus tranchés. Melrose prit son Polaroïd et fit trois photos de trois points différents.

Une chose était certaine : on ne pouvait descendre que par Broad Stand, dangereux pour qui n'était pas un grimpeur confirmé, ou par le sentier qu'il avait emprunté.

Il se faisait tard, à présent. Melrose rangea toile et appareil dans le sac et entreprit de rebrousser chemin.

1. Agonie du Gros, littéralement.

36

I

— Bootle ? demanda la fille de l'office du tourisme de Grasmere. C'est de l'autre côté de Coniston Water, ça.

— Non, Boone. Ce n'est qu'un hameau, dit Jury. Près de Wasdale Head ou de Wast Water.

La fille, dont les cheveux avaient la couleur des jonquilles et dont les yeux étaient bleu-vert comme les eaux d'Ullswater, fronça les sourcils au-dessus de la carte.

— Oui, c'est ici. Mais ça vous fait un long chemin pour arriver là-bas. Avec le ferry vous pourriez traverser le lac de Windermere et débarquer à Hawkshead.

Elle leva vers Jury un sourire éclatant.

— Où peut-on prendre le ferry ?

— Il n'est pas en service.

— Dans ce cas, dit Jury, s'exhortant à la patience, nous ne risquons pas de le prendre.

Le sourire perdit de son éclat.

— Il n'est en service qu'à partir d'avril, et on est encore en mars.

Comme elle semblait, à en juger par son air penaud, se sentir coupable de ce contretemps, il lui demanda aimablement :

— Comment nous rendre à Boone, alors ?

— Hein ?

La jolie fille fixait Jury d'un regard rêveur en enroulant autour de son index une mèche de cheveux jonquille.

— Boone. Wast Water. Et nous sommes un peu pressés.

On ne l'aurait jamais pensé, à voir le sergent Wiggins tourner lentement le tourniquet des cartes postales, en choisir une, l'examiner, la remettre en place, en sélectionner une autre.

— Oh ! oui.

Elle se pencha de nouveau sur la carte étalée sur le casier en verre abritant un fatras de souvenirs de la Région des lacs.

— En passant par Ravenglass. Direction Windermere puis redescendre...

— Mais cette route va au nord, et c'est vers le sud-ouest que nous allons.

— Peut-être, mais c'est la seule route décente qui puisse vous amener à bon port. Wast Water est tellement isolé ! C'est le seul lac qui ne dispose pas d'une bonne route d'accès.

Elle souhaitait clairement qu'ils se rendissent à un autre lac.

— Alors indiquez-moi une *mauvaise* route. Il doit bien y en avoir une qui coupe à travers la campagne.

Elle suçotait maintenant sa mèche de cheveux en le regardant d'un air affligé.

Jury désigna une autre route qui semblait directe depuis Ambleside, à quelques kilomètres au nord de Grasmere.

— Et celle-ci ? Elle porte un nom, Wrynose Pass.

— Oh ! vous n'allez tout de même pas prendre ce chemin !

— Pourquoi ?

— Parce qu'il est plein de bosses et de trous et de tournants...

Elle regarda par la fenêtre et vérifia l'heure à sa montre.

— Et puis il fera bientôt nuit.

Jury sourit, plia la carte, et posa une pièce d'une livre sur la vitre du comptoir.

— Nous n'avons pas peur du noir.

Il arracha Wiggins à ses cartes postales et, se retournant vers la jeune fille, lui fit un salut de la main. Elle avait l'air soucieuse ; on aurait dit qu'elle se demandait si elle ne les envoyait pas à une mort certaine.

Le temps qu'ils arrivent à Wrynose Pass, Wiggins était blanc comme un linge.

— Des trous, des bosses, des *tournants,* c'est ça que vous avez dit ?

— Joli paysage, non ? dit Jury, se fichant pas mal des lacs et des montagnes.

Il suivit de son index le tracé de la route sur la carte.

— Joli ? Nous sommes entourés de montagnes et de ravins !

Il venait de garer la voiture sur l'une des aires de stationnement qui de loin en loin bordaient la route.

— Vous en faites pas, Wiggins. Vous avez toujours été un excellent conducteur. Et puis il ne nous reste plus que quelques kilomètres à faire.

C'était vrai, mais *quels* kilomètres !

— Il y a une auberge indiquée sur la carte. Nous avons le temps de nous y arrêter pour y boire une bière ou un thé.

Jury montra à Wiggins l'emplacement de ladite auberge sur la carte, le Woolpack, tout au bout de cette route sinistre.

Mais il préféra cacher de son pouce le signalement d'une série d'épingles à cheveux au niveau de Hard Knott Pass, là où la chaussée s'étrécissait entre les parois abruptes d'une gorge sinueuse.

Le pire était à venir.

— Plus jamais, dit Wiggins, essuyant du revers de la main la sueur qui perlait à son front.

Jury ferma les yeux. Si jamais il l'entendait encore une fois...

— Plus jamais, vous ne me ferez plus jamais prendre cette route.

Le café qu'il avait pris au Woolpack n'avait fait aucun bien au sergent. La seule chose qu'il désirât maintenant, c'était prendre un bon bain chaud à Boone, dîner et se coucher dans des draps frais.

— Pour l'amour du Ciel, Wiggins, nous ne

sommes tout de même pas les seuls à emprunter cette route ! dit Jury, même si les voitures qu'ils croisaient roulaient à dix à l'heure, comme Wiggins. Certains des chauffeurs nous ont même salués au passage.

— Des touristes, monsieur. Les touristes se moquent pas mal de mourir, tant qu'ils sont en vacances.

A la vue du Old Contemptibles, Wiggins reprit des couleurs.

Après avoir garé la Ford sur le petit parking, ils entrèrent par une porte opposée à celle du bar, sur laquelle on avait peint en lettres blanches : ENTRÉE.

Le couloir était sombre, silencieux et vide, à l'exception d'un vieux fauteuil au cuir usé, de quelques dessins d'oiseaux aux murs et d'un petit bureau sur lequel était ouvert un registre. Juste au-dessus, sur le mur, une flèche indiquait une sonnette. Jury appuya sur le bouton.

Précédée du froufrou de son ample robe, une femme arriva, portant sur un plateau une théière et une assiette de gâteaux secs. Elle accueillit Jury d'un sourire, tandis que Wiggins lorgnait l'assiette. Ils n'avaient pas déjeuné et, hormis le café pris au Woolpack, ils ne s'étaient rien mis sous la dent depuis leur départ de Penrith.

Mrs. Fish — se présenta-t-elle —, la gérante, n'y était pas allée de main morte avec le maquillage, les colliers, les bracelets et les bagues. Oh ! elle se ferait un plaisir de les loger, leur dit-elle, paraissant hésiter entre les trois clés accrochées à un petit tableau au-dessus du bureau.

— Avec salle de bains privée, je suppose ? demanda-t-elle.

— Certainement, s'empressa de répondre Wiggins.

— Fort bien, mais cela vous fera deux livres de supplément par personne. Avez-vous signé le registre ? Parfait, alors je vous montre le chemin, messieurs.

Ils grimpèrent un escalier aussi tortueux que la route qui les avait menés là, et prirent un étroit couloir, dans lequel donnaient trois chambres, et au fond duquel se trouvait une quatrième porte.

— Voilà, dit-elle, ouvrant deux des portes en prenant soin de laisser la clé dans chaque serrure. La salle de bains est au fond.

— Mais ce n'est pas une salle de bains privée, ça ! s'écria Wiggins, que la faim et la soif rendaient hargneux.

— Ma foi, qui d'autre que vous y a-t-il à l'étage ? répliqua Mrs. Fish, manifestement contente de sa réplique.

Elle ajouta avant de s'en aller d'une démarche chaloupée qu'un bon thé chaud les attendrait au bar.

II

Une paire d'yeux s'encadra dans l'étroit guichet de la porte d'entrée de Tarn House. La fillette devait avoir dix, onze ans. Jury n'eut pas le temps de soulever le marteau, la porte s'ouvrait déjà.

Elle n'avait pas seulement de beaux et grands yeux mais aussi de magnifiques cheveux auburn qui cascadaient sur ses épaules et masquaient presque ses sourcils.

Jury lui dit qui ils étaient et il ajouta :

— Je parie que tu es Millie.

Son tressaillement fut moins perceptible que son apparente détermination à garder son sang-froid. Les bras croisés, elle hocha la tête et, baissant les yeux vers le chat noir comme la nuit qui se tenait à ses pieds, elle lui ordonna sèchement de filer. Mais l'animal, immunisé comme elle contre les surprises que vous réservait la vie, ne broncha pas et continua de fixer ses yeux verts fendus de noir sur les deux visiteurs.

Jury demanda si Mr. Plant était là.

— Il est sorti se promener après le déjeuner et il n'est pas encore rentré, répondit-elle, comme si c'était le cadet de ses soucis.

— Pourrais-tu, s'il te plaît, me présenter à Mrs. ou à Mr. Holdsworth, et conduire le sergent Wiggins auprès de Miss Galloway ?

Comme Jury avait déjà rencontré Madeline à Londres, ils étaient convenus que Wiggins s'entretiendrait avec elle et avec George Holdsworth, et Jury avec Geneviève et Crabbe.

Ils étaient donc de la police. Et de *Scotland Yard,* cette fois. Millie contint à la perfection son émoi, tandis qu'elle priait Wiggins de « rester ici » et faisait signe à Jury de la suivre.

Le chat noir demeura avec Wiggins, qui feignit de ne pas le voir.

— Virginia ?

Crabbe Holdsworth paraissait étonné que le nom même de Virginia fût prononcé.

— Délibérément *poussée,* dites-vous ? Comment pouvez-vous penser une chose pareille ?

Il se leva brusquement de sa chaise comme un pantin mû par des ficelles.

— Je pensais que vous étiez venu pour cette pauvre Jane !

— Mais c'est pour elle que je suis venu, dit Jury. Or, il se trouve qu'il y a peut-être un lien entre la mort de votre première épouse et la sienne.

L'homme était manifestement secoué par ce qu'il entendait.

— Pardonnez-moi ma brutalité, Mr. Holdsworth, mais il y a eu dans votre famille un trop grand nombre de malheurs.

Au lieu de se rasseoir, Crabbe fit quelques pas vers le mur sur lequel étaient accrochés des dessins d'Ibbetson et une aquarelle de Gilpin.

— Je n'ai pas besoin que vous me le rappeliez, dit-il.

Pendant un moment, il resta à contempler les tableaux, puis il se déplaça vers les rayons de livres.

— C'est la raison pour laquelle vous me trouvez ici.

— Je vous demande pardon ?

Crabbe se retourna vers lui.

— Parmi mes livres et mes peintures. Cette

bibliothèque est mon sanctuaire, comme l'était pour lui celle de Robert Southey. Vous savez, les poètes lakistes aussi ont eu leurs malheurs. Wordsworth semble y avoir échappé. Peut-être était-ce dans son caractère, ajouta-t-il, songeur.

Crabbe Holdsworth restait debout, raide et guindé, et Jury s'attendit à entendre un discours sur la vanité d'ici-bas et les illusions qui mènent les hommes. Or, étrangement, l'homme s'était arrêté de parler. L'air rêveur, il contemplait le parc par la fenêtre.

Il ne lui serait d'aucune aide.

Le dîner en l'honneur d'Alex avait eu lieu la veille, et Jury, pour avoir pris connaissance le matin même du rapport que lui en avait fait Melrose Plant, se souvenait mieux de la liste des invités que Crabbe, qui avait passé des heures avec ces derniers. Il ne pouvait se rappeler ce dont ils avaient parlé (hormis ses propres commentaires) ; n'avait qu'un vague souvenir de cette femme que son père, Adam, avait invitée ; n'avait retenu du repas lui-même que ces huîtres dont il était friand, ainsi que le lièvre que son frère avait rapporté de la chasse.

Jury releva avec intérêt, en observant Crabbe Holdsworth qui promenait un regard sans vie sur ses tableaux et ses livres, que cet homme n'avait pas su capter le moindre détail, la moindre scène de ce dîner. Et il fut presque choqué que ce rêveur qui passait le plus clair de son temps dans la compagnie de Wordsworth, Coleridge et De Quincey pût manquer à ce point d'imagination.

Elle se souvenait.

— Maurice Kingsley était complètement ivre. Enfin, il avait certainement besoin d'oublier toutes ces histoires avec la police. Il se trouvait à Londres la nuit où Jane est morte.

Elle semblait tout à fait à l'aise, moulée dans une robe de laine rose, assise sur un divan Récamier, qui lui permettait toutes sortes de poses nonchalantes.

— Oui, il était *là,* poursuivit-elle, se penchant en avant pour prendre la cigarette que lui offrait Jury.

— Vous aussi, Mrs. Holdsworth, vous étiez là, dit-il en lui donnant du feu.

Elle s'adossa au divan en soufflant la fumée.

— Mais *pas* sur un banc juste en face de chez elle !

Jury ne dit rien, la laissant siroter son whisky-soda, attendant qu'elle continue.

— Je ne comprends pas que la mort de Jane fasse l'objet d'une telle enquête. Bien entendu, c'est affreux, mais elle s'est bel et bien suicidée.

— Probablement, dit Jury, pensant à ce qu'avait dit Pete Apted. Probablement.

Elle eut un haussement d'épaules.

— Alors, quelle importance qu'il y ait eu quelqu'un ou pas à Londres le jour de sa mort ?

— L'important, Mrs. Holdsworth, c'est que ces six dernières années, il y a eu dans votre famille deux accidents, ou du moins supposés tels, et deux suicides, eux aussi supposés tels. Est-ce que cela ne vous paraît pas... curieux ?

— Pourquoi « supposés tels » ? Que voulez-vous dire ?

— Un an après que Virginia Holdsworth eut fait une chute mortelle, son fils se pendait dans la maison des gardiens. Quelques semaines plus tard, votre cuisinière, Annie Thale, faisait *elle aussi* une chute mortelle depuis la petite falaise surplombant les eaux de Wast Water, en bordure de votre propriété. Aujourd'hui, environ cinq ans plus tard, Jane Holdsworth se donne la mort. Admettons que ces suicides soient des suicides et considérons ces accidents. Commençons par Virginia Holdsworth....

— Discutez-en avec Francis Fellowes, l'interrompit-elle. Il se trouvait sur les lieux.

— C'est à vous que je m'adresse.

Avec un air de suprême confiance, elle lissa ses cheveux bruns.

— Mr. Jury, la police du comté a mené une enquête, ce qui, après tout, est normal, quand il s'agit d'une mort violente. Francis ne pouvait décemment être suspecté de l'avoir poussée. Aussi, la conclusion s'est imposée d'elle-même : c'était bel et bien un accident. Une évidence, Mr. Jury. Une évidence.

De nouveau, Jury pensa à Pete Apted.

— Enfin, songez-y ! reprit Geneviève après une brève pause. C'était en février, sur un sol verglacé, et une pente vertigineuse. Ginny est *tombée.*

— Je me rendrai peut-être à l'évidence, mais seulement après avoir exploré toutes les possibilités. Vous l'avez appelée « Ginny ». Vous la connaissiez bien ?

— Non, pas vraiment, répondit-elle en manifestant son indifférence d'un haussement d'épaules. J'ai fait sa connaissance en même temps que celle de Crabbe il y a six ou sept ans, alors que j'accompagnais des amis venus passer quelques jours ici.

Elle eut un soupir.

— Fatale visite. Je préfère de loin vivre à Londres.

Jury eut un sourire.

— A faire des ravages chez Harrods, je suppose ?

— Absolument, dit Geneviève en riant.

— Une visite en effet fatale pour Virginia, dit-il, surpris que sa pique ne soulevât pas la moindre réaction chez la seconde femme de Crabbe Holdsworth.

— Il se trouvait que j'étais là, Mr. Jury. Disons que j'ai attrapé Crabbe au rebond.

— Au rebond ? répéta Jury sans pouvoir s'empêcher de sourire. Vous n'êtes pas femme à vous satisfaire d'un rebond.

— Merci du compliment.

— Qui aurait eu intérêt à éliminer Virginia Holdsworth ?

Elle soupira de nouveau.

— Et voilà pour le compliment ! Vous pensez à moi, n'est-ce pas ? Pour mettre la main sur l'argent des Holdsworth ?

Elle le regarda avec ennui.

— Si c'était le cas, Mr. Jury, j'aurais plutôt tenté ma chance auprès d'Adam.

D'une certaine façon, il trouvait sa candeur glacée désarmante. Mais la candeur pouvait s'accorder des intentions les plus criminelles.

— Venons-en à Graham et à Annie Thale, dit-il.

— Pourquoi les associez-vous, commissaire ?

— Parce que leurs morts sont très proches.

La réponse la laissa un instant songeuse.

— Je sais, dit-elle enfin, que Graham et Jane allaient divorcer, mais je ne peux imaginer qu'Annie ait pu en être la raison. A moins que vous ne pensiez qu'il y a toujours une femme qui attend dans les coulisses ?

Elle vida son verre d'un geste qui ne manquait pas de panache.

— Pourquoi ce divorce, selon vous ? Ils avaient des problèmes ?

— Jane était d'humeur changeante, et Graham n'était qu'un enfant gâté. Ni l'un ni l'autre n'avaient jamais eu à travailler. Oh ! ne regardez pas mes mains blanches de cette façon ! Elles ont été celles d'une sténodactylo, dans leur jeunesse.

— Et Annie Thale ?

— Que voulez-vous savoir à son sujet ? C'était une cuisinière hors pair. Croyez-vous que cela soit héréditaire ? Millie, sa fille, cuisine comme personne. Je me demande souvent si Mrs. Callow allume seulement la cuisinière.

Cette question paraissait intéresser Geneviève davantage que la mort de la mère de Millie. Elle avait meilleure mémoire que son mari et certainement pas les mêmes préoccupations. Jury, qui doutait qu'elle lui soit d'un grand secours, lui demanda toutefois :

— Êtes-vous sûre que sa chute ait été accidentelle ?

Elle se leva en soupirant et se dirigea vers la table à liqueurs.

— Je ne suis *sûre* de rien. Mais pourquoi ne serait-ce pas un accident ?

Elle jeta un regard à la pendule sur le rebord de la cheminée.

— Voulez-vous rester pour prendre un verre avec nous ? Ou dîner, peut-être ?

Jury trouva que l'invitation était assez ingénue, en ces circonstances. Et quant à prendre un verre, elle avait déjà pris une sérieuse avance.

— Merci, mais je voudrais m'entretenir avec les autres. Francis Fellowes, pour commencer.

— Francis ? Il habite la maison des gardiens. Vous êtes passé devant. Mais comme il fait encore jour, il est certainement dehors, à peindre Wast Water. Il y est tous les jours, c'est une obsession chez lui.

Geneviève indiqua à Jury comment se rendre au bord du lac et elle parut presque triste de le voir partir. Tout était bon, même la police, pour changer un peu le quotidien.

— Madeline Galloway n'est pas une personne très aimable, dit Wiggins, remplissant d'eau minérale un gobelet de plastique pour avaler une gélule bicolore. Elle serait plutôt froide, poursuivit-il, en rangeant gobelet et flacon dans ses poches. Je peux vous dire qu'elle n'aimait pas beaucoup sa sœur, pas plus qu'elle n'aimait Virginia Holdsworth, enfin elle n'aime pas non plus Geneviève Holdsworth. Elle n'aime pas grand monde, en vérité. Quant au dénommé George, il ne m'a pas été très utile. Il était avec ses chiens, alors, pour me faire entendre ! Il m'a dit qu'il aimait bien Virginia, et aussi Jane. « Une tragédie. Pas surprenante », selon ses propres paroles. Je lui ai demandé pourquoi il pensait cela, et il m'a répondu qu'elle y avait été incitée. Oui, « incitée ». Il parle bizarrement, à coups de petites phrases brèves. Un style télégraphique, je dirais.

Comme ils montaient dans la voiture, Jury demanda :

— Et le personnel de maison ?

— Une drôle de paire, que ce Hawkes et cette Callow. Hawkes était en train de faire l'argenterie, mais il semblait tout prêt à lâcher son chiffon pour une bonne petite causette, Aaatchoum !

Wiggins dépliait méthodiquement son mouchoir, quand Jury lui dit :

— Une petite brise lacustre vous fera le plus grand bien, sergent. Allons-y !

Wiggins le regarda, sans commentaire.

III

Les eaux de Wast Water étaient grises, lugubre miroir dont les bords se ridaient sous la brise.

Tout au bout du lac, la roche abrupte du Scafell prenait des teintes d'acier, tandis que le chaos de Screes rougeoyait sous les dernières lueurs du jour.

En déclinant, la lumière changeait rapidement. Le temps que Jury et Wiggins franchissent la vingtaine de mètres qui séparaient la voiture de la rive, la couleur du lac vira du gris fer au vert ardoise en passant par l'ambre, tandis que dans le ciel défilaient les nuages.

Dans l'attente des brusques changements de luminosité et de teintes, le peintre avait installé non pas un chevalet mais trois et, comme Jury et Wiggins se rapprochaient, il allait d'une toile à l'autre, s'efforçant de capter les changements de la lumière.

— Mr. Fellowes ?

Le peintre, s'arrachant à sa toile, leur jeta un regard courroucé. Puis, levant les yeux vers le ciel, il s'écria :

— Et voilà, c'est encore raté !

Son cri aurait pu aussi bien s'adresser aux nuages changeants, au ciel inconstant, au lac lui-même. Il reposa avec fureur son pinceau et, se tournant de nouveau vers les importuns, il leur cria :

— Merci beaucoup !

— Désolé de vous déranger dans votre travail. Vous êtes Francis Fellowes ?

— Oui, il paraît, répondit l'homme en s'essuyant les mains dans un chiffon maculé de taches de peinture et en considérant d'un air indifférent les cartes de police que Jury et Wiggins lui présentaient.

— Nous sommes ici au sujet de votre cousine, Mr. Fellowes. Jane Holdsworth, dit Jury, tandis que Wiggins s'en allait examiner les trois toiles.

— Encore ? Un inspecteur de Londres est déjà venu pour ça.

— Oui, l'inspecteur Kamir. C'est lui qui est chargé de l'enquête. Il se trouve que j'étais un ami de Jane.

— Oh ! fit Fellowes, tout en suivant du regard Wiggins qui tournait autour des toiles. Sergent, faites attention à ne pas renverser un chevalet.

Wiggins, qui avait examiné les trois toiles, lui répondit :

— J'aime bien celle du milieu, monsieur.

Fellowes, qui ne s'animait qu'à l'évocation de son travail, lui cria :

— La question n'est pas de savoir ce que vous ou moi *aimons,* mais ce que nous *voyons.*

Il embrassa alors du regard le lac et les montagnes, et son visage prit une expression de colère, comme si ce paysage l'avait une fois de plus trahi.

Wiggins, qui ne se décourageait jamais, fit remarquer :

— Je suppose que vous avez raison, monsieur. Mais même avec trois toiles différentes, demain ou un autre jour, les variations de lumière ne seront jamais les mêmes. Avez-vous pensé à cela ?

— Non, sergent. Je suis vraiment trop occupé à peindre la lumière pour y faire attention ; je suis un médiocre peintre amateur, comme il y a des policiers amateurs.

Cela était dit sans méchanceté aucune, mais Fellowes aurait-il changé ses mots en balles, celles-ci auraient ricoché sur Wiggins, qui avait le cuir plus épais qu'un buffle.

— Vous connaissiez bien Jane Holdsworth ? demanda Jury.

— Assez bien, répondit Fellowes en rangeant ses tubes de peinture. Assez, en tout cas, pour penser qu'elle ne s'est pas suicidée.

Jury s'étonna de sa réponse.

— Pourquoi ?

Fellowes haussa les épaules.

— Quelle raison avait-elle de se donner la mort ? Et puis ce n'était pas son genre ; elle aimait trop son fils, Alex.

Son regard alla de Jury à ses chevalets.

— Écoutez, faut-il que nous en passions par « Où étiez-vous la nuit du crime » et tout le toutim ? J'aimerais mettre mes toiles à l'abri, avant qu'il pleuve, si vous n'y voyez pas d'inconvénient.

— L'inspecteur Kamir a déjà procédé à votre interrogatoire, et il n'est pas dans mon intention d'y revenir. Je voudrais seulement avoir vos impressions, Mr. Fellowes. Et si vous le voulez bien, nous pourrions nous revoir plus tard.

— Alors vous me trouverez au Old Contemptibles. C'est là que je vais quand je ne suis pas ici ou chez moi.

Tandis que Fellowes terminait de charger ses toiles dans une vieille camionnette, Jury vit Wiggins suivre des yeux la toile du milieu que Fellowes s'apprêtait à ranger et il empêcha tout autre commentaire du sergent sur ladite toile en lui marchant sur le pied.

— Vous avez l'air crevé, Wiggins. Retournez au pub et détendez-vous. Dînez sans moi. Vous me laisserez à Castle Howe.

Le visage de Wiggins s'éclaira, mais il fit observer avec respect :

— Vous aurez besoin de la voiture pour regagner le pub, monsieur.

— Ne vous inquiétez pas pour ça. Je voudrais voir cette psychiatre, Helen Viner.

— Et Kingsley ?

— Je préfère attendre d'avoir lu ces lettres que détient Mr. Plant. Vous savez, je n'arrive pas à m'imaginer Melrose Plant dehors toute la journée. Bon Dieu, lui qui ne va jamais plus loin que de sa porte à son banc préféré dans le jardin.

— Ou jusqu'au pub, monsieur, dit Wiggins, tout sourires.

37

Derrière un bureau d'acajou, sur lequel trônait un registre comme on en trouve dans les hôtels, une femme replète tricotait une écharpe qui semblait interminable. Derrière elle s'élevait un grand casier à lettres. Elle jeta un regard soupçonneux à Jury par-dessus ses lunettes.

C'était l'heure du dîner, dit-elle, comme si cette heure avait été sacro-sainte, et il était hors de question de déranger Mrs. Colin-Jackson, qui faisait sa comptabilité. Ce n'était pas cette dame que Jury voulait rencontrer, lui rappela-t-il ; c'était le Dr. Helen Viner.

Mais tout visiteur de Castle Howe devait d'abord voir Mrs. Colin-Jackson, c'était la règle, et Mrs. Colin-Jackson était pour le moment occupée à...

— Allez me la chercher, dit Jury, fourrant sa carte de police sous le nez de la tricoteuse.

Il n'en fallut pas plus pour que la femme décollât séance tenante son large séant de son fauteuil.

Les pensionnaires de Castle Howe ne devaient pas être en mal d'argent, songea Jury, évaluant du regard les antiquités meublant un vaste salon, les riches tentures pendant aux fenêtres et les tapis d'Orient recouvrant le sol.

Un brouhaha de voix et de cliquetis de couverts provenait de la salle à manger attenante. Il s'approcha de la double porte grande ouverte. Laque bleu ciel aux murs et moulures blanches, argent et cristal, nappes immaculées couvrant de petites tables rondes ; deux femmes au visage hâlé par le soleil et le grand air s'affrontaient à coups de serviettes claquantes, dont les extrémités avaient été trempées dans du vin. Les dîneurs, qui en étaient à l'entremets (probablement succulent, à en juger par leur voracité), devaient partager leur attention entre les duellistes à la serviette et un vieux monsieur qui menaçait de lancer une meringue à la tête d'une dame que le courroux avait fait se lever, la fourchette à la main, prête à frapper.

Applaudissements à la ronde.

Jury se tenait là, les mains dans les poches, attendant la suite des événements, quand une voix plus éraillée que grave demanda dans son dos :

— Vous désirez ?

Il se retourna. La voix était assez bien assortie à la corpulence de cette quinquagénaire trop fardée, au parfum hésitant entre *Air du Temps* et gin. Ce dernier semblait toutefois l'emporter, car elle avait manifestement le plus grand mal à concentrer son regard sur Jury et son sourire figé laissait penser qu'elle avait perdu le contrôle de ses muscles faciaux. Jury aurait aimé voir à quoi ressemblaient ses « livres de comptes » !

— Le Dr. Viner ?

Mrs. Colin-Jackson ajusta son décolleté, écarta une mèche teinte de son front et parut légèrement déconcertée de ne pas être l'objet de la visite de Jury.

— Je suppose qu'elle est à son cabinet. C'est le petit cottage situé au fond des jardins. Sortez par la porte-fenêtre, qui est au fond du couloir, à droite.

Jury la vit par la fenêtre. Elle était à son bureau, la tête penchée, une lampe à abat-jour vert éclairant le bas de son visage. Vue ainsi, le Dr. Viner semblait être une femme très séduisante.

Elle l'était encore plus de près, quand elle vint lui ouvrir. Elle avait un visage mobile, expressif ; sa voix était chaleureuse. Dans son métier, Jury n'était pas habitué aux accueils chaleureux. Il lui dit qu'il arrivait de Tarn House.

Le Dr. Viner avait depuis longtemps appris à dissimuler ses émotions ; aussi était-il difficile de la prendre par surprise. Elle lui fit signe d'entrer.

— Ce n'est pas à proprement parler un cottage, dit-elle, mais au moins y suis-je tranquille, loin de la foule déchaînée.

Elle accompagna d'un sourire moqueur son mouvement de tête en direction du manoir.

— Nous avons quelques numéros parmi nos pensionnaires.

Jury sourit.

— Oui, j'ai pu assister, outre un duel à coups de serviettes, à une rixe, meringue contre fourchette.

— Ah, les Bannister ont encore frappé ! Mari et femme. N'est-ce pas une douce chose que de vieillir ensemble ?

— Très douce, quand on en a les moyens, dit Jury en prenant place en face d'elle, de l'autre côté du halo de lumière verte. Sont-ils tous en traitement ?

— Mon Dieu, non, heureusement ! Nous ne sommes là, le Dr. Kingsley et moi, que pour ceux qui dérapent plus qu'il n'est permis. Il y a aussi deux médecins généralistes qui résident l'un à Boone, l'autre à Wasdale Head, plus deux infirmières diplômées.

— J'ai appris qu'Adam Holdsworth comptait parmi vos pensionnaires.

— Oh ! Adam.

Elle s'enfonça plus confortablement dans son fauteuil. Son visage était dans l'ombre.

— C'est l'un de mes préférés, mais certainement pas l'un de mes patients.

— Mais vous suiviez son petit-fils.

Jury eut l'impression, dans le bref silence qui suivit, que toutes choses s'étaient figées dans la pièce.

— Je sais à qui vous faites allusion, commissaire.

— Parlez-moi de lui.

— Comme ami ?

— Comme patient.

— Non.

Le mot n'était pas chargé de colère mais d'une certaine tristesse.

— Docteur Viner, vous ne pouvez invoquer le secret professionnel, pas vis-à-vis d'un patient qui est décédé il y a plus de cinq ans.

— Lui, peut-être, mais d'autres vivent encore.

— Ce qui veut dire que vous savez quelque chose qui pourrait leur causer de la peine, s'ils venaient à l'apprendre.

Elle soupira... longuement, comme si elle avait retenu son souffle.

— Bon sang ! Je devrais apprendre à me taire.

— Vous faites ça très bien.

Elle se pencha en avant, croisa les bras sur son bureau, et ses lèvres esquissèrent un sourire.

— Je devrais faire mieux. Mais je ne vois pas le rapport avec Jane Holdsworth.

— Vous supposez donc que c'est là le but de ma visite ?

Sa chaise pivotante grinça tandis qu'elle se renversait en arrière.

— C'est en tout cas pour cette raison que nous avons déjà eu la visite de la police. Toutefois, j'avoue que je suis étonnée de voir débarquer un commissaire de Scotland Yard, et cela d'autant plus qu'un inspecteur de Londres est déjà venu, dit-elle en faisant rouler sous sa main un crayon. Vous semblez tous penser qu'il ne s'agit pas d'un suicide, mais d'un meurtre.

— Et vous, que pensez-vous ?

Elle ne répondit pas tout de suite. Elle rangea le crayon parmi d'autres dans un pot de grès, lissa du plat de la main le buvard de son sous-main, rectifia l'alignement des quelques papiers entassés sur le bureau, et Jury se demanda pourquoi elle restait si longtemps silencieuse. Ses mouvements ne trahissaient ni nervosité, ni inquiétude, ni même hésitation à répondre.

Finalement, posant ses mains sur ses genoux, les épaules légèrement penchées en avant, elle regarda Jury.

— Non, dit-elle.

— Non à quoi ?

— Non aux deux.

Et le silence retomba. Un silence épais comme l'ombre dans les coins de la pièce. Un silence qu'elle rompit soudain d'une voix douce.

— Il est difficile de croire que quelqu'un de sa connaissance lui ait fait prendre à son insu une dose mortelle. Je ne lui connaissais pas d'ennemis. Mais si je devais choisir entre le suicide et le meurtre... (Elle le regarda avec une expression de grande tristesse.)... j'écarterais le premier, parce que je ne peux croire qu'elle ait pu faire une chose pareille à Alex, son fils.

— Vous la connaissiez bien, n'est-ce pas ?

— Oui, nous étions de bonnes amies.

— Avait-elle une liaison avec Maurice Kingsley ? demanda abruptement Jury.

Helen Viner ne parut pas surprise par la question.

— Je ne le pense pas. Plus exactement, je ne peux les imaginer ensemble.

L'idée parut l'amuser.

— Je sais qu'il se trouvait à Londres, cette nuit-là. La police est venue l'interroger à ce sujet.

Maurice en a été complètement retourné. Il a beaucoup bu hier soir au dîner des Holdsworth.

Elle haussa les épaules.

— Mais bon sang ! Pourquoi aurait-il fait une chose pareille ? Par jalousie ?

Pour la première fois, Jury était content d'avoir vu Pete Apted, content que ce dernier l'ait convaincu que Jane s'était suicidée. C'était déjà difficile à accepter, mais penser qu'elle avait pu avoir une liaison avec un autre homme — Kingsley, par exemple — aurait été plus dur encore à supporter.

— Je ne sais pas, répondit-il. Kingsley n'avait apparemment aucun mobile. Je ne l'ai pas encore vu, mais la police n'a rien trouvé qui puisse étayer le moindre soupçon. Personnellement, je ne le crois pas coupable.

Il marqua une pause.

— Et pour tout vous dire, je ne crois pas qu'elle ait été assassinée.

Cette fois, Helen Viner ne put maîtriser sa stupeur. Elle ouvrit la bouche, mais aucun son n'en sortit.

— Vous n'avez donc plus besoin de cet alibi, ajouta Jury en souriant.

— Quel alibi ? Oh !

Elle sourit.

— J'avais oublié. Je dînais ce soir-là chez des amis, à Kendal.

— Kamir — l'inspecteur Kamir — a vérifié. Vous connaissez les Holdsworth depuis longtemps ?

Elle hocha la tête et tourna son regard vers la

fenêtre. Dehors, le vent faisait bruire les branches des arbres.

— Dix ans. Depuis que je suis ici. J'ai connu la première Mrs. Holdsworth, Virginia. Je dois avouer que je la préférais de loin à la seconde épouse de Crabbe. Ginny était une femme agréable, enthousiaste, charmante en vérité. Elle aimait cette région, alors que Geneviève la déteste.

Elle eut un sourire doux, désarmant.

— Ginny aimait les randonnées en montagne. Hélas !

Elle inclina la tête.

— Et Annie Thale ?

Elle se redressa vivement.

— Annie ? Pourquoi cette question ?

— Ça ne vous paraît pas évident ?

— Non, je regrette, mais je ne vous suis pas.

— Un accident de plus... Et très semblable à celui de Mrs. Holdsworth...

Comme elle ne disait rien, Jury ajouta :

— Docteur Viner, deux suicides, deux chutes fatales.

— C'est tragique, oui. Surtout pour Alex. Son père... puis sa mère... Je conçois qu'il ne veuille pas croire que sa mère se soit donné la mort. Comment le pourrait-il ?

— Je voudrais que vous me disiez ce que vous savez de son père.

Elle secoua énergiquement la tête.

— Dans ce cas, je demanderai la saisie de vos dossiers médicaux.

Elle se leva de sa chaise et, posant ses deux mains à plat sur son bureau, se pencha vers lui.

— Laissez donc ce malheureux en paix !

Jury la regarda posément.

— Qu'y a-t-il de honteux, aujourd'hui, à être homosexuel ?

Elle le considéra bouche bée puis se laissa choir lourdement sur son siège.

— Comment le savez-vous ? demanda-t-elle d'un ton calme.

— Annie Thale. Du moins, sa sœur.

Helen Viner était stupéfaite.

— Tante « Tom » ? La tante de Millie ? Vous ne parlez pas sérieusement !

— Au contraire. Vous devez savoir que Graham se confiait volontiers à Annie, qu'il l'aimait bien. Et elle avait pour lui plus que de l'affection.

Un silence tomba. Le Dr. Viner, les yeux sur son sous-main, hocha lentement la tête.

— D'accord, je peux vous le dire, maintenant. Oui, Graham a été tourmenté toute sa vie par ses penchants homosexuels. Oh ! cela ne l'a pas empêché d'avoir des rapports avec Jane, mais au début de leur mariage, seulement.

— Et Annie, l'aimait-elle donc au point de ne pouvoir supporter de vivre, après son suicide ?

— Je ne la connaissais pas assez pour vous répondre. Mais c'est possible, en effet. Dites-moi, comment est-elle ?

— Qui ? Oh, vous parlez de Miss Thale ?

Jury pensa à « tante Tom ».

— Euh, je dirais... sévère. Sévère et renfermée.

— Vraiment ? J'étais persuadée que Millie s'était inventé un dragon de tante pour rester ici.

Jury contemplait par la fenêtre les ondulations des frondaisons.

— Adam Holdsworth aime beaucoup Millie, n'est-ce pas ?

— Oui, beaucoup. Et Alex, bien sûr.

— Eh bien, Millie et Alex devraient être surveillés de près. Tous ceux qu'Adam Holdsworth aime meurent les uns après les autres. Bonsoir, docteur Viner. Ne vous dérangez pas, je connais le chemin.

38

I

Jury et Wiggins s'étaient arrêtés aux quartiers de la police du comté de Cumbria, à Penrith, pour y consulter les dossiers des affaires Graham et Virginia Holdsworth, et Annie Thale. La lettre laissée par Graham avant de se donner la mort était authentique, et il n'y avait pas de raison de croire que la mort de Virginia Holdsworth n'était pas accidentelle, Broad Stand ayant la réputation d'être dangereux. Quant à Annie Thale, c'était apparemment un suicide.

Cet « apparemment » ne satisfaisait pas Jury, mais il pouvait comprendre qu'ils aient dit à Millie, pour ne pas la bouleverser davantage, qu'il s'agissait d'une chute accidentelle.

La police de la Cumbria n'avait fait aucune objection à l'enquête de Jury, car la mort de Jane Holdsworth n'était pas de leur ressort. Ça regardait Londres.

Au Old Contemptibles, Francis Fellowes tapotait la table avec l'un de ses pinceaux.

— Je ne peux pas vous aider. Je n'ai jamais rien remarqué chez Graham qui aurait pu m'indiquer qu'il était homo. Jamais rien entendu, jamais rien vu. Mais ce n'était pas un homme passionné ; je veux dire qu'il n'avait pas d'états d'âme.

— Apparemment, vous vous trompez, fit remarquer Jury d'un ton sec.

Fellowes rougit.

— Oui, peut-être, mais je ne voulais pas dire que...

Il se tut, haussant les épaules.

— Est-il vrai qu'il s'apprêtait à épouser Madeline Galloway avant que Jane ne surgisse ?

— Ça, c'est ce que veut bien croire Madeline. Je doute que Jane ait brisé quoi que ce soit.

— Vous ne trouvez pas bizarre que Miss Galloway soit restée à Tarn House ?

Fellowes sourit.

— Je suppose que l'argent — ou l'espoir d'en avoir — vous aide à surmonter bien des humiliations.

— A-t-elle des espérances ?

— Ils en ont *tous,* commissaire. Adam ne vivra pas éternellement.

— Dans cette maison, les gens meurent bien avant la cinquantaine. Étiez-vous un ami de Graham Holdsworth ?

— Oui, mais pas ce qu'on appelle un intime. La seule personne à qui il se confiait était Annie Thale, ce qui peut paraître étrange. Elle était cuisinière ; sa fille, Millie, est toujours ici. C'est à Annie que Graham parlait. Annie était une femme chaleureuse et ouverte.

Il porta sa chope à ses lèvres.

— Je n'avais jamais vraiment pensé à tout cela auparavant.

— Vous ne pensez pas qu'elle se soit tuée à cause de lui ? Je veux dire, à cause de son suicide ?

Fellowes avait pris son carnet à dessin et, tout en réfléchissant, il croquait machinalement les clients du bar. Il secoua la tête.

— J'ai toujours pensé qu'ils étaient bons amis, mais sans plus. Peut-être que je me trompais.

— Que pensait la famille de leur relation ?

— Rien. Je ne suis même pas sûr qu'ils se soient aperçus de quoi que ce soit.

Il arrêta de dessiner et se tourna vers Jury avec un léger sourire.

— Et rappelez-vous, quand vous parlez de la « famille », vous parlez de deux entités différentes. Il y a Adam, et il y a tous les autres... Geneviève, Crabbe, George et même Madeline.

— Et Alex ?

Fellowes secoua la tête.

— Alex est à part. C'est lui qui décrochera la timbale.

— L'héritage ?

— Oui. Bien entendu, tout le monde aura sa part, même moi, qui ne suis pourtant qu'un cousin lointain. Millie aussi aura la sienne, et plus que tout le monde, juste après Alex. Adam ne croit pas aux prétendus liens du sang. Il aimait beaucoup la mère de Millie, et aussi Virginia et Graham.

Fellowes mordilla son crayon, l'air songeur.

— Voyez-vous, ceux-là ne couraient pas après l'argent d'Adam. Ils aimaient le vieux, c'est tout.

Quant à Alex... Adam et Alex sont comme les doigts de la main. Ils sont de la même race. Ils adorent comploter. Ils font une sacrée paire de farceurs.

Il sourit.

— Je suis content que le gamin soit de retour.

Il leva les yeux vers Jury.

— Et je suis sincèrement désolé pour Jane.

Pendant un moment, Jury sirota sa bière en silence. Puis il dit :

— Ne trouvez-vous pas, Mr. Fellowes, que cette famille est terriblement sujette aux accidents et aux suicides ? Au point que l'on peut se demander s'il s'agit bien de ça, d'accidents et de suicides, surtout quand on considère qu'ils ne touchent que les gens aimés d'Adam ? N'est-on pas en droit de supposer, comme vous l'avez dit vous-même, que certains membres de cette famille sont assassinés les uns après les autres ?

Fellowes considéra Jury d'un air stupéfait.

— Qui vous a dit ça ?

— Moi.

Melrose Plant, debout devant leur table, regardait son ami Richard Jury.

— Je suis parti en randonnée, et je n'ai su qu'en rentrant à Tarn House que tu étais arrivé aujourd'hui et que tu logeais au Old Contemptibles. Où est le sergent Wiggins ?

Jury s'était levé pour lui serrer la main. Il sourit.

— Il dort. C'est lui qui conduisait, et je n'ai

jamais vu une route plus abominable que celle que nous avons prise pour venir.

— Hard Knott Pass, hein ? Je connais très bien, et si tu cherches un chauffeur expérimenté...

Il se laissa tomber sur une chaise.

— Ah ! une chope de n'importe quoi ! Où est notre chère vieille Connie ? Ah ! la voilà qui arrive !

Fellowes, les bras croisés, les regardait d'un air perplexe.

— Vous vous connaissez donc, tous les deux ?

— Oh, oui ! répondit Jury, souriant à Melrose. Depuis des années.

Fellowes rit.

— Je n'ai jamais cru un seul instant que vous étiez bibliothécaire.

— Je me demande si une seule personne l'a cru. Merci, Mrs. Fish.

Sa manche de tweed était déchirée, l'un des protège-coudes décousu, et son visage égratigné.

— Qu'as-tu fait ? demanda Jury, rieur. Le parcours du combattant ?

— Tu ne crois pas si bien dire, mais je ne me plains pas, ça en valait la peine.

Il souleva son sac à dos, le posa sur ses genoux, et en sortit la toile de Fellowes, bien protégée entre deux carrés de carton, une pochette en cuir et un appareil photo Polaroïd.

— Et maintenant... dit-il en relevant ses manches comme s'il s'apprêtait à leur faire un tour de magie.

— C'est quoi, tout ça ? demanda Jury en désignant la toile, la pochette de cuir et l'appareil photo.

— C'est l'éminente contribution de Mr. Fellowes à la résolution des crimes qui nous occupent, répondit Melrose.

— Des crimes ? Que j'aurais contribué à résoudre ? s'écria Fellowes au comble de l'étonnement.

— Un crime, pour être exact, mais qui en implique au moins un autre.

Comme Jury qui avait examiné le miroir qu'il avait sorti de son étui le regardait d'un air interrogateur, Fellowes lui en expliqua l'utilité. Puis, à la demande de Melrose, il lui dit comment il avait peint la toile qu'ils avaient sous les yeux.

— Vous vous souvenez de Broad Stand et de la faille de Fat Man's Agony, n'est-ce pas ? dit Melrose à Fellowes.

Le peintre eut un hochement de tête affirmatif, et Melrose montra à Jury l'anfractuosité visible sur le tableau de Fellowes.

— Sur cette photo Polaroïd, vous voyez la lumière éclairant nettement les parois de la faille. D'après Francis, Virginia Holdsworth voulait atteindre Mickledore en passant par Broad Stand, un sentier dangereux, au bord d'une pente qui tombe presque à pic. Pour atteindre ce sentier, on doit passer devant la faille de Fat's Agony Man.

Il montra à Jury le tracé du sentier sur sa carte de randonnée.

— Francis s'est installé ici, avec son chevalet, reprit-il, désignant un petit plateau situé à quelques dizaines de mètres du sentier. A ce moment,

Virginia s'était déjà mise en marche et Francis ne pouvait la voir d'où il était.

— Oui, dit Fellowes. De toute façon, passé la faille, le sentier est invisible depuis le plateau, et j'ai pensé que Virginia devait avoir atteint Mickledore.

— Elle ne risquait pas de le faire, parce que quelqu'un l'avait poussée dans le vide au moment où elle passait à hauteur de la faille.

— Mais comment ? Il n'y avait personne là-haut, protesta Fellowes.

— Si, il y avait quelqu'un.

— Mais cela faisait une bonne demi-heure ou plus que j'étais là, et personne n'aurait pu passer par là sans que je le remarque.

— Mais n'oubliez pas que vous aviez le dos tourné à la faille. Vous utilisiez ceci.

Melrose souleva le miroir.

— La personne qui a poussé Mrs. Holdsworth l'ignorait ; elle pensait qu'elle ne risquait pas d'être vue à la condition de ne pas bouger de sa cachette.

— Mais je l'aurais vue dans le miroir...

Melrose secoua la tête.

— Pas si l'assassin se cachait dans la faille de Fat Man's Agony, attendant tranquillement que vous pliiez bagages.

— Mais...

— Regardez donc attentivement comment vous avez peint l'entrée de la faille.

Fellowes et Jury se penchèrent sur la toile.

— Il y a une silhouette dans l'entrée, poursuivit Melrose. Vous avez peint, Francis, exactement ce qu'il vous était donné à voir. Remarquez comme le rai de lumière dans la faille est étroit. Celui qui se trouvait là devait se croire à l'abri tant que vous lui tourniez le dos, pensant que vous peigniez le lac au-dessous de vous et non ce que vous aviez derrière vous. Le nom de cette faille dit bien ce qu'elle est. Une personne de forte corpulence pourrait y rester coincée, tant les parois sont rapprochées.

Des chopes pleines atterrirent sur la table, et tous trois remercièrent Connie Fish.

— J'ai pris cette photo aussi près que possible de l'endroit où vous avez peint ce tableau avec le miroir. Bon, d'accord, il n'y avait pas de brume, mais malgré tout, on voit la différence... Regardez le tableau : même à l'œil nu, on distingue quelque chose, et avec une loupe... (Il sortit de sa poche une petite loupe.)... on perçoit distinctement une silhouette humaine. Pas grosse, de toute évidence.

Jury et Fellowes étudièrent le tableau et la photo, les comparant, se passant la loupe.

— Bon Dieu ! marmonna Jury. Tu as raison.

— J'en suis sûr, répondit Melrose, et à Scotland Yard, ils pourront sûrement agrandir cette partie-là pour qu'on puisse voir de qui il s'agit, non ?

— Non, ce n'est pas une photo, mais un tableau. On aura certainement la confirmation qu'il s'agit d'une silhouette humaine, mais quant à savoir si c'est celle d'une femme ou d'un homme... En attendant, tu as fait du bon boulot, Plant.

Fellowes, visiblement impressionné, se renversa en arrière sur sa chaise.

— Mais comment savez-vous que cette personne n'a pas remarqué que je peignais avec un miroir ?

— Simple. Vous ne seriez pas ici en train de boire votre bière.

II

— Apted ? Pete Apted ? L'avocat de la Couronne ? Tu es censé avoir de la valeur, d'accord, mais de là à ce que le Yard mette Apted à ton service...

— Merci pour le « censé avoir », et ce n'est pas le Yard qui m'a offert les services de Pete Apted. En tout cas, grâce à lui, me voilà réintégré.

Melrose, malgré une troisième pinte de Jennings, avait du mal à se soûler.

— Oh ! je n'ai jamais pensé une seule minute que tu pouvais avoir de sérieux ennuis.

— Quelqu'un y a pensé. Et quelqu'un d'anonyme. Qui cela peut-il être ?

— Trueblood en a largement les moyens... Je dis n'importe quoi ! Trueblood l'aurait fait savoir au monde entier.

Son visage s'éclaira.

— Vivian ! Bon sang, ce ne peut être qu'elle. Trueblood l'aura immédiatement informée. C'est mille fois mieux que de se faire renverser par un camion.

— Se faire renverser par un camion ? Ça veut dire quoi ?

— Rien. Juste une plaisanterie entre Trueblood et moi. Mais je suppose qu'il te tarde de lire ça.

Il sortit de son sac à dos le paquet de lettres et le posa sur la table devant Jury.

— J'ai préféré les garder avec moi. Figure-toi qu'on me les a remises à ce dîner, hier, à Tarn House.

— Qui te les a remises ?

— Une certaine lady Cray. C'est une pensionnaire, hôte, comme tu voudras, de Castle Howe. Elle est venue au dîner avec Adam Holdsworth. C'est une femme... peu banale.

— Ces lettres sont adressées à Jane, dit Jury. Que contiennent-elles ?

— Elles ressemblent à des lettres... d'amour. Mais elles sont très courtes, et puis elles sont tapées à la machine... plus exactement sur une imprimante.

Il regarda Jury.

— Est-ce que tu écrirais des lettres d'amour sur un ordinateur ?

— Non.

Melrose fit tourner sa chope sur la table.

— Tu en as déjà écrit... des lettres d'amour ?

— Une ou deux. Comment cette lady Cray est-elle entrée en leur possession ?

— Ça, c'est encore plus bizarre. Elle prétend les avoir prises dans le cabinet du Dr. Kingsley.

— Comment a-t-elle fait ?

— Elle ne me l'a pas dit, notre conversation a été des plus brèves.

Melrose passa une main dans ses cheveux.

— Je suppose qu'il doit la suivre comme patiente. Elle me les a remises à la dérobée, un vrai tour de passe-passe. J'avais l'impression de me trouver dans un roman d'espionnage.

Il lui raconta la scène, le miroir, le mouchoir.

Jury ne dit rien.

— Tu sais, je suis désolé pour Jane Holdsworth, dit Melrose en essuyant avec une serviette en papier les ronds humides laissés sur la table par son verre.

— Merci, dit gravement Jury.

Il ôta la pince métallique qui retenait les lettres.

— Alex a dit que Kingsley se trouvait devant la maison, cette nuit-là. Pour reprendre ces lettres, tu crois ? Mais pourquoi courir un tel risque ?

— A condition que ce soit lui qui les ait écrites.

— Elles se trouvaient dans son cabinet. Cachées, si j'ai bien compris. Mais ces lettres ne sont qu'une somme de sous-entendus. Il y est question de cette « maladie » dont souffrait Graham. Son homosexualité, peut-être ?

— Pourquoi Maurice Kingsley se serait-il mêlé des affaires du couple ? Leur divorce ne pouvait que l'arranger, s'il la voulait.

— Ces lettres sont tellement ambiguës qu'elles pourraient avoir été écrites par n'importe qui... Fellowes, Kingsley, Crabbe ou même George. Ou quelqu'un que nous ne connaissons pas. Mais qui utiliserait un *ordinateur* pour écrire des lettres d'amour ?

— Si ce *sont* des lettres d'amour. Écrire à la main, c'est courir le risque de se faire identifier.

— Les machines à écrire ont souvent des caractères distinctifs, fit remarquer Melrose. On ne peut en dire autant des ordinateurs. Madeline a un IBM, et c'est aussi ce qu'ils ont, à Castle Howe. Un IBM.

— Ça ne nous avance guère. Vois comme elles sont courtes. Elles ont très bien pu être tapées sur l'IBM de Madeline par quelqu'un de Castle Howe, ou sur celui de Castle Howe par une personne de Tarn House. L'auteur a certainement pensé à ça. Pas un seul mot écrit à la main, pas de signature. « Tu sais ce que je ressens... mais pas au point de nuire à ton mariage » peut vouloir dire n'importe quoi. Le « sentiment » évoqué peut être du ressentiment comme de l'amour. Et nous ne savons pas ce que *cette* personne entendait exactement par la « maladie de Graham », même si on pense inévitablement à l'homosexualité.

Jury rangea les lettres dans leurs enveloppes, en fit un tas, remit la pince, et examina attentivement le paquet.

— C'est comme cela que lady Cray te les a données ?

— Oui.

— Cette pince me paraît neuve. Je me demande qui a enlevé ce qui les retenait ?

Plant fronça les sourcils.

— Un ruban ?

— Oui, je pense. On remarque un froissement du papier sur les côtés, qui n'a pu être produit que par un ruban ou un bout de ficelle. Lady Cray ne les a pas lues ?

— Non, elle m'a dit que non. Adam non plus.

— Tu la crois ?

— Oui.

Melrose contempla un instant le paquet d'enveloppes.

— Nous devrions en parler à Alex. Il a dit que quelque chose manquait dans la chambre de sa mère, mais il ne savait quoi. Peut-être que ce sont ces lettres.

Il y eut un silence, que Melrose rompit soudain en murmurant :

— Mon premier amour...

Jury se pencha vers lui.

— Que dis-tu ? Tu m'as l'air ailleurs.

— T'est-il déjà arrivé de rencontrer une femme qui t'en rappelle une autre ?

— Oui.

— Helen Viner. Quand je l'ai vue, tu me diras que c'est stupide, mais j'ai pensé à ma mère, dit Melrose avec un rire gêné.

— Pourquoi serait-ce stupide ? C'est ce que tu voulais dire par « mon premier amour » ?

— Je n'aime pas que des sentiments personnels se mêlent à une affaire dont je m'occupe. Pour toi, évidemment, c'est encore pire. Ça a dû être terrible.

Il repoussa sa chope vide.

— Si on buvait du vin blanc ? Un chablis 1990, une bonne année. Ça te dit ? Je dormirai ici cette nuit, ils ont une autre chambre.

— Veille à ce que Connie Fish ne te compte

pas deux livres de plus pour une salle de bains dite privée.

Jury resta assis, tournant et retournant le paquet de lettres dans ses mains, tandis que Melrose allait chercher le vin et deux verres à pied qui semblaient propres.

Alors que Melrose versait le vin blanc à l'étiquette douteuse, Jury repensa à ce premier après-midi, au vol des hirondelles dans le ciel londonien.

— *Agnosco veteris vestigia flammae.*

— Tu ne pourrais pas arrêter de dire ça ?

— Je ne l'ai jamais dit que deux fois en... dix ans, dit Jury, omettant de dire qu'un peu plus de deux semaines plus tôt il l'avait dit une troisième fois.

— Mais pourquoi cette citation ?

— Parce que c'est la seule que je connaisse en latin.

Ils levèrent leurs verres et trinquèrent.

III

C'est en tournant la tête vers la fenêtre que Jury s'aperçut que c'était le matin. Une lumière grise filtrait à travers les volets.

Le lit était jonché de notes, de documents, de lettres. Il n'avait pas dormi, ne s'était pas déshabillé. Il avait lu et réfléchi, réfléchi et lu.

Il balança ses jambes par-dessus le bord du lit et vit le pot de café que Connie Fish lui avait monté la veille au soir.

Il se leva et alla ouvrir les volets. De la fumée s'élevait des cheminées des quelques cottages qui flanquaient la petite route, sur laquelle un paysan et son fils menaient un troupeau de brebis. Au bout de la route se dressait le bâtiment en brique de la poste. Tout Boone était là, sous ses yeux. Au loin, la silhouette massive de Great Gable était voilée de brume.

Aurait-il été de meilleure humeur, il aurait certainement apprécié ce paysage bucolique, paisible, sur fond majestueux de montagnes. Mais il était épuisé. Il lui semblait étrange que sa rage envers Jane ait pu se dissiper en une seule petite journée. Certes, elle s'était servie de lui, mais de façon tragique et noble à la fois. Elle devait avoir soupçonné ce qui s'était passé cinq ans auparavant, et son comportement d'alors avait dû lui paraître bien coupable. Jury pensait qu'elle avait terriblement dramatisé une situation dont la complexité et la confusion lui avaient peut-être échappé.

Pauvre Jane. Elle avait voulu qu'il mène l'enquête. Si son suicide avait été trop bien déguisé en meurtre, il n'y aurait eu aucun moyen d'en contrôler les conséquences, et ce qu'elle voulait, c'était qu'Alex en souffrît le moins possible.

Peut-être avait-elle pensé que Jury trouverait un indice susceptible de le mener au coupable. Hélas ! il ne disposait d'aucune preuve sérieuse, et ces lettres, cette silhouette dans la faille de Fat Man's Agony ne le menaient nulle part.

Si la vérité éclatait, Alex souffrirait.

Si elle n'éclatait pas, Millie souffrirait.

39

— Je vous trouve un peu brouillon, pour un psychiatre, dit lady Cray. Il n'est que neuf heures du matin, et c'est cet après-midi que nous avions rendez-vous.

Bien qu'elle eût du mal à le reconnaître, elle éprouvait une certaine excitation et ne pouvait s'empêcher de balayer du regard les rangées de livres.

Maurice Kingsley, les mains croisées derrière la nuque, s'appuya au dossier de son fauteuil et sourit.

— Je me suis dit que ce ne serait pas plus mal de vous voir dès ce matin. Est-ce un problème ?

— Un problème ? Certainement pas.

L'air de confiance qu'il arborait troublait quelque peu lady Cray. Elle sortit de son sac en cuir noir le briquet Porsche et alluma une cigarette.

— Je n'ai pas retrouvé le mien, dit Kingsley en désignant le briquet d'un signe de tête.

Elle haussa les sourcils.

— N'était-il pas sur l'étagère ? Où vous l'aviez laissé ?

Son regard se porta sur le rayonnage derrière lui, celui où elle avait trouvé les lettres. D'un geste possessif, elle passa son index sur le briquet, sentit une aspérité. Elle baissa les yeux, pour les relever aussitôt. C'était la première fois qu'elle remarquait la minuscule bande d'or portant gravé *De la part de A.* Oh ! diable !

— Je ne me souviens pas de l'avoir laissé là, dit-il, soutenant son regard. Je n'y attacherais pas beaucoup d'importance s'il ne m'avait été offert par une amie. Valeur sentimentale, vous comprenez.

— Oh ! je comprends d'autant mieux que c'est mon petit-fils qui m'a offert le mien. Vous savez, Andrew, dit-elle, caressant l'inscription.

— Ah ! oui, Andrew. Votre préféré.

Réprimait-il un sourire ? Il fallait être prudent avec les psychiatres. Ils étaient tortueux ; on ne pouvait leur faire confiance.

— Alors pourquoi vouliez-vous me voir ce matin ? demanda-t-elle.

— C'est au sujet d'hier soir, à Tarn House...

Elle se cala contre le dossier de sa chaise, le visage impassible.

— Est-ce que la vue du sang vous rend malade ? demanda brusquement Kingsley.

Elle se raidit.

— Je ne vois pas ce que vous voulez dire.

Il se pencha en avant sur son bureau, croisa les bras et la regarda tranquillement.

— Vous êtes devenue pâle comme un linge au cours du dîner quand Mr. Plant s'est blessé avec le verre. J'ai bien cru que vous alliez vous évanouir. A quoi avez-vous pensé à ce moment-là ?

— Pensé ? A rien, vraiment.

Elle posa le briquet sur le bureau.

— Pourquoi ?

— C'est précisément ce que je *vous* demande, lady Cray.

L'ennui, c'est qu'elle ne savait pas. Ça avait été davantage une impression qu'une pensée. Plus exactement une impression doublée d'une pensée, comme si les mots avaient été étroitement associés à la sensation, à la manière du mortier entre les briques. On ne pouvait séparer le mortier de la brique sans que le mur s'effondre. Oh ! que se racontait-elle là ? Elle exhala une bouffée de fumée.

— J'ai le sentiment, par contre, que vous, vous en avez une, d'idée.

— En effet, dit-il, souriant.

Est-ce qu'il savait ? Savait *quoi* ? Pourquoi avait-elle pris ces lettres... ou plutôt ce ruban rouge qu'elle avait caché parmi ses foulards de soie ? Elle n'avait pu se résigner à le jeter.

— J'ai pensé à des miroirs, dit-elle soudain.

— Le sang vous fait penser à des miroirs ?

Elle pensait au miroir dans lequel elle avait vu Kingsley et Madeline Galloway.

— Vous observiez ? demanda-t-elle, tendue et contrariée par le tour que prenait l'entretien.

— Observer quoi ?

— Oh ! rien.

Il lui fallait changer de sujet.

— Ma mère avait une grande glace devant laquelle j'aimais faire la belle.

Il la fixait d'un regard pénétrant qui lui déplaisait profondément.

— Aujourd'hui, je déteste me regarder dans la glace, ajouta-t-elle.

— Mais ça n'a pas toujours été le cas.

— Oh ! je n'étais qu'une enfant. Assez cabotine. Je le suis toujours, vous ne trouvez pas ?

— Non, pas du tout. Je dirais même que vous êtes le contraire d'une cabotine. Vous êtes intelligente, rusée. Je ne voudrais pas vous avoir pour ennemie.

Ambigu, pensa-t-elle. Et très intelligent, lui aussi.

— Ma mère était très belle, vous savez, et mon père...

Elle se tut soudain, la gorge vaguement serrée.

Le Dr. Kingsley continuait de la scruter.

— Vous alliez parler de votre père. Continuez...

— Avez-vous jamais été marié, docteur Kingsley ?

Un silence passa avant qu'il ne réponde :

— Oui, il y a longtemps.

Elle jeta un regard au briquet.

— A *A*.

Il lui sourit.

— Oui, à *A*.

— Je me suis posé la question au sujet du Dr. Viner. A-t-elle été mariée, elle aussi ?

— Non, je ne le pense pas. Mais pourquoi cet

intérêt pour la situation conjugale des psychiatres ?

— Parce que vous êtes tous deux très séduisants, et je trouve étrange que vous soyez célibataires, en particulier le Dr. Viner.

— Et vous vous imaginez peut-être des choses entre le Dr. Viner et moi ?

— Non, ce serait assez impudent de ma part.

— Le mot « impudence » ne fait pas partie du vocabulaire psychiatrique, dit-il en riant.

Elle combla le long silence qui suivit en allumant une nouvelle cigarette. Mais, au lieu d'utiliser le briquet Porsche, elle sortit une boîte d'allumettes en argent à son monogramme. Elle aimait les allumettes. Peut-être avait-elle été une enfant pyromane. Oui, c'est ce qu'elle lui dirait, si jamais la conversation reprenait un tour désagréable. Mais elle avait d'autres cordes à son arc pour déjouer les manœuvres de ces apprentis sorciers de psychiatres.

— Il y a pas mal d'années de ça, je me suis entichée d'une très, très belle femme. Une étrangère.

Elle craqua une allumette et la regarda flamber et s'éteindre.

— Je ne me souviens pas que mon attachement ait été d'ordre charnel, mais l'expérience ne m'en a pas moins conduite à m'interroger sur mes tendances sexuelles. Il ne s'est rien passé entre nous, mais je sais qu'elle éprouvait une attirance physique envers moi. Elle m'offrait sans cesse des boîtes de chocolats.

Elle se tut, pour tirer sur sa cigarette, les yeux au plafond.

— Non, ce n'est pas vrai.

— Comment cela ?

— Elle ne vous offrait pas de boîtes de chocolats.

— Qu'est-ce que vous en savez ?

— Vous avez dit ça pour orner votre récit. Une dernière petite touche, dans l'espoir de le rendre plus crédible.

Il sourit.

— Je sais parfaitement que vous adorez les chiper, les chocolats. C'est une véritable obsession chez vous. Comme les rubans...

— Je préférerais que nous ne poursuivions pas sur ce...

— Si vous aviez été entichée, comme vous dites, de cette femme, votre description aurait été plus précise. Et puis, lady Cray, vous ne m'apparaissez pas comme une personne sujette à toquades et emportements. Vous êtes bien trop intelligente pour ça.

— J'attends le moment où vous allez me ranger dans la catégorie des affabulatrices, des mythomanes, que sais-je ?

Il rit franchement.

— Non, vous n'êtes rien de tout ça.

Elle demeura de nouveau silencieuse pendant un moment, puis elle dit :

— Il y a plusieurs années, je me trouvais dans le métro derrière une jeune femme dont les cheveux étaient noués sur la nuque par un ruban. Un ruban bleu pâle, je m'en souviens encore. Elle me tournait le dos, et je regardais, fascinée, ce ruban. Alors, j'ai tiré dessus très, très lentement, espérant bêtement que je pourrais le défaire sans qu'elle s'en aperçoive. Bien sûr, ça n'a pas été le cas. Elle s'est retournée vers moi et m'a insultée... m'a traitée de vieille « gouine ». C'était très humiliant. Je me demande si on peut deviner la nature profonde des autres.

— Il faut être attentif aux signes qu'adressent les gens, le plus souvent à leur insu.

— Et j'adressais un signe ?

— A cette femme ?

— Ah ! cette fois, vous ne mettez pas en *doute* son existence.

— Non. Mais c'est à moi que vous venez d'adresser un signe.

— Pourquoi ferais-je une chose pareille ?

— Je ne sais pas, répondit Kingsley en mâchonnant le bout de son crayon. Peut-être voulez-vous savoir quelque chose.

— Non. Ce que je me demande, c'est comment on peut deviner les tendances sexuelles de telle ou telle personne.

— Pourquoi le sang vous fait-il penser aux miroirs ?

La question la prit au dépourvu.

— Dieu du Ciel, *ça* n'a rien à voir avec notre sujet ! s'écria-t-elle avec plus de passion qu'elle n'aurait souhaité.

— Au contraire, nous sommes dans le vif du sujet. Plus encore qu'avec les chocolats. Vous pensez que je vous ai observée dans la glace hier soir.

Elle ne répondit pas.

Il se pencha en avant et la regarda dans les yeux.

— Savez-vous ce qu'est un déplacement, en psychiatrie ?

Elle contemplait obstinément la fenêtre.

— En réfléchissant un peu, j'en trouverais certainement le sens, mais je ne veux pas me donner cette peine.

— Je vais vous donner un exemple : ces couleurs de rubans — vert, bleu pâle, jaune — n'ont aucune importance. La *seule* qui compte, c'est le rouge.

Il devait savoir au sujet des lettres. Elle ressentit un danger soudain, et pensa qu'il l'avait vue dans la grande glace du salon des Holdsworth. Était-il un assassin ? Lui, le bon Dr. Kingsley ? Il lui semblait avoir un caillou en travers de la gorge.

— L'heure tourne et j'ai rendez-vous avec...

— Je vous en prie, restez assise, lady Cray, et dites-moi à quoi vous fait penser un ruban rouge ?

— A du sang, répondit-elle malgré elle.

— Était-ce vraiment le miroir de votre mère, ou bien est-ce un écran-souvenir ? Vous êtes devant ce miroir, en train de mettre un ruban dans vos cheveux ? Vous vous trouvez belle ? Vous voyez du sang. Mais où ?

Elle ne parvenait plus à déglutir. Elle ouvrit la bouche, la referma sans pouvoir articuler un mot.

Il attendit.

Nouée par l'angoisse, elle s'enferma dans le silence.

— Que s'est-il passé avant que votre père meure ?

— Mon *père*...

Et puis elle revit la scène. L'image la fit se redresser sur sa chaise.

— Il se rasait. Il se rasait, et je suis arrivée sans bruit derrière lui. Je lui ai fait peur, et il s'est coupé avec son rasoir.

Elle traça du bout de son ongle une imaginaire coupure sur la joue.

— Il était furieux.

— Une simple entaille. Rien de grave. Ce n'est pas de ça qu'il est mort, n'est-ce pas ?

Elle secoua la tête, mais resta muette. Elle pensa au ruban qu'elle avait caché, et qui avait cessé d'être un trésor. Ce n'était plus rien qu'un bout de tissu sans importance.

Elle ressentit un terrible sentiment de perte.

Au bout d'un moment, elle se leva, espérant que sa dignité était encore intacte. Après tout, elle était une vieille dame... une vieille dame qu'avaient habitée jusqu'ici des terreurs de petite fille. Comme elle gagnait la porte, elle sentit sa gorge se desserrer. Elle pouvait parler, à présent. Elle se retourna vers le Dr. Kingsley.

— Je pense que vous l'avez bien mérité.

Il haussa les sourcils.

— Quoi donc ?

— Bien qu'il ait pour moi une grande valeur sentimentale, je vous en prie, gardez-le, dit-elle, en désignant le briquet sur le bureau.

40

— Plus vite ! Plus vite ! criait Adam Holdsworth, le bras levé comme un officier emmenant ses hommes à la charge.

Wiggins, essoufflé, s'arrêta. Il était neuf heures du matin. Adam Holdsworth avait déjeuné d'œufs brouillés et de quatre belles tranches de bacon, et invité Wiggins à prendre autre chose que du thé et des toasts. Wiggins était déjà sur le flanc.

— Mais, monsieur, je *ne peux pas* aller plus vite ; il y a trop de tournants.

Il sortit son grand mouchoir et s'essuya le visage, tandis que le vieil homme pestait tout bas contre ces « poules mouillées de flics ».

Ils se trouvaient dans le labyrinthe, entourés de tous côtés de haies de deux mètres, et la similitude des allées donnait à Wiggins l'impression qu'ils étaient là-dedans depuis des heures. Allons, encore un effort, se dit-il, sachant qu'il ne satisfaisait le caprice de ce vieil excentrique que pour l'amener à lui parler de sa famille.

— J'ai quelques questions à vous poser, Mr. Holdsworth.

— Eh bien, sergent, qui vous empêche de les poser tout en poussant ?

— Si cela ne vous dérange pas, j'aimerais souffler un peu.

Wiggins essuya de son mouchoir la rosée qui perlait sur un banc et s'assit, ignorant la salve de soupirs dont l'accablait Adam qui, croisant les mains, se tournait les pouces.

— Vous devriez vous sentir concerné par le bien-être de votre arrière-petit-fils, monsieur.

Adam braqua un regard indigné sur Wiggins.

— Croyez-vous que je ne le sois pas ? J'ai pris toutes mes dispositions en faveur d'Alex. Bien sûr, je sais, poursuivit-il en baissant la tête, que la mort de sa mère l'a beaucoup affecté. Vous savez que mon petit-fils, je parle du père d'Alex, lui aussi s'est... Graham était un gentil garçon, un peu faible, peut-être, et trop impressionnable. Mais... je suppose que les psychiatres ne peuvent pas faire de miracles. Le désespoir, la dépression peuvent s'abattre sur n'importe lequel d'entre nous, pas vrai ?

Wiggins se demanda si Adam avait deviné la cause du désespoir de Graham Holdsworth.

— Le Dr. Viner vous a-t-elle dit pourquoi il en était arrivé à cette extrémité ?

— Non. Mais je me suis posé des questions sur ce mariage raté. D'après ce que j'ai pu comprendre, Graham était en grande partie responsable de cet échec. C'est lui qui voulait le divorce. Jane en a souffert, mais pas au point d'en avoir le cœur brisé. Madeline, par contre, a été très affectée.

— Miss Galloway ?

— Ma foi, elle avait désiré l'épouser. Elle devait être terriblement jalouse. Vous savez, elle est toujours très aimable avec nous, mais je la trouve aussi chaleureuse qu'un bloc de glace. L'argent ! C'est l'argent ou l'amour qui nous mène, ou les deux. Ça ne m'étonnerait pas qu'elle ait songé à mettre le grappin sur Crabbe, après la mort de Virginia.

— Quoi ?

— Pourquoi pas ? Ce ne serait pas la première fois qu'un patron convolerait en justes noces avec sa secrétaire. Mais Geneviève est arrivée. Ça a dû être le bouquet, pour la pauvre fille.

— Vous n'aimez pas beaucoup Miss Galloway et Mrs. Holdsworth, n'est-ce pas ?

— C'est le moins qu'on puisse dire, sergent. Je n'ai plus d'affection que pour Alex et Millie. Les autres ne sont malheureusement plus là.

Comme Wiggins lui faisait part de leur découverte concernant Virginia et de leurs soupçons au sujet d'Annie Thale, Adam tressaillit violemment dans son fauteuil.

— Bon Dieu de bon Dieu ! Qu'est-ce que vous me dites-là ! s'écria-t-il.

Puis il resta silencieux, les yeux rivés sur la haie au bout de l'allée. Il secoua lentement la tête.

— Pourquoi ne pas me tuer, *moi,* et en finir une bonne fois pour toutes, si c'est une histoire d'argent ?

Wiggins ne voulut pas lui rappeler qu'il avait quatre-vingt-dix ans, et que son espérance de vie était pour le moins courte. Et ce tueur était très patient. Cinq ans s'étaient écoulés depuis la mort de Graham et celle d'Annie Thale.

Adam contempla un instant ses mains sillonnées de veines bleues puis, relevant brusquement la tête, il déclara :

— Oh ! j'en ai assez de parler de toutes ces morts et de tout ce désespoir. Allez, en route, sergent ! Poussez !

Bon enfant, Wiggins se leva et passa les dix minutes suivantes à pousser d'un bon pas le vieil homme dans son fauteuil.

Puis il vit Adam tressauter de rire sur son siège comme s'il venait de s'en raconter une bien bonne.

— Auriez-vous l'heure, sergent ? demanda soudain Adam Holdsworth.

— Il est exactement neuf heures quatorze, Mr. Holdsworth.

— Quoi ? *Quoi ?* Mais il me faut prendre mon médicament ! A neuf heures et demie précises ! Et par Dieu, si je ne l'ai pas, je risque d'avoir une *attaque.* Ça m'est déjà arrivé, et c'est un miracle si je suis encore de ce monde. Aussi, mon brave, dépêchez-vous de me sortir de ce fichu dédale !

Alarmé, Wiggins poussa de plus belle. Mais il se rappela que ça faisait plus de vingt minutes qu'il tournait dans ce labyrinthe, et il se dit qu'il risquerait d'y être encore dans un quart d'heure.

— Il faut que vous m'indiquiez la direction, monsieur.

— Mais qu'est-ce que vous me racontez là ? Je n'en sais pas plus que vous.

L'inquiétude de Wiggins prenait des allures de

panique, tandis qu'il tournait dans le dédale des allées identiquement, désespérément vert sombre.

— Bon Dieu, monsieur, je n'ai jamais mis les pieds dans ce machin, comment voulez-vous que j'en connaisse la sortie ?

— Mais vous êtes policier, non ? Vous êtes supposé savoir quoi faire. Alors faites fonctionner vos méninges. Croyez-vous que j'aurais été assez fou pour venir ici avec *n'importe qui* ?

Wiggins avait sur lui son arsenal de potions.

— Ce médicament que vous devez prendre, c'est pour quoi ? demanda-t-il, soufflant comme une baleine.

— Mes intestins.

Moins grave que le cœur, songea Wiggins. Il plongea la main dans l'une de ses poches et sortit un biscuit au charbon.

— Tenez, prenez ça. C'est très efficace.

Adam mordit dans le biscuit, poussa un cri d'écœurement et recracha le morceau.

— J'ai une idée ! dit Wiggins.

— La première de la journée. Laquelle ?

— Miettes. Je vais semer des miettes derrière moi, comme ça je saurai que je suis déjà passé par là. Ça nous évitera de tourner en rond.

— A l'aide ! A L'AIDE ! cria Adam en direction du ciel.

Du moins essaya-t-il de crier, parce que sa voix était devenue très faible ; à vrai dire, elle n'était plus qu'un vague murmure entrecoupé de gargouillis présageant le pire.

— Ahhhh... ahhh... ahhhhhh... je sens... que...

ça vient... se plaignait-il doucement, la tête dodelinant sur sa poitrine.

Grâce à ses miettes de charbon, Wiggins avait évité de repasser par les mêmes allées. Du fauteuil lui parvenait la respiration haletante du vieil Adam.

— Boire un verre... voilà ce qu'il me faudrait, marmonna le vieillard.

Wiggins éprouva un certain soulagement à ces paroles mais il n'en maintint pas moins son allure à travers les allées.

— Quelle heure ? demanda Adam.

— Vingt-deux.

Nouveaux gémissements, et Wiggins en vint à s'inquiéter pour lui-même, car il n'ignorait pas ce que son organisme subissait, à courir ainsi, poussant un lourd fauteuil, le cœur étreint d'angoisse. Il lui faudrait une cure d'une semaine au moins de magnésium et de vitamines.

Enfin, il la vit :

— La sortie ! Droit devant !

Mais Adam ne répondait plus. La tête sur la poitrine, l'homme semblait s'être évanoui. Wiggins s'arrêta, le secoua doucement, lui prit le pouls. Le cœur battait encore, mais pour combien de temps ? Il poussa plus vite et déboucha sur la pelouse. Il aperçut une silhouette au loin. Oui, c'était l'infirmière Rhubarbe. Il l'appela. Elle lui jeta un regard mauvais, qu'il ignora. Hors d'haleine, il parvint cependant à l'informer de l'urgence de la situation.

Elle le regarda avec une parfaite indifférence.

— Le médicament de Mr. Holdsworth ! Vous voyez bien qu'il est au plus mal !

Miss Rupert examina Adam Holdsworth.

— Il m'a l'air au contraire en pleine forme. A quatre-vingt-dix ans, on peut avoir quelques moments de faiblesse, non ?

Sur ce, elle reprit son chemin en direction du manoir.

— Vous appelez ça un moment de faiblesse ? lui cria Wiggins. Il est en train de mourir, oui ! Je vous *ordonne* d'aller chercher un médecin. Immédiatement !

— Vous inquiétez pas, sergent, lui répondit l'infirmière sans même se retourner. Je le connais bien !

Wiggins s'assit sur la pelouse et se prit la tête entre les mains.

Un bruit lui parvint du fauteuil roulant. Il regarda à travers ses doigts, et vit Adam Holdsworth qui se tordait de rire en se tapant sur les cuisses.

— Je vous ai fait courir comme un diable, hein ?

Wiggins se releva, le visage de marbre.

— Vous voulez dire que tout n'était que comédie de votre part ?

Et Adam de tambouriner sur les accoudoirs, de glousser comme une poule.

— On peut dire que je vous ai foutu une sacrée trouille ! Mais je dois avouer, mon garçon, que le coup des miettes était une bonne idée. Parce que je peux vous dire que c'est coton, de sortir de ce labyrinthe.

— Vous y êtes déjà allé ? demanda Wiggins d'une voix étranglée.

— Plus d'une fois. J'en connais tous les tours et les détours. J'y ai des repères dans tous les coins. Vous ne les avez pas remarqués, mais vous vous en êtes quand même bien tiré. Il n'y a qu'Alex qui ait réussi à en sortir sans aide. Finalement, cela prouve que vous n'êtes pas un trop mauvais flic.

Durant cette petite conversation sur les compétences du sergent, Wiggins s'était déplacé lentement derrière le fauteuil, qui faisait face à la longue pente au gazon bien entretenu au bas de laquelle se trouvait le petit cottage où Helen Viner avait installé son cabinet.

— J'apprécie le compliment, monsieur. Je dois aller voir maintenant si le commissaire est arrivé.

Sur ces paroles, Wiggins poussa du pied le fauteuil sur la pente, assez forte pour qu'il prenne de la vitesse, mais qui remontait suffisamment aux abords du cottage pour l'arrêter.

Le vieil Adam leva les bras en l'air en criant :

— Alléluia ! Je vais rencontrer...

Le reste de sa phrase se perdit dans le vent.

Wiggins croqua un biscuit au charbon en souriant.

Puis il vit le fauteuil bringuebaler et tanguer, entendit un cri ou bien un éclat de rire, et descendit la pelouse.

C'était un rire.

— Épatant, sergent ! Vraiment épatant ! On le refait ?

— Non, monsieur, la récréation est finie.

Il écarta la main d'Adam, qui s'apprêtait à démarrer le moteur électrique de son fauteuil.

— Le commissaire Jury désire vous voir.

— Ah ! Ça va être moins amusant, j'imagine.

Il porta un doigt à sa bouche et murmura :

— Pas un mot ! Ça doit rester entre nous.

Le sergent le regarda d'un air grave.

— Vous pouvez compter sur moi.

Jamais Wiggins ne s'était à ce point plongé dans ses notes, remarqua Jury. Le sergent était assis sur une chaise laquée noire près d'une haute fenêtre.

Se trouvait également là une belle femme, mince, extrêmement élégante, au regard plein de vivacité. Probablement dans les soixante-dix ans, mais elle en paraissait soixante.

Adam Holdsworth raconta à Jury que son sergent l'avait aimablement promené dans le labyrinthe, et il lui dit aussi qu'il avait du mal à croire que ce qui était arrivé à Virginia et à Annie Thale n'était pas accidentel.

— Qui aurait pu pousser Ginny du haut de ces rochers ? Certainement pas ce pédé de Fellowes...

— Oh ! pour l'amour du Ciel, Adam, l'interrompit lady Cray, les yeux au plafond, ce genre de stéréotype est infect.

— Vous ne le connaissez pas ! rétorqua Adam.

Lady Cray secoua la tête et, se levant, s'apprêta à se retirer.

— Je vous en prie, ne partez pas, lady Cray, dit Jury en sortant de sa poche le paquet de lettres.

Adam tapa du poing sur l'accoudoir de son fauteuil.

— Les carottes sont cuites !

— C'est bien dans le cabinet du Dr. Kingsley que vous les avez prises, n'est-ce pas ?

— Oui, c'est là que je les ai trouvées, dit-elle, inspectant un ongle vernis de rouge avant de croiser les bras d'un air impatient.

— Elles étaient attachées avec un bout de ficelle ou un ruban.

— Oh ? fit-elle en haussant les sourcils.

— Oui. Vous n'avez rien trouvé de semblable ? Ou bien étaient-elles maintenues par cette pince, comme quand vous les avez remises à Mr. Plant ?

Adam se tourna vers elle.

— Dites-le-lui, bon sang ! Il se moque pas mal que vous soyez une fétichiste des rubans. C'est moins grave que de raconter des saletés au téléphone.

— Je vais vous le chercher.

Comme elle quittait la pièce, elle se retourna sur le pas de la porte.

— J'*étais* fétichiste, Adam. Les rubans n'ont plus aucun intérêt pour moi.

— Ma belle-fille... (Penser à Geneviève écœurait visiblement Adam.)... a failli péter les plombs après votre visite à Tarn House, hier. Elle se voyait déjà la suspecte numéro un dans le meurtre de Jane. *Si* toutefois il y a eu meurtre. A propos, qui vous a parlé de Graham ? Helen Viner ? Elle le soignait pour dépression.

— Non. Elle a refusé de m'en parler, s'abritant

derrière le secret professionnel. C'est la tante de Millie.

— Quoi, ce vieux dragon ?

Jury sourit.

— C'est sa sœur, Annie, qui s'était confiée à Thomasina.

Jury ne désirait pas revenir sur le portrait que Millie avait fait de sa tante Tom.

Adam secoua la tête.

— Ma foi, c'est possible. Mais pourquoi Graham aurait-il courtisé Annie ?

— Annie n'était qu'une amie pour lui, une amie et une confidente. Je crois que toute la question tourne autour de votre testament et de la part d'héritage des uns et des autres.

— Bon Dieu ! l'argent, toujours l'argent ! pesta Adam. Le premier bénéficiaire est Alex, Millie vient juste après. Cela peut vous surprendre, mais j'aime beaucoup cette enfant, elle est toute seule et elle n'est qu'une petite fille.

Il se passa la main sur son crâne chauve.

— Et je n'ai pas besoin de vous dire que je suis très inquiet pour eux.

— Je ne pense pas qu'ils soient en danger, Mr. Holdsworth, dit Jury, tout en pensant : *Du moins pour l'instant.*

Lady Cray entra à ce moment-là, s'approcha de Jury et déposa dans sa main un ruban soigneusement enroulé.

Jury tendit les lettres et le ruban à Wiggins.

— Voyez si ça correspond.

Puis il se tourna en souriant vers lady Cray.

— Elles se trouvaient sur une étagère de sa

bibliothèque, dit-elle sans attendre sa question. Mais Mr. Plant vous l'aura déjà dit. Le Dr. Kingsley a sur une certaine étagère de faux livres. Les reliures sont en cuir, mais l'intérieur est creux. C'est là qu'il range son alcool et ses liqueurs. Or, juste au-dessus de cette étagère, il y avait un volume semblable. Kingsley est peut-être alcoolique mais pas au point que cela affecte ses facultés de perception. Certes, il n'a pas une très bonne vue, mais son esprit compense largement cette faiblesse. Moi, par contre, j'ai de très bons yeux. Ce ne sont pas des verres de contact gris que vous voyez là ; je pourrais distinguer une buse au milieu d'un vol de corbeaux à deux cents mètres, ou un pied poussant un fauteuil roulant depuis la plus haute fenêtre de cette maison.

Le bref échange de regards entre Adam et Wiggins n'échappa pas à Jury, tandis que lady Cray poursuivait son récit.

— Ce ruban ressemblait à ceux dont on se sert pour marquer les pages d'un livre. Il se trouve que j'ai un penchant particulier pour les rubans rouges... j'*avais* un penchant, devrais-je dire. Le Dr. Kingsley m'avait donné rendez-vous à dix heures, hier matin, mais ce n'est qu'à la fin de notre entretien que j'ai aperçu ce ruban. Aussi ai-je proposé au docteur que l'on se revoie le jour même, à trois heures de l'après-midi. Quand on désire fortement quelque chose, on n'attend pas, n'est-ce pas ? Quand je suis retournée à son cabinet à trois heures, je me suis aussitôt assurée que le ruban était toujours là. J'avais, bien entendu, un plan pour m'en emparer. Je ne pouvais décemment pas le prendre sous son nez, en m'approchant de sa bibliothèque, sous prétexte d'admirer ses reliures. Il fallait que je reste un moment seule dans le cabinet. Je lui ai demandé s'il avait des chocolats, je lui ai dit que je ne me sentais pas très bien, et qu'un peu de chocolat me ferait du bien, il savait que j'en étais très friande. Mais j'avais oublié une chose, c'est que les alcooliques sont également amateurs de sucreries, et de chocolat tout spécialement. Le bon docteur s'est contenté d'ouvrir un tiroir et d'en sortir en souriant une tablette de chocolat noir. J'étais prise à mon propre piège ! Sans compter que je n'aime pas le chocolat en tablette. Je lui ai dit alors que je n'aimais que les chocolats fins, dans du papier d'argent. Je dois reconnaître que notre docteur sait se montrer patient envers des énergumènes de mon espèce, car le voilà qui se lève et quitte son cabinet pour partir en quête d'une boîte de chocolats. Et il en a trouvé une. J'aime à penser qu'il l'a fauchée dans un tiroir. Il me les a remis avec un grand sourire et m'a dit qu'il espérait que cela me calmerait.

Il y eut un moment de silence, comme si chacun attendait la suite.

— Eh bien, c'est tout ? Que s'est-il passé ? demanda Adam avec impatience.

— Mais rien de plus que ce que je viens de vous raconter. Faut-il que je vous dise qu'en l'absence du Dr. Kingsley, je me suis levée et que j'ai pris les lettres ? En tout cas, quel que soit l'objet de votre enquête, je peux vous dire que je ne crois pas une seule seconde à la culpabilité du

Dr. Kingsley. Je n'en dirais pas autant de l'autre docteur.

Elle se tourna vers Wiggins.

— Que pensez-vous de ce ruban, sergent ?

— Quoi ?

— Le ruban. Quand je l'ai défait, j'ai examiné les marques qu'il avait laissées sur les enveloppes, et elles ne correspondaient pas à la largeur de ce ruban.

Wiggins passa les lettres à Jury.

— Je ne pense pas que ce soit le ruban d'origine, monsieur.

Jury ôta le ruban, examina les marques du papier, renoua le ruban.

— Non. Il est trop mince, trop neuf.

Il regarda lady Cray.

— L'autre docteur, lady Cray ?

— Cette psychiatre. Vous savez, le Dr. Viner. Je sais, Adam, que vous l'appréciez beaucoup, comme tout le monde ici. Elle est tellement... plausible, n'est-ce pas ? Mais j'ai l'intuition qu'elle n'aime pas...

Jury lui sourit.

— Oui ?

Elle jeta un regard aux trois hommes et répondit dans un soupir :

— Les hommes !

— Le paquet de cartes.

La voix était celle d'Alex, entré sans bruit par la fenêtre. Il se tenait à présent dans la pièce, le regard fixé sur les lettres que tenait Jury.

— Bon Dieu ! tu ne pourrais pas entrer par la

porte de temps en temps ? Tu te conduis toujours comme si tu étais en cavale, dit Adam avec plus de sévérité qu'il n'aurait voulu, dans son désir de masquer ses sentiments.

Jury l'aurait reconnu d'après les photos que lui avait montrées Jane, mais il l'aurait également reconnu sans elles. Alex Holdsworth avait le teint de son père, mais c'était de sa mère qu'il tenait ses expressions, ses manières, et même le ton de sa voix. Jury ressentit de nouveau ce terrible sentiment de perte. Si les choses avaient été différentes, ce garçon aurait pu être son beau-fils. Non, se dit-il. Non, ça n'aurait pas marché, même si elle avait vécu.

— Alex ?

Le garçon écarta une mèche de cheveux de ses yeux et regarda Jury, le visage sans expression.

— Je suis... nous sommes des policiers. De Scotland Yard. Nous n'enquêtons pas officiellement, mais nous cherchons à savoir... au sujet de votre mère.

— C.O.M. R. Jury. Je sais, dit Alex.

Wiggins se leva et, tendant sa main, dit avec un humour qui ne lui ressemblait pas :

— S-G-T. Wiggins. Comment allez-vous ?

Ils échangèrent une poignée de main.

Jury trouva Alex affreusement pâle, les traits tirés.

— Que vouliez-vous dire par le « paquet de cartes » ?

— Rien.

Il jeta un bref regard à Jury, détourna les yeux.

— Je suis venu voir grand-père, c'est tout,

dit-il, enfonçant les mains dans les poches de son jean.

— Je vais vous laisser, annonça lady Cray, qui n'avait pas soufflé mot depuis l'arrivée inopinée d'Alex.

— Pas vous, Alex, dit Jury en s'interposant entre la fenêtre et le garçon qui s'apprêtait à repartir comme il était entré. J'aimerais que nous bavardions un peu, d'accord ?

Alex parut réfléchir un instant, puis il acquiesça d'un signe de tête.

QUATRIÈME PARTIE
MORT DIFFÉRÉE

41

— Vous étiez un ami de ma mère.

— Oui, dit Jury.

— Elle ne s'est pas suicidée. Jamais elle n'aurait fait une chose pareille.

Jury le trouvait terriblement sur la défensive. Ils se tenaient dans la serre parmi les palmiers en pots, les gloxinias et les plantes vertes. Ils sirotaient du café ; Jury avait trouvé sur une desserte une cafetière encore chaude.

Alex lui raconta comment il tenait le compte exact des médicaments que prenait sa mère. Puis il lui tendit un bout de papier.

— Qu'est-ce que c'est ? demanda Jury, posant sa tasse sur le sol dallé.

— La liste des gens qui étaient à la maison, ici, à Tarn House, quand m'man a perdu son flacon de comprimés. N'importe lequel d'entre eux aurait pu le prendre. Et puis j'ai pensé que les médecins et les infirmières, ici à Castle Howe, pouvaient se procurer du Seconal en moins de temps qu'il n'en faut à Fortune's Son pour faire cent mètres.

— C'est vrai.

Jury parcourut la liste, terriblement triste, ne sachant pas quoi dire à Alex. Alors il l'interrogea au sujet du « paquet de cartes ».

— C'est un rêve, que je fais souvent.

Alex le décrivit en détail à Jury.

— Il manquait quelque chose dans la chambre de m'man, mais je ne savais pas quoi. Elle gardait ces lettres dans un tiroir de sa table de nuit. Elle devait y attacher de l'importance.

Il marqua une pause.

— Je ne comprends pas ce que signifie cette Reine de Cœur. Le Dr. Viner pense que c'est parce que je me sens coupable d'avoir été renvoyé du collège. Je joue au poker, et je me suis fait prendre. Je parie aux courses de chevaux, et je me suis fait prendre.

Jury avait envie de rire.

— Vous êtes trop jeune pour aller parier chez les books.

— Bien sûr, mais je me débrouille autrement. J'ai un partenaire, qui a l'âge de parier, et on a une bonne combine.

Jury hocha la tête, ne doutant pas un seul instant des capacités d'Alex Holdsworth.

— Vous feriez une bonne équipe avec lady Cray, dit-il.

— Pourquoi ?

— Oh ! aucune importance. Le Dr. Kingsley ne vous a pas reconnu la nuit dernière, à ce dîner ?

— Non, à moins qu'il soit un excellent comédien.

Jury se leva.

— Oui, et c'est ce que nous allons vérifier, d'accord ?

Comme ils approchaient de la porte du Dr. Kingsley, Alex dit :

— Vous savez ce que Millie a dit de la Reine de Cœur ?

Il s'arrêta et eut un sourire.

— Que c'était la Reine Rouge d'*Alice au pays des merveilles.*

Millie avait peut-être raison, pensa Jury.

— Alex, attendez-moi ici, jusqu'à ce que je vous fasse signe.

— Jamais vu ces lettres, dit Maurice Kingsley, le visage blême, en les tournant et retournant dans ses mains. Pourriez-vous me dire de quoi il s'agit ?

La colère couvait sous sa pâleur.

— Je pensais que vous pourriez m'aider à répondre à cette question, dit Jury. Ces lettres se trouvaient sur l'une des étagères de votre bibliothèque. Dans l'un de ces faux livres à l'intérieur desquels vous planquez votre whisky.

Kingsley était abasourdi.

— Co... comment ? Qui... ?

Il ferma les yeux un instant.

— Lady Cray ! Bon Dieu, cette femme aurait-elle des rayons X à la place des yeux ?

Il ôta le ruban.

— C'est à cause de ce ruban, n'est-ce pas ? Je l'entends encore... « Oh ! non, pas une tablette... je veux des chocolats fins... une boîte... si vous voyez ce que je veux dire. »

Jury ne put s'empêcher de sourire. C'était une bonne imitation de lady Cray.

— Allez-y, vous pouvez les lire.

Le regard de Kingsley alla des enveloppes à Jury.

— Adressées à *Jane* ?

Il les étala sur son sous-main.

— Et elles datent d'il y a cinq ans ?

Jury hocha la tête.

Kingsley prit connaissance des lettres dans un silence total. Puis il les rangea dans leurs enveloppes, les remit en tas et, tournant la tête vers la fenêtre, regarda le parc, l'air songeur.

Jury respecta un moment son silence puis demanda :

— Alors ?

— Je réfléchis, commissaire, répliqua Kingsley avec un regard froid.

— Très bien.

Ce n'était pas ce que faisaient d'ordinaire les suspects. Jury attendit.

Finalement Maurice Kingsley dit :

— Vous savez que je me trouvais à Londres le jour de sa mort. Geneviève et Madeline y étaient aussi, et ça aurait pu être n'importe qui d'autre, hormis Helen Viner et Crabbe Holdsworth. Après la visite de la police, tout le monde savait que je cuvais mon vin sur un banc juste en face de chez Jane, la *nuit* même de sa mort. Pourquoi aurais-je tué Jane ? Pour quelles raisons, au nom du Ciel ? Quant à ces lettres, dit-il en repoussant le paquet de la main, ce n'est sûrement pas moi qui les ai écrites.

— Je le sais, tout comme je sais que vous n'aviez aucun motif de tuer Jane Holdsworth. Mais vous ne voyez pas où je veux en venir.

— Éclairez-moi.

— Je veux bien, à la condition que cela reste entre nous.

Kingsley hocha vigoureusement la tête.

— Je pense qu'elle s'est donné la mort. Je pense qu'elle désirait que je... j'étais son ami... que je découvre ce qui était arrivé à Virginia Holdsworth et à Annie Thale.

Kingsley le regarda fixement, puis il se leva et prit sur une étagère l'un des livres creux.

— Excusez-moi, mais j'ai besoin d'un remontant, après toutes ces émotions. Vous en voulez? ajouta-t-il en tendant à Jury une bouteille de whisky.

— Merci, pas tout de suite. Je suis persuadé que le mobile est l'argent. Geneviève aurait pu tuer Virginia Holdsworth dans le but de se rapprocher des millions d'Adam. Mais il y a une différence entre se rapprocher de l'argent et l'avoir. Madeline? Même chose. George Holdsworth est de la famille mais il n'aurait rien gagné à tuer sa belle-sœur. Fellowes, encore moins. Et, de toute façon, on peut l'exclure comme suspect pour des tas de raisons. Seule la mort d'Annie Thale bouleverse toutes les données. Et si elle a été assassinée, c'est à cause de ce qu'elle savait à propos de Graham Holdsworth.

— Vous voulez dire qu'elle savait qu'il était homosexuel ?

— Non, elle était au contraire persuadée qu'il ne l'était pas.

Kingsley vida son verre de whisky et s'en servit un autre. Il ne dit rien, attendant que Jury poursuive.

— Dans ces lettres adressées à Jane, il est surtout question des problèmes de Graham, et elles sous-entendent que le divorce serait la meilleure des solutions.

— N'importe qui aurait pu les écrire. Les taper sur un ordinateur à Castle Howe, à Tarn House ou même à Londres.

— Allons, docteur Kingsley. Vous savez...

Jury rapprocha sa chaise du bureau.

— J'aimerais que vous parliez avec Alex.

Kingsley ouvrit de grands yeux.

— Pourquoi ?

Sans lui répondre, Jury se leva, alla ouvrir la porte, et fit signe à Alex d'entrer.

Alex se planta au milieu de la pièce, la tête légèrement penchée de côté.

— Vous me reconnaissez ? demanda-t-il en regardant fixement le Dr. Kingsley.

— Bien sûr que je vous reconnais. Nous avons dîné ensemble.

Le sourire du docteur était forcé.

Jury avait tiré une chaise et invité Alex à s'asseoir.

— Nous avons aussi bavardé dans un jardin public.

— Je ne vois pas de quoi vous parlez, répondit Kingsley.

— Vous étiez donc ivre mort ? demanda Jury.

— Non, je me souviens vaguement de quelqu'un assis sur le banc d'à côté, et encore je ne suis pas sûr que c'était un banc. La police m'a *assuré* que je me trouvais dans ce petit jardin juste en face de la maison de Jane. Décidément, on ne cesse de me le rappeler, non ?

Alex était très raide sur son siège. Finalement il demanda :

— Est-ce vous qui avez tué ma mère ?

— Non.

— Pourquoi devrais-je vous croire ?

— Vous n'y êtes pas obligé.

Kingsley haussa les épaules.

— Je suis paresseux, alcoolique, j'ai un sale caractère, répliqua le Dr. Kingsley en regardant Alex dans les yeux.

Alex se détendit et lutta contre une envie de sourire.

— Il n'avait aucune raison de tuer votre mère, Alex, lui dit Jury. Vous devriez lui raconter votre rêve.

Alex fronça les sourcils.

— Pourquoi ? J'en ai déjà parlé au Dr. Viner, et ça ne m'a pas aidé.

— Mais vous en savez davantage, maintenant. Allez-y. Cette Reine de Cœur vous empoisonnera toute la vie. Kingsley est psychiatre.

— Oh ! il n'y a pas de quoi s'en vanter, dit Alex, hostile.

— C'est bien vrai, ça, mon garçon, dit Kingsley, se tournant vers l'étagère la plus proche. Du Valium ? Du Librium ? Allez, racontez-moi votre rêve. Franchement, cette Reine de Cœur m'intrigue.

Une cheville posée sur le genou, Alex joua avec le lacet de sa Reebok tout en lui contant son rêve. Puis il parla du collège, de ses paris aux courses, de ses parties de cartes. Enfin il se tut, l'air vaguement embarrassé.

Kingsley alluma une cigarette. Il demanda à Alex s'il voulait fumer, et comme ce dernier lui faisait signe que oui, il lui lança son paquet.

— Joli briquet, dit Alex.

— Oui, je l'aime beaucoup, dit Kingsley. Valeur sentimentale.

Et il se tut, tirant pensivement sur sa cigarette.

— Alors ? demanda Alex.

— Je réfléchis, répondit Kingsley, continuant de fumer en silence.

— Mais je ne me *sens* pas coupable, dit Alex avec passion. Je veux dire pour le poker et les paris.

— Et pourquoi devriez-vous vous sentir coupable ? demanda Kingsley. Vous avez fait ça pour aider votre mère, pour aider aux dépenses. Pour que Geneviève lui fiche la paix.

— Oui, mais je trichais. Oh ! bien sûr, les bookmakers ne sont pas des saints non plus. Et aux cartes aussi, je trichais...

— Comment ? Vous gagniez rarement, mais vous finissiez toujours plus riche qu'au début.

Alex resta silencieux, tirant le lobe de son oreille. Puis il sortit un portefeuille de sa poche. Il en tira un billet de vingt dollars et le posa sur le bureau.

— Et alors ?

Kingsley regardait le billet. Alex le retourna. C'était une coupure d'un dollar.

— Collés dos à dos. C'est pour ça que je ne pouvais pas utiliser de livres sterling : les billets ne sont pas de la même taille.

Jury était fasciné.

— Je ne comprends pas. Je dois être idiot.

— Vous faites de la monnaie. Vous mettez le billet de vingt et vous le récupérez, *retourné,* avec d'autres billets.

Il regarda les deux hommes, puis le plafond.

— Bon, d'accord, je ne suis pas fier de moi...

— Je m'en doute, dit Kingsley d'un ton sec.

Alex reprit :

— Cette Reine de Cœur, dit-il, c'est le poker, non ?

— Peut-être, dit le docteur. Vous teniez la main de votre mère, n'est-ce pas ?

— Oui, la Reine de Cœur... En plus de l'autre, celle du jeu de cartes.

— Une paire. Votre mère et vous, vous faisiez une fameuse paire. Elle ne parlait que de vous.

Kingsley eut un grand sourire.

— Oui, une fameuse paire.

Le visage d'Alex exprimait un profond soulagement. Il s'adossa à sa chaise et se couvrit le visage de ses mains. Il ne fit aucun bruit, mais Jury vit les larmes ruisseler entre ses doigts.

Kingsley ouvrit un tiroir de son bureau et en sortit une boîte de mouchoirs en papier.

— Tenez, dit-il.

— Merci, merci beaucoup, dit Alex en prenant les mouchoirs.

— Ah ! ne me remerciez pas. Je n'ai rien fait. Que vous a dit le Dr. Viner au sujet de ce rêve ? J'aimerais savoir quel est le plus futé de nous deux.

— Ce qu'elle m'a dit ne m'a rien apporté.

— La libre association mène nécessairement quelque part. Ça aurait fini par vous conduire au poker.

— Le plus bizarre, c'est ce qui m'est venu à l'esprit en la voyant s'éloigner.

— Oui ? Qu'avez-vous pensé ?

— Une association. Paquet de cartes, paquet de mensonges.

Il se leva.

— Je vais retrouver grand-père.

Jury approuva d'un signe de tête.

— C'était très intelligent, docteur. Mais ce n'est pas la bonne paire.

— Oui, c'est ce que je pense. Vous savez, je me demandais pourquoi lady Cray tournait autour du sujet... Cette femme étrangère qui lui donnait des chocolats. Ce ruban dans les cheveux d'une femme assise devant elle qu'elle avait essayé de voler...

Kingsley prit le paquet de lettres sur son bureau. Il secoua la tête.

— C'était quand même prendre un sacré risque que je ne les trouve pas, non ?

— Elles étaient bien cachées, sauf pour l'œil d'aigle de lady Cray. Et si vous les aviez trouvées, qu'auriez-vous fait ? Les brûler ? Chercher à avoir une confrontation ? Elles pourraient faire croire que vous aviez eu une liaison avec Jane...

Jury marqua une pause.

— Alex dit qu'il ne les a pas lues.

— C'est possible. C'est un garçon qui respectait la vie privée de sa mère. Il est possible, cependant, qu'il n'ait pas résisté à la tentation de les lire quand il était plus jeune.

— Avec la mémoire qu'il a, une mémoire méticuleuse, une mémoire de joueur de cartes, je m'étonne qu'il n'ait pas vu tout de suite ce qui manquait dans la chambre de sa mère, alors qu'il connaissait parfaitement, par exemple, le nombre de pilules qu'elle avait prises ou pas.

— Parce qu'il n'a pas voulu s'en souvenir, répondit Kingsley.

— Mais vous ne pensez pas qu'il *sait* ?

— En partie, seulement. Une ombre, une toile d'araignée dans un coin de sa mémoire qui l'agace. Ne vous inquiétez pas, ça s'effacera, ça disparaîtra. Ce qui ne disparaîtrait pas, c'est l'idée que sa mère se soit suicidée. Il en serait déchiré pour le restant de ses jours.

Kingsley écrasa sa cigarette et regarda Jury.

— Alors, qu'allez-vous faire ?

— Boire un verre.

Kingsley posa un deuxième verre sur son bureau.

— Versez-m'en un double. J'en aurai besoin : je vais aller la voir.

42

— Déjà de retour ?

Helen Viner, souriante, lui ouvrit la porte ; elle ne semblait pas le moins du monde contrariée ni étonnée que Jury revienne la voir.

— Oui, de retour.

Elle portait une robe faite d'un tissu léger qui tombait en plis et se balançait sous la brise entrant par la fenêtre ouverte.

— J'espère que vous ne m'en voudrez pas de vous faire une remarque qui n'est pas à proprement parler un compliment... dit-il, alors qu'elle secouait déjà la tête, signifiant que bien sûr que non, elle ne lui en voudrait pas.

— Vous n'êtes pas absolument jolie...

Elle s'assit en riant derrière son bureau.

— Absolument ? J'espère bien que non !

— Mais vous donnez l'impression de l'être. Si j'étais encore capable d'être ému, je serais très attiré par vous.

— Dans mon métier, on appelle ça un transfert.

— Ça porte également d'autres noms.

Elle haussa l'arc parfait de ses sourcils, mais ses yeux noisette avaient pris cette teinte glacée des eaux de Wast Water.

— Ulysse redoutait le chant des sirènes, dit-il.

— Voilà un compliment...

— Non, ça n'en est pas un. S'il avait écouté leur chant, son navire se serait écrasé sur les rochers, et ses hommes et lui seraient morts, dit Jury, se demandant pourquoi cette image lui était venue. Comme Virginia Holdsworth, l'amie que vous avez poussée sur ce sentier escarpé entre le Scafell et Mickledore.

Jury sortit d'une enveloppe les photos de Plant et les posa sur son bureau.

— Examinez-les, voulez-vous ?

Son contrôle de soi était tout à fait remarquable. Elle donnait l'impression d'une grande patience et d'une sérénité inébranlable, comme si elle avait devant elle un patient atteint de délire mythomaniaque. Elle fit ce qu'il lui demandait, avec attention, puis reporta son regard sur lui en secouant doucement la tête.

— Je ne suis pas sûre de comprendre.

— Au contraire, vous comprenez très bien. Mr. Plant a photographié cette faille, appelée Fat Man's Agony.

— Et alors ? Mr. Plant a le droit de se promener et de prendre des photos. Je ne vois pas en quoi cela me concerne.

— Cela vous concerne bougrement. Il a pris ces photos afin de les comparer avec un paysage peint par Francis Fellowes il y a six ans, le jour où il a accompagné Virginia Holdsworth en montagne. Ce tableau est en ce moment même au laboratoire de Scotland Yard. Personne n'a jamais sérieusement soupçonné que la mort de Virginia ne fût pas accidentelle, parce qu'il n'y avait personne sur les lieux, en dehors de Francis Fellowes.

— Mais c'est la vérité, Ginny a fait une chute.

— Non. Personne n'a pensé que quelqu'un puisse se cacher dans cette faille et attendre que Fellowes plie bagage, une fois son travail terminé. L'assassin pouvait alors sortir de sa cachette et s'en aller sans être vu.

Son expression ne trahissait toujours pas le moindre émoi. Elle souriait même gentiment à Jury, comme pour lui pardonner un excès d'imagination.

— Je ne sais pas comment ni pourquoi vous en êtes arrivé à formuler une telle accusation, mais je peux vous assurer que vous vous trompez. Ginny Holdsworth était une amie.

— Jane Holdsworth aussi était une de vos amies.

— Je pensais que le suicide de Jane ne faisait aucun doute. De toute façon, je me trouvais à Kendal, chez des amis.

Elle n'aurait jamais dû se montrer si sûre d'elle, pensa Jury. Une innocente, accusée de tels crimes, se serait révoltée, violemment troublée, ce qui n'était décidément pas le cas de Helen Viner.

— Oh ! je sais bien où vous étiez, comme je sais où se trouvait le Dr. Kingsley. Dommage pour lui qu'il se soit trouvé à Lewisham, ce soir-là, et soûl, qui plus est. Vous auriez mieux fait de le laisser tranquille au lieu de dissimuler ces lettres dans son cabinet.

Jury balança sur son bureau le paquet de lettres. Cette fois, un muscle de sa joue tressaillit.

— C'est quoi ? demanda-t-elle.

— Les lettres que vous avez écrites à Jane Holdsworth. Vous étiez diablement prudente, il y a cinq ans. Des lettres tapées sur ordinateur, non signées.

Un pli barrait son front. Elle avait défait le ruban, avait sorti une lettre de son enveloppe.

— Qu'est-ce qui vous fait penser que j'en sois l'auteur ? demanda-t-elle.

— Parce que Graham Holdsworth était votre patient. Et le prétendu secret professionnel que vous m'avez opposé n'a été de votre part qu'une bien piètre parade. Nous avons tous ce qu'on appelle des « tendances », docteur Viner. Aucune femme, aucun homme n'est totalement hétérosexuel, et peut-être Graham Holdsworth l'était-il un peu moins que les autres. Mais que je sache, l'expression « homosexualité latente » ne veut strictement rien dire. Cependant elle peut être vécue comme une tare insupportable par des gens fragilisés par une certaine éducation et un certain milieu. Je pense que vous avez manipulé Graham, que vous l'avez convaincu que son homosexualité n'était pas seulement fantasmatique mais bien réelle, et ça, c'était une chose qu'il ne pouvait supporter. Il n'était pas homo. Tous les gens à qui j'ai parlé ont été étonnés à l'idée qu'il ait pu l'être. Jamais ils n'avaient supposé une telle chose. Vous avez manipulé Graham et Jane, dans le seul but d'avoir le contrôle sur Alex. Pour cela, il vous fallait contrôler Jane.

Jury alluma une cigarette d'une main tremblante.

— Et pour cela, il vous fallait nouer une liaison amoureuse avec elle. Savez-vous qui a vu clair en vous ? Lady Cray. Avec sa redoutable intelligence, elle a cherché à vous cerner en parlant de ses propres « tendances » au Dr. Kingsley.

Helen Viner se leva de son fauteuil et, tournant le dos à Jury, alla à la fenêtre.

— Jane était peut-être bisexuelle mais certainement pas lesbienne. Je le sais. Peu importe combien de temps a duré cette relation avec vous. Mais elle a fini par ne plus supporter l'idée qu'elle avait pu être pour quelque chose dans la mort de son mari ; elle ne pouvait probablement plus supporter la chose elle-même ; et elle ne pouvait certainement plus supporter la pensée que tout cela avait entraîné le meurtre d'Annie Thale.

Jury la vit qui se figeait. Elle demanda d'une voix blanche :

— Annie Thale ?

Elle répéta de nouveau le nom en secouant la tête, puis se retournant vers Jury, elle dit :

— C'est dément.

— Non, mais vous l'êtes certainement. Annie Thale était la seule personne à qui Graham se confiait. Elle était probablement amoureuse de lui. Elle savait qu'il n'était pas ce que vous cherchiez à lui faire croire. Annie Thale était comme sa sœur, une femme de bon sens, aimant la vie et les gens. Pas du tout du genre suicidaire. J'ai parlé à cette sœur, Tommy. Vous avez eu tort de la négliger.

Helen Viner quitta la fenêtre pour revenir s'asseoir derrière son bureau.

— Commissaire, dit-elle en se penchant en avant, je pense que la mort de Jane vous a affecté au point de vous faire perdre toute raison.

— Si j'avais perdu la raison, je n'aurais qu'à vous regarder pour vous donner le Bon Dieu sans confession. Vous êtes tellement... « plausible », selon le mot de lady Cray. Que voulez-vous ? Le pouvoir sur Castle Howe ? Ou le pouvoir tout court ? Vous êtes une manipulatrice remarquable. Quel coup habile de dire à Mr. Plant qu'Alex a besoin d'une thérapie, mais *pas avec vous,* pour qu'on ne vous soupçonne pas de vouloir l'influencer. Or, vous *savez* que vous avez déjà de l'influence sur lui. C'est *ça* qui compte. Car pour mettre la main sur l'argent d'Adam, il vous faut d'abord mettre la main sur Alex. Heureusement qu'Alex est beaucoup plus futé que vous ne le pensez.

— Je n'ai jamais douté de son intelligence.

— Vous l'avez quand même sous-estimé. Inconsciemment, il sait que vous n'êtes qu'un paquet de mensonges. Le Dr. Kingsley le sait aussi, bien qu'il soit trop bien élevé pour le dire.

— Maurice ? C'est un incompétent.

— Oh ! non, certainement pas. Il est bien meilleur praticien que vous. Le Dr. Kingsley est peut-être un alcoolique, mais à côté de lui vous n'êtes qu'une figurante.

Elle jeta un regard au paquet de lettres.

— Ainsi je les aurais « dissimulées » dans le bureau de Maurice ?

— Oui. Cela aurait intéressé la police, de découvrir que Kingsley aimait Jane. Un amant jaloux. Et vous avez incité lady Cray à *le* consulter, sachant qu'avec son obsession pour les rubans rouges elle ne manquerait pas de découvrir ces lettres.

— Tout de même, le risque était grand que Maurice les découvre le premier.

— Et après ? Qu'en aurait-il fait ? Les porter à la police et dire « Écoutez, j'ai trouvé ces lettres parmi mes livres, mais ce n'est pas moi qui les ai écrites » ? De toute façon, si ça n'avait pas marché selon vos plans, vous les auriez reprises.

Elle sourit, comme si Jury avait fait une plaisanterie.

— Effectivement, je ne vois pas Maurice se rendre à la police.

Elle prit une cigarette dans une boîte ronde de John Players et, quand elle vit que Jury ne s'empressait pas de lui offrir du feu, elle sortit une pochette d'allumettes. Puis elle se renversa sur son fauteuil, exhala lentement la fumée au plafond, l'air pensif, comme si elle considérait les confessions d'un patient.

— Ainsi, selon vous, tout commencerait avec Ginny Holdsworth ?

— Exact. Il y a six ans, quand vous avez appris qu'elle partait au Scafell en randonnée — et vous saviez qu'elle voulait passer par Broad Stand —, vous y êtes montée avant elle. Vous l'avez guettée et vous l'avez poussée. Ce que vous ne saviez pas, c'est que Francis Fellowes avait décidé de l'accompagner. Alourdi par son matériel, il marchait loin derrière elle. Quand vous l'avez vu arriver, vous avez dû faire une drôle de tête, car il vous coupait la retraite. Vous avez donc dû vous cacher dans cette faille et attendre qu'il peigne son paysage et replie bagage.

Comme elle ne disait rien, Jury attendit ; la curiosité finirait par la faire parler.

— La police a interrogé Francis, parce que personne ne pouvait s'être trouvé là-haut, à moins d'être un grimpeur de haut niveau. Ce que je ne suis pas.

— Vous étiez là pourtant. Francis vous a peinte sur son tableau.

Elle rit.

— Oh ! mais il n'aurait pas pu me...

C'était son premier faux pas.

— Vous voir ? Pourquoi ? Parce qu'il avait le dos tourné ? Parce que vous vous cachiez dans cette crevasse appelée Fat Man's Agony ?

— Non, il n'aurait pas pu me voir parce que je n'étais pas là.

Jury jeta sur son bureau un étui en cuir.

— Qu'est-ce que c'est ? demanda-t-elle en l'ouvrant.

— Un miroir.

— Eh bien ? demanda-t-elle avec un sourire en coin.

— C'est avec ce miroir qu'il a peint le paysage qu'il avait... derrière lui. De nombreux paysagistes utilisaient cette méthode du miroir. Fellowes a peint cette fameuse faille.

Elle reposa le miroir et regarda Jury avec toujours ce même petit sourire plaqué sur son visage.

— Commissaire, même si ce tableau existe, je ne crois pas qu'on puisse y distinguer un visage, même avec tout le matériel sophistiqué dont vous disposez dans vos services anthropométriques. Je constate donc que vous n'avez décidément pas grand-chose pour prouver ce que vous avancez.

C'était vrai.

— Je vais vous offrir un choix.

— Oh ! *merci* bien ! Mais pensez-vous que je veuille choisir ?

— Oui. Vous pensez que ce ne sont que des spéculations de ma part. Mais laissez-moi vous dire une chose : de tous ceux qu'intéresse l'héritage d'Adam Holdsworth, vous êtes la seule à avoir un mobile pour ces meurtres... et la manipulation de Graham et de Jane. Parce que les seules autres personnes qui puissent hériter de la majeure partie de la fortune d'Adam sont Alex et Millie. Adam laissera un petit quelque chose aux autres, et il est également prévisible qu'il n'oubliera pas non plus Castle Howe dans son testament. Or, comme il le dit lui-même, c'est vous qui dirigez la maison. Je vous l'ai déjà dit, vous voulez contrôler Alex ; vous pensiez que vous alliez pouvoir prendre la place de sa mère. Mais vous ne le ferez pas.

— Pensez-vous que vous ayez le pouvoir de m'en empêcher ?

— Je peux vous briser, et voici votre choix : soit je fais usage de mes « spéculations », et de ces lettres et du tableau et des photos, soit vous démissionnez de votre poste, ici, et vous disparaissez, loin, le plus loin possible d'Alex Holdsworth.

Elle soupira.

— Ne dites pas n'importe quoi...

Elle montra le miroir et les photos.

— Tout cela n'est que pure conjecture.

— L'avocat auquel je pense accueillerait avec grand plaisir ces « pures conjectures » et je vous garantis qu'il vous enverrait aux assises en moins de temps qu'il n'en faut pour le dire.

— Si vous êtes tellement *sûr* de vous, pourquoi me donner le choix ?

— A cause d'Alex. Il ne supporterait pas d'apprendre que sa mère s'est suicidée. Et il vaut mieux que rien de tout cela ne se sache.

Jury, qui s'était levé, se retourna avant de sortir.

— Personnellement, je pense qu'on devrait vous abattre comme une chienne enragée, docteur Viner.

Il se dirigea d'un pas lourd vers la bâtisse principale. A une centaine de pas, il aperçut lady Cray qui lui faisait signe depuis le banc sur lequel elle était assise.

— Bonjour, dit Jury d'une voix lasse.

Lady Cray, assise bien droite, serrait son sac en cuir dans ses mains. Au-dessus du gros saphir qui ornait son annulaire, les jointures étaient blanches.

— Terrible femme, n'est-ce pas ? dit-elle.

Jury ne put s'empêcher de sourire.

— Que cachez-vous dans votre sac, lady Cray ? Des rubans ? Un revolver ?

Elle soupira et parut se détendre.

— Je vous l'ai dit, les rubans ne m'intéressent plus, Dieu merci. Quant à jouer de la gâchette...

Il rit.

Elle ouvrit son sac, le referma.

— Notez, reprit-elle, que j'ai bien un revolver et le permis qui va avec, mais Mrs. Colin-Jackson a pensé qu'il valait mieux que je le dépose dans son coffre.

Jury la regarda pendant un moment puis lui dit :

— Savez-vous à quoi vous me faites penser, lady Cray ?

— Non, dites-le-moi.

— Au théâtre grec. Le *deus ex machina.*

— C'est un beau compliment, dit-elle, les doigts posés sur le fermoir du sac.

— Vous vouliez me voir ?

— Je suis toujours contente de voir un homme séduisant. Mais si je me suis permis de vous faire signe depuis mon banc, c'est parce que Mr. Plant veut vous voir. Il a appelé depuis le pub. Pas moi, mais Mrs. Colin-Jackson. Son appel paraissait assez urgent.

— Comment saviez-vous que j'étais ici ?

Comme elle ne répondait pas, Jury suivit la direction de son regard.

— Pourquoi avoir installé son cabinet à l'écart, au milieu de toutes ces fleurs ? se demanda-t-il tout haut.

— Les fleurs ont besoin de fumier.

43

I

La fille descendait de l'arbre, et les branches et les feuilles semblaient s'écarter sur son passage. Elle sauta le dernier mètre et atterrit dans un parterre de fleurs.

Il l'avait suivie ici et la regarda se relever de ces mêmes fleurs qui l'entouraient quand il l'avait trouvée jadis. Elle se mit en marche à travers les hautes herbes et il suivit, presque invisible.

Un bruissement. Instinctivement, il s'immobilisa, la queue ondulant, prêt à bondir. Mais il la vit qui s'éloignait, et il s'arracha à son affût, mû par un instinct plus puissant que celui de la chasse.

Cette veille constante était fatigante : elle occupait toujours son esprit, il ne la quittait presque jamais des yeux. Depuis qu'il l'avait trouvée près du grand lac, lançant des éclairs de terreur, étouffant de rage.

Une hermine blanche traversa son champ de vision. Il fut sur le point de lui donner la chasse. Non.

Un froissement d'ailes, une ombre au-dessus de lui. Il s'arrêta. Non.

Maintenant elle était loin, à cause de tous ses arrêts, et il accéléra.

Elle semblait devoir ne jamais s'arrêter, cette course au milieu de ces champs pleins de vie, sous ce ciel plein de vie. Il était en retard. Elle était montée dans le vieil arbre et était redescendue.

Elle était pire que les chiens de chasse, sa colère contenue mais bouillonnant comme des eaux noires. Maintenant, il sentit quelque chose de différent, il entendit quelque chose de différent. Il connaissait cette odeur. Il connaissait ce bruit : *clic-clac,* métallique.

Elle repartit et les hautes herbes se refermèrent sur elle.

Il se précipita vers la maison.

Alex était dans la cuisine. Il s'était fait un sandwich au fromage. La maison était plongée dans le silence, que rythmait le tic-tac de la grande pendule près de la cheminée.

Tout en mangeant, debout devant l'évier, il regardait par la fenêtre. Il pensait à sa mère, à ce qu'aurait été sa vie si elle n'avait pas...

R. Jury, Com. Si sa mère l'avait épousé, il aurait eu pour beau-père un commissaire de Scotland Yard ?

Il laissa tomber son sandwich dans l'évier. Il avait honte. Ce genre de rêve n'était plus de son âge. Merde, il était grand, maintenant, se dit-il avec rage. Grand et seul.

Il regarda par la fenêtre et il vit le chat qui arrivait, courant comme un dératé.

Sorcier ? Il ouvrit la porte, et sortit.

Le chat courut à lui, fit demi-tour, revint, fit demi-tour, revint.

Alex le suivit.

Dans l'arbre. Un coup d'œil. Bon Dieu !

— Sorcier ?

Le chat dévala l'échelle et s'élança vers Castle Howe.

Alex suivit, fendant les hautes herbes.

II

Le parking du Old Contemptibles pouvait à peine contenir trois voitures. A côté de la voiture japonaise qu'avait louée Plant était garée une Jaguar XJ10, dernier modèle, noire, avec une plaque minéralogique qui, en soi, valait une petite fortune. Une plaque personnalisée :

Elle avait dû appartenir à une « Fan » ou « Fanny » ou encore « Frances ». Seulement, elle avait subi une transformation, très réussie, mais très illégale : on y avait ajouté un *G*[1]. A sa vue, Jury secoua la tête et se surprit à sourire.

— Commissaire ! s'exclama Trueblood Marshall.

1. *Fang* = croc.

C'est elle qui a voulu venir à tout prix ! Nous avons téléphoné depuis Long Pidd, et nous voilà. Agatha doit avoir des marques de pneus sur le dos !

Les habitués du pub s'étaient habitués à Melrose, le bibliothécaire. Mais les deux derniers arrivés leur en bouchaient un coin. Wiggins était au bar, s'efforçant de convaincre O. Bottemly de lui préparer un breuvage médicinal.

Bien que son absence l'eût embellie dans le souvenir de Jury, Vivian Rivington aurait aussi bien pu ne jamais avoir pris ce train en janvier. Elle se leva, dans cette même robe de laine grège qu'elle portait quand Jury l'avait vue pour la dernière fois. Et le même chapeau à large bord était là, posé sur la table près de son verre de sherry. Jury savait qu'elle aurait voulu se jeter dans ses bras, mais, fidèle à elle-même, elle resta debout, grâce immobile, l'attendant.

A côté de tant d'élégance simple, Trueblood avait l'air déguisé : veste de vigogne, chemise grise en crêpe de Chine, foulard de soie dont le vert était assorti à sa cigarette Sobranie, mocassins ornés de glands. Trueblood avait abandonné Armani, le sang italien étant trop bouillonnant, peut-être, pour la Région des lacs.

— Vivian, dit Jury, avec la sensation que son sourire lui inondait le corps.

Mais elle se tordait les mains comme dans un geste de supplication.

— Quand ils m'ont dit à Venise que tu allais te mar...

— A boire ! A boire !

Trueblood avait crié comme s'ils étaient perdus dans le désert. Il se leva soudain et repoussa Vivian sur sa chaise. Plutôt brutalement, pensa Jury.

— Oui, nous étions tous les trois au Gritti Palace, et ils m'ont appris que tu...

Et voilà que Melrose s'emparait de la main de Vivian, la caressait — plutôt brutalement, lui aussi, pensa Jury — et lui disait :

— Vivian, Vivian, tout cela est de l'histoire ancienne.

Elle s'arracha à ces deux cerbères, se leva, franchit la distance qui la séparait de Jury et, lui plaçant lentement les bras autour du cou, elle murmura contre sa poitrine :

— Je suis tellement désolée.

Elle sanglota doucement contre lui. Il la serra dans ses bras, murmura dans ses cheveux :

— Tout va bien, Vivian, tout va bien. C'est merveilleux que tu sois venue.

— Et moi, alors, vieille canaille ? s'écria Trueblood. J'ai fait le chauffeur ! On est venus directement de Long Pidd ; Vivian venait tout juste de descendre d'avion.

Jury, tenant toujours Vivian dans ses bras, tourna la tête vers la fenêtre.

— C'est à toi, la Jag qui est dehors ?

— Non... c'est à Viv. Cadeau de mariage.

— C'est exactement ce qu'il lui faut, à Venise, dit Melrose.

— Ce n'est pas *pour* Venise. C'est pour chez elle.

Et par « chez elle », Trueblood entendait clairement Long Piddleton.

— La plaque minéralogique est originale.

Trueblood ne dit rien.

— La plaque minéralogique ? demanda Vivian.

— Je pensais bien que tu ne l'avais pas vue, dit Jury. A propos, mille mercis.

— Pourquoi ?

— Mais pour avoir engagé Pete Apted, avocat de la Couronne.

— Qui ça ? demanda Vivian, manifestement perplexe.

Ce n'était pas Vivian ? Alors, qui ?

Il dit à Melrose et à Wiggins, qui avait quitté le comptoir avec un breuvage fumant :

— Nous devons retourner à Castle Howe.

Melrose était déjà debout.

— Vous, dit-il à Trueblood et à Vivian, restez ici. Nous prenons Fang.

III

— Helen Viner, dit Melrose. Pourquoi n'y ai-je pas pensé ?

— Tu n'es pas le seul dans ce cas. Il y a Adam et aussi Alex, qui voyait en elle une espèce de seconde mère, dit Jury, tandis qu'ils quittaient Boone avec la Jaguar.

— A votre avis, monsieur, que va-t-elle faire ?

— Je vais vous le dire, Wiggins : elle va bluffer. Elle est convaincue qu'elle a une influence énorme auprès d'Adam, et qu'elle est indispensable à Castle Howe, qu'elle dirige de fait, Mrs. Colin-Jackson n'étant là que pour la forme. Aussi, pourquoi abandonner maintenant ?

— Nous n'avons pas de preuves, fit remarquer Wiggins.

— Aucune, dit Jury.

— Elle a assassiné deux personnes et elle est responsable de la mort de deux autres. Et il se peut qu'elle ait brisé la vie de deux gosses, grogna Wiggins. Je ne pense pas qu'elle ait seulement obéi à l'appât de l'argent.

Jury garda le silence, et ce fut Melrose qui répondit :

— Elle aime le pouvoir. Le pouvoir lui est aussi nécessaire que l'air qu'elle respire. Elle s'en nourrit. Savez-vous qui elle me rappelle ? La Geraldine de Coleridge.

— Geraldine ? demanda Jury.

— Oui, dans *Christabel*. Le démon, le vampire violeur. Helen Viner joue sur les peurs et les besoins sexuels. Pensez-vous qu'elle aime aussi le sang ? J'ai entendu dire que lorsque Byron a lu *Christabel* à voix haute, Shelley a été tellement terrifié qu'il a couru s'enfermer dans sa chambre en hurlant.

Ils étaient parvenus à la longue allée menant à Castle Howe.

— Pas de preuves, donc ? reprit Melrose. Eh bien, on devrait l'abattre.

— C'est exactement ce que je lui ai dit, murmura Jury.

44

I

Lady Cray n'avait pas quitté son poste d'observation, sur son banc au milieu de la pelouse, d'où elle pouvait voir tant de choses.

Les jonquilles, en bas près du cottage, ondulaient sous une brise fraîche qui lui faisait serrer sur sa gorge les larges revers de son léger manteau de laine.

Non loin d'elle, Adam jouait à ce nouveau jeu idiot que le sergent lui avait montré, bien malgré lui. Il descendait à pleine vitesse en hurlant, lui faisait de grands signes avant de remonter, puis recommençait. A un moment, il avait failli aller s'écraser contre la maison du docteur. Elle secoua la tête.

Elle observait à présent avec une intense curiosité le champ de hautes herbes qui s'étendait derrière le cottage de Helen Viner. Une silhouette arrivait par là, venant de Tarn House. Millie Thale. Oui, même à cette distance, elle pouvait reconnaître la fillette. Elle s'était arrêtée à présent et cueillait des jonquilles.

Et voilà qu'une autre silhouette se dessinait au loin, venant de la même direction. En courant.

Lady Cray se leva si brusquement que son sac glissa à terre. Elle le ramassa.

Comme elle descendait la pelouse, elle rendit son salut à Adam.

II

— Je vous ai apporté ça, dit Millie Thale, tenant dans ses mains un gros bouquet de jonquilles.

Helen Viner, immobile comme une statue derrière son bureau, tout entière encore à ce qui s'était dit ici quelques moments plus tôt, prit une expression de contentement.

— Oh, Millie ! Des *jonquilles,* Millie ?

Elle se leva doucement de sa chaise.

— Je crois que je suis guérie, dit Millie, tenant les fleurs à deux mains.

— C'est très gentil à toi, et je...

Les jonquilles tombèrent et s'éparpillèrent aux pieds de Millie.

L'impact de la balle projeta Helen Viner contre le mur. Elle resta là, clouée, les paumes à plat contre le mur, fixant Millie d'un regard effaré. Au même instant, Alex Holdsworth se hissait à l'intérieur par la fenêtre, que Sorcier franchit d'un bond.

— Millie !

— Elle a tué ma mère, et je la tuerai dix fois.

Alex arracha le revolver des mains glacées de Millie. La deuxième balle fit tressauter Helen Viner.

Et puis la porte d'entrée s'ouvrit, et lady Cray entra. D'une manchette experte assenée sur le poignet d'Alex, elle lui fit lâcher le Webley. Elle passa devant le fauteuil d'Adam, visa soigneusement et tira sur Helen Viner. Cette fois, le corps glissa jusqu'à terre. Il y avait peu de sang.

— Mais bon Dieu... ? commença Adam.

Lady Cray lui tendit l'arme.

— Tirez !

— Comme vous voudrez, dit Adam, et il fit feu à son tour.

Puis tous les quatre se retrouvèrent à contempler avec horreur le corps sans vie du Dr. Viner.

Lady Cray sortit un petit revolver de son sac, alla jusqu'au corps de Helen Viner, et, se plaçant là où cette dernière s'était tenue derrière son bureau, elle visa soigneusement la place qu'avait occupée Millie. Puis elle referma la main de Helen Viner sur le revolver.

Millie, tremblant de tout son corps, s'accrochait à Alex.

Adam avait beau ouvrir et refermer la bouche, il ne pouvait articuler un son.

— Elle est morte, dit lady Cray, et nous pouvons tous nous en réjouir.

Elle regarda Millie et Alex.

— Maintenant, il faut que nous soyons d'accord sur ce qui s'est passé, dit-elle.

Ils hochèrent la tête, mais Adam marmonna quelque chose au sujet de la loi.

— Justice expéditive, dit sèchement lady Cray. Alors voilà ce qu'il s'est passé : le Dr. Viner a essayé de tuer Millie...

— De *me* tuer, interrompit Alex. Après tout, c'était *mon* revolver. Millie me l'a piqué.

— Très bien. Et, bien évidemment, nous avons dû tirer à notre tour. Légitime défense.

— Êtes-vous complètement idiote ? cria Adam. Le revolver que vous lui avez mis dans la main est à vous !

Lady Cray soupira.

— *Bien sûr,* que c'est le mien. Elle me l'a confisqué le jour de mon arrivée.

— Dans ce cas... dit Adam, perplexe.

Il soupira.

— Dommage... Elle était sympathique.

— Quoi ? C'était un monstre ! Ce chat a plus de jugement que vous !

Sorcier était assis sur le bureau, clignant lentement des yeux.

— Elle a tué ma mère et elle a poussé le père d'Alex à se suicider, dit Millie d'une voix suraiguë. Et ce n'est pas tout. J'étais dans l'arbre et j'ai tout entendu.

— Mais vous rendez-vous compte, femme, dit Adam à lady Cray, que nous allons tous nous retrouver en prison ?

Il tapa du poing sur l'accoudoir de son fauteuil.

— En prison, à quatre-vingt-neuf ans !

— Pour l'amour du Ciel, Adam, personne ne passera une seule minute en prison ! Avec un bon avocat, quel est le juge qui pourrait condamner une fillette hystérique, un collégien, une kleptomane, et un vieux crétin sans dents ?

— Vieux crétin sans dents ? s'écria Adam, indigné.

— Alors, nous sommes tous d'accord ?

Hochements de tête vigoureux.

— Alors ne touchons à rien, sauf à ces chocolats, dit lady Cray en saisissant la grosse boîte de Cadbury.

TABLE

Cet ouvrage a été imprimé en France par

CPI
Bussière

à Saint-Amand-Montrond (Cher)
en mars 2009

POCKET - 12, avenue d'Italie - 75627 Paris Cedex 13

— N° d'imp. : 90396. —
Dépôt légal : novembre 1998.
Suite du premier tirage : mars 2009.